藍田女俠
荒山俠女

赵焕亭 著

花山文艺出版社

图书在版编目（ＣＩＰ）数据

蓝田女侠·荒山侠女 / 赵焕亭著. —石家庄：花山文艺出版社，2018.1

ISBN 978-7-5511-3775-1

Ⅰ.①蓝… Ⅱ.①赵… Ⅲ.①长篇小说－小说集－中国－当代 Ⅳ. ①I247.5

中国版本图书馆CIP数据核字(2017)第323612号

书　　名：**蓝田女侠·荒山侠女**
著　　者：赵焕亭

责任编辑：董　舸
责任校对：齐　欣
选题策划：翰海华章
封面设计：思途传媒
美术编辑：胡彤亮
出版发行：花山文艺出版社（邮政编码：050061）
　　　　　（河北省石家庄市友谊北大街330号）
销售热线：0311-88643221/29/31/32/26
传　　真：0311-88643225
印　　刷：北京楠萍印刷有限公司
经　　销：新华书店
开　　本：655×960　1/16
印　　张：15.5
字　　数：185千字
版　　次：2018年7月第1版
　　　　　2018年7月第1次印刷
书　　号：ISBN 978-7-5511-3775-1
定　　价：52.00元

凡　例

一、本套文集一般以民国时期初版或再版版本为底本，进行重排和校正。没有印行过单行本的，或文集编纂过程中没有收集到单行本的，则以民国时期报刊连载文本为校点依据。

二、民国原版本中，全部章回序号均依序相继排列的，不再保留原有的集、卷或编的划分。其他情况下，原有集、卷或编的划分以及相应章回序号，均不作调整，在目录和正文中注明。

三、民国原版本中的夹注，既包含赵焕亭本人对正文所作注解，也包含原书编辑所作评论，二者形式上未作区分。本套文集保留了确出自作家本人的夹注。对于明显出自原书编辑的夹注，除少数有一定价值的以外，一般不再保留。所有夹注紧排在相关正文之后，采用楷体字，以圆括号标明。

四、原书中的异体字，均改为现代通用字。原书中为隐去粗俗字词，而使用的符号"□"，改以符号"×"替代。

五、作家习惯使用的少量不够规范的词汇，如"倒眉""分咐""脸弹""罗索""旁晚""倭攘""顶咭咭"等，都改为相对应的规范词汇。

六、原书中作家在相同语境下混用的字或词，如："狠"和"很"，"付"和"副"，"楞"和"愣"，"梳装"和"梳

1

妆"，"一交"和"一跤"等，编校过程中，每一组字或词，都相应统一采用后一种，即现代通行的写法。

七、原书中出现的带有繁体偏旁、但未列入《通用规范汉字表》中的字，如：絪，飑，辌軦，輖輖等，小米用无限类推简化字，直接沿用原字。

八、本着尊重原作的原则，原书中的以下情况，编校时一般不作改动：1.通假字；2.民国时期普遍采用的异形词；3.生僻字词，有确切含义、能够查明出处的；4.一些民国时期未作严格区分，今天看来不够规范的用法，如助词"的""地""得"的混用，"迸"通"蹦"，"宕"通"荡"，"工"通"功"，"顽"通"玩"，"作"通"做"，"利害"通"厉害"，以及各种稀见象声词的使用等。

九、原书中一些字或词汇的用法，当时通用或赵焕亭一向习惯使用，既反映了民国时期字、词使用的特点，也体现了作家的写作风格，如连词惯用"合"，疑问代词惯用"甚么"，将指示代词"那""那里"等也作为疑问代词使用等。虽与现代通行用法不同，一般也予以保留。除上述字词外，这一类词汇在书中出现频率较高的，列举如下，请读者阅读时留意：

书中	现行	书中	现行	书中	现行	书中	现行	书中	现行
从新	重新	混名	浑名	旗竿	旗杆	白致致	白净净	谢天地	谢天谢地
撮唇	噘唇	犄角	掎角	梢公	艄公	黑渗渗	黑黝黝	光阴如驶	光阴如逝
搭拉	耷拉	机伶	机灵	稍为	稍微	火杂杂	火哑哑	欢迸乱跳	欢蹦乱跳
带孝	戴孝	焦燥	焦躁	身裁	身材	格崩崩	格嘣嘣	昏头搭脑	昏头耷脑
堤防	提防	脚色	角色	撕打	厮打	劳什子	捞什子	磨拳擦掌	摩拳擦掌
端相	端详	裂嘴	咧嘴	屯积	囤积	热哄哄	热烘烘	目定口呆	目瞪口呆
服事	服侍	落坐	落座	惟有	唯有	热剌剌	热辣辣	如法泡制	如法炮制
疙疸	疙瘩	毛腰	猫腰	哑叭	哑巴	水零零	水灵灵	手急眼快	手疾眼快
胡涂	糊涂	冒然	贸然	越法	越发	笑迷迷	笑眯眯	嘻皮笑脸	嬉皮笑脸
豁拳	划拳	模胡	模糊	约摸	约莫	兴匆匆	兴冲冲	眼花撩乱	眼花缭乱
回覆	回复	呕气	怄气	着数	招数	硬帮帮	硬邦邦	走头无路	走投无路

十、除少数后期作品外，赵焕亭的大部分小说以代词"他"指代一切第三人称单数的人或物。本次再版，对此未作调整。

十一、原书中如有脱文、内容上的明显错讹，或其他需要说明、提示之处，均以脚注的形式注明。

十二、原书中的排印错误或者作者笔误，经仔细核对后，予以校正。

十三、原书标点符号和段落，均按现代规范用法重标重排。

十四、有关原作的版本情况、本次再版采用的底本，以及其他需要说明的编校事宜，详见附于每部小说篇尾的《编校后记》。

总　目

目　录

蓝田女侠

荒山侠女

2

蓝田女侠

第一回

风云兆动山谷起潜蛟
桑梓情深海堤筑鸣凤

古人有句颠扑不破的话，是叫作"英雄儿女"。如此看来，天下断没有舍掉性情，可以成事业的。这"儿女"两字，范围甚广，凡伦理天性中不容已的事，都包在内，并不仅属于缠绵歌泣。因有这片性情鼓动，所以才演出许多可歌可泣的侠烈事来。英雄作用是个表面，其实骨子内还是女儿醇诚。所以一身侠骨，归根儿还是万斛柔情。不然，便是大盗奸民，还有甚么英雄可称。

著者何以嚼这阵舌头?只因往年津门大水，满街坊上洪水横溢，不止灶下产蛙。著者那当儿正困居旅舍，出门望望，只见流民塞途，一个个鸠形鹄面，携男抱女。便是戏园庙宇里面，都此疆彼界的划域而居。那敝衣破裤，儿褪女舄，仿佛临潼斗宝一般，一件件堆列出来，热风一吹，那一种人气蒸郁并诸般臭秽气，和在一处，酿成一股微妙奇馨，扑鼻儿贯来。

著者赶忙跑开，一面走，一面看那浩浩之水向各弄中分头注去，如水田沟洫一般，不由腐气大发，暗想：这水之为物，苟善用之，其利最溥，如陕甘等处，很有些借黄河巨浸灌溉民田的。怎的畿辅水利，自有清某亲王讲求过一阵，终究不能成功呢? 一头想，

3

一头拖泥带水转回，刚走到自己寓舍窗外，只听得里面有人刮刮而谈。忙跨进一看，却是静海黄容伯与泉州杜子薇，两人都是著者文字朋友。见著者瞎撞得如泥母猪一般，不由抚掌大笑。那当儿天色已暮，还加着潇潇细雨，一阵阵疏风吹入，透骨价凉。

少时茶房送过灯烛，泡上茶来，黄、杜两人随意品茗。著者直着脚子跑了一阵，却乏极了，便跂脚登榻而卧，微吟道："最难风雨故人来。"容伯笑道："快莫风呀雨啊的闹，再落两日雨，都要到水晶宫寻那敖广（龙王名）老先生谈天去了。幸亏这阵大水是由牛栏山溢过来的，倘若海啸起来，更不得了哩。"子薇道："我们闽中海啸是常有的。"

著者听到这里，不由便将方才途中那段腐思想高谈阔论起来。容伯道："这事儿不过作始甚难，半途废掉罢了。我闻得老年人传说，便是我们天津这里，还开过数百顷稻田，所以至今才有那七十二沽的遗迹。听说是康熙年间，一位蓝镇台用标下兵丁开垦的营田。及至抚臣奏上，皇上甚为嘉奖，并赐这片地名'蓝田'。这个武官儿也有意思的很。"

子薇道："不错，不错。说起来，此人还是我乡亲哩。他是漳浦县人，单名一个'理'字，号义山。曾随镇海侯施琅平过台湾，是名盖天下的一员虎将。生平功绩，人大半还都晓得，却是他怎样便有那等的英勇、那等的武功，人便不晓得所以然了。还有他两个兄弟，一个名瑗，一个名珠，怎么也都是骁捷绝人，大家更莫名其妙了。那知暗地里却有个粉黛英雄，飞行女侠，略出余技，便教成了蓝氏三杰。他却如神龙一般，始终隐在云雾里。你道此人是那个？便是蓝理同胞女兄。细演起来，真是一段剑侠传哩。"说到这里，忽倾耳听听，雨声已住，便站起道："容伯，我们走罢。"

著者正听得入神，那里肯罢，便一骨碌爬起，拉住两人道："岂有此理，这不是特地作弄我么？人家听到杨文广被困，不晓得下回

4

分解，便愁得生病。你冒操了一个头儿走了，不消说，这夜觉儿我便不用睡了。快些谈完，再去不迟。"说着，一迭声喊进茶房，特地开了一瓶洞庭碧螺春，泡好送上，索性移个座儿，靠近子薇。容伯也欲知就里，便助着者催子薇述来，以下便全是子薇的话了。

且说福建省漳浦地面，有一个小小聚落，名叫怀珠坞。傍山临溪，南接海港，居民数百家，大半以渔农为业。风俗淳朴，平常无事，连城市都不肯去，真个是出作入息，过起太古日月。不料有一年，居人忽听得深山中隐隐的隆隆有声，仿佛许多水磨儿旋动声响，响却不甚大，每到夜静方才闻得。后来逐日响大，直有一年多光景，那声音却终日价如轰雷一般震心骇耳。居人听得惯了，虽也骇怪，也便不以为意。

那晓得这年六月中旬，天气热得流金铄石。忽然西北上涌起一块非黑非黄的怪云，奔马一般，顷刻四布，登时日光沉晦。向空一望，变成一片深琥珀颜色。接着那风排山撼岳价吹起，一阵紧似一阵，飞沙走石。只见山麓村头，一排排树株卷舞，那雨点儿栗子大小，直打下来。落了一阵，忽的山坳里震天一声怪响，居人望去，只见白茫茫一条飞波，由山凹涌出，阔可两丈余，奔腾直下。便是头大的顽石都轻如弹丸，滚滚相逐。登时所过之处，如斧劈剑削一般，界成一道深沟。其中却有一青色长蛟，磨牙耸角，迅疾如风，直向海港奔去。后面水势却也奇怪，都壁立着，如一线银堤一般相随而下。远远闻得，将海港冲击得"砰訇"震耳。幸亏这怪物由村西二里余过去，大家虽惊得要死，幸免漂溺。

少时风雨也便收息，大家变貌变色，聚在一处，纷纷相告。便有胆大的循着水线，直到海港边。只见海塘沙堤早被水冲塌数十丈远近，其余一段段崩缺的还有数十处。大家见了，登时愁颜相向，没作理会处。原来这近海居民最怕的是海波偶溢，看这沙堤十分重要。这堤名为"鸣凤"，数百年来，岁时都要加修筑理，存有常款的。

当时大家议论一番，只苦的是巨款难筹，便有人献策，欲请官帑。座中一位老翁，生得慈眉善眼，年可五十余，慨然道："请官帑呢，固然是办法，但先须出钱，打点本地士绅并衙署中诸色人等。那官儿跟前更不消说，即便请得下来，官中先中饱一半，再搭着兴工经手各事，都是官人，你们想他们再剥蚀一层，所剩还有几何？便把来糊里胡涂，搪塞了事，不多时坏掉，空费些手脚不算，还带着连月价伺应官役人等，大家不得安生哩。"

一席话，说得大家一团高兴减却一半，都默默低头不语。老翁道："依我看来，还是大家募集，再搭上常年修款，自己修理为妙。"一人嗤的一笑道："这真是俗语说得好来，隔着斗笠亲嘴，差得远哩。那修款能有多少？便是募集些，也是耗子尾上生疖子，有脓也不多，那里济事！"老翁道："这倒不难，且如此办去，好在老汉还有碗粥吃，款儿不足，由我接垫便了。"众人听了，登时喜悦，大家拍掌，少时各散。

原来这老翁姓蓝，世居此村，妻子苏氏，甚为贤德，在这村中是有名富户。膝下一女三男，小的方才周岁。女名沅华，时方垂髫，生得慧美伶俐，却天然的好淘气奔跳，身轻于燕。有时顽皮起来，你看他垂着个小髻儿，窜来迸去，甚么上树探雀咧，登墙垛瓦咧，除非没皮树不会上去。这时沅华年方十岁。已许字东乡岱嵩聚吴长者之子吴永年为室。三个兄弟，长名理，次名瑗，小者名珠，终日价嬉耍淘气。那蓝理年只八岁，生得且是异相，虎头燕颔，剑眉海口，捏起小拳儿，铁铸也似的。寻常四五百斤重的石碌碡，他只滚来滚去，如弹丸一般。

第二回

得奇士绛帐留宾
议堤工青蝇集座

这日蓝翁一路沉思，刚趍到自家麦场边，只见场垣大树下坐定一人，年有五十余岁，生得瘦怯怯的，面目寒俭，拱肩缩背，穿一件长袍儿，都补缀得花花绿绿，身边倚定一束行李，瞑目而坐，看光景似个游学文士。蓝翁见了，也不在意，那知履声惊动那人，忽的双眸一启，碧荧荧寒光直射过来，委实有些精神。蓝翁觉得异样，便搭趁着问他邦族。

那人起身笑道："小可姓黄，山左莱阳人氏。流荡江湖，已多岁月。"方说到这里，只听背后如万马奔腾，和着群儿呼噪，将那地震得轰隆隆一片怪响，直卷过来。蓝翁大惊，忙闪身回望，只见一头惊牛撑起尺许长锐角，四足如飞，如雷鼓一般，拖直长尾，却被一儿童单手拖住，飞也似闯来。仔细一看，正是蓝理。蓝翁吓得面无人色，叫声："呵唷！"说时迟，那时快，只见那牛合蓝理已撞到那客人跟前，蓝理性起，山也似站住，单臂用力，喝声："住！"那牛一个头差不多抵到地，尾巴拖得墨线般直，蹄儿乱刨，休得移动分毫。

俗语说得好，牡牛性是牵不转的。当时那牛被蓝理奈何得怒到

7

极处，登时两目如炬，"牟"的一声，便要旋转身触来。忽见那客人微笑走近，将蓝理臂弯弹了一指，登时放开牛尾。那牛趁势直窜出数十步远，后面群儿早哗笑拥上，牵将去了。只有蓝理方顽得起劲，被人打断兴头，且减他威风，登时大怒，虎也似扑向那客人，抱住人家的腿，如蜻蜓撼石柱一般，便想扳倒。蓝翁过来，一面揩着额汗，一面喝住，赔礼不迭。客人抚掌道："此子神勇，真所谓天授。若非小可，须禁他不得。"

蓝翁愧谢一番，便邀入家中，置酒款洽。细谈良久，方知那黄客人学术渊博，兼工技击，因久困名场，愤而远游。生平足迹几半天下，随缘流转，倒是个磊落奇士。

当时宾主谈得入港，天色已暮，蓝翁便留客宿于外室，自己踅回内室。方到帘儿外，已听得他娘子苏氏吱吱喳喳的数落蓝理，忙掀帘跨进，只见蓝理撅着嘴立在榻前，黑油油的脸儿绷得笛膜儿一般。沅华却偏着身儿缩在娘子背后，一面笑，一面作鬼脸儿引逗他。那瑷儿方得六岁，生得粉妆玉琢，如泥娃娃一般，方坐在榻上，一手抚着珠儿的下颔，一手扯着娘子，问长问短。娘子不耐烦起来，恨道："都是拗业种儿，叫那牛触煞一个也罢，也不知那里的蛮气力，没的将来作大巴子元帅去。"（此北方俗语，言人雄武也。）

蓝翁笑着坐下道："莫要吵了，理儿等这样顽皮，须不是常法。我已看中一位先生，且是个文武全材，管保读书击剑，件件来得。"便将方才那黄客人说了一遍。苏氏喜道："如此甚好，快些儿野鸟入笼罢。"说着一看沅华，影儿不见，不多时却笑容未敛，抿着嘴儿进来，附着他娘的耳道："我方才悄悄到外室窗隙，向内一张，怎的那先生盘腿趺坐，垂眉定息，如和尚一般，倒好耍子。"苏氏呵道："偏你这妮子线牵的一般，快些同理儿歇息去罢。"沅华一笑，将蓝理携归己室。

这里蓝翁便又将商议修堤之事谈了一回。苏氏性最慈善，（有贤子必有贤母。）听了十分欢喜，便道："不是昨日吴亲家那里也是为他村中招练乡团，许多经费他出了一半哩。"蓝翁叹道："提起此事，我不知怎的，总替他悬心。你可知他村中为何练起乡兵来呢？"苏氏道："我仿佛听说他那里左近地面，出了伙海盗，都是杀人不眨眼的脚色。盗魁手下竟聚积了数百人，打家劫舍，十分凶恶。真有的么？"

蓝翁道："谁说不是呢，我就为这事心下估量，出费卫顾乡土固是好事，却有一件，也难免与盗结怨，真可虑的紧。还不如我这修堤事儿，不过费些家资便了。"苏氏合掌道："阿弥陀佛，好心自有好报，若都这样虑起来，天下事无一件作得了。那油瓶儿歪了不扶，树叶儿落下怕打头的，也未见便百年长寿。"蓝翁听了，连连点头。当时各自安歇。

次晨忙到外室，那黄客便揖谢要去，蓝翁扯住，将欲延他课子之意委婉说出。黄客沉吟道："小可随缘寄迹，本无不可，既承不弃，便依尊谕罢。"蓝翁大喜，登时扫除别院，铺设起书室来。择吉置酒，邀请村众来陪先生开学。当时宾客满座，望见先生这副干骨架儿，都暗暗发笑。那蓝翁却恭而且敬的殷殷款洽。大家都吃得醺醺的方散。

从此，沅华与理、瑛三个人了学，便是满村中都安静了许多。说也奇怪，那先生偏会随他们性儿，迎机教导，一任他满院中闹得天翻地覆。有时先生还掺在里面助个兴儿，一般价蹿纵跳跃，抡拳踢脚，手法步法儿顽得旋风一般，好不有趣。因此沅华等欢喜得没入脚处，惟恐拗了先生，不与他们合伙儿顽了，便有教必学，且是会得非常的快。文课一罢，便磨着先生去顽。且喜那先生无般不会，甚么少林拳，武当派，一桩桩顽起，层出不穷。沅华等但知乐他的儿童天趣，并非理会武功，那知暗中已成了个小小家数，后来索性的闹起长

9

刀短剑并诸般兵械。蓝翁有时走来，看了也自欢喜。

光阴如驶，转眼已四五个月光景。蓝翁及村众筹备修堤事儿，也草草有些头绪，除修费并捐集之外，还差得三万余金。蓝翁慨然自任，便卖去数顷上好的水田，还差得三四十金，幸那苏氏贤德，竟将所蓄金珠簪珥之类尽数折变，以济不足。夫妇义声，哄传远近。早惊动了官中并地方蠹痞，以为有这等大冤桶，谁不想横插一杠，从里面捞摸些油水。因此蓝翁门前几乎户限穿破，或毛遂自荐，或为人作曹邱，都说得天花乱坠，甚至馈遗投赠，总要在里面任个事儿。蓝翁都一概婉辞，大家皆不悦而去。

一日，蓝翁方在家核算各项用途，只见一人，年有六十余岁，鹰鼻削颊，一张嘴瘪得白儿一般，穿一身灰色衣裳，披起前襟，手内拎了短鞭，一面将驴子系在庭树，一面笑嚷着向室内来道："蓝老哥，老兄弟怎的有这等事，通没给我个信儿？我虽老膊老腿不中用了，给你算个工账儿，还来得哩。"说罢笑着进来。蓝翁望去，却是城内衙门混饭吃的泼皮秀才张瘪嘴，绰号儿又叫"飞天烙铁"。但凡事儿沾他手，必要大受其热，所以得此徽称。他曾引逗着邻儿玩耍，那孩子方得四岁，手内擎着个烧饼儿，他馋痞发了，便道："我给你弄个月牙儿香。"一口咬去少半，果然绝似新月，那孩儿已经撅起小嘴儿。他又道："再弄个方胜儿，更好耍子。"说着，从烧饼那面结结实实又来了一口。方胜儿虽成，那孩儿早"哇"的一声哭了。即此一节，其人可见。

当时张瘪嘴一团和气，笑迷迷的唱个大喏。蓝翁没奈何，冷冷的让他坐了，问道："张兄近来得闲了，一向不曾见。真是能者多劳，想城内外许多乡里乡亲的，一天到晚多少事儿借重老兄，亏得您有这精神应付，真是一分精神一分福哩。"张瘪嘴登时得起意来，一面捶着腰胯道："可不是么，俺如今倒追悔不迭，不该开着任事的门儿了。你想都是耳鬓撕磨的好乡邻，人家敲门打户的，求到跟前，总算是瞧得起咱们。"说着冷冷笑笑，望望蓝翁面色。蓝翁越法不自在起来。他接说道，"好在左不过替他们跑跑穷腿罢了。那衙门中朋友都是自己人，我有甚话儿，他们便是一百个不如意，也不好意思驳我这老面孔。"说着挺起胸儿，三角眼一瞪，竟有个敲山震虎的光景。

蓝翁忍了气，只作不理会，仍然寻些没要紧的话，陪他闲谈。张瘪嘴便渐渐提到修堤事儿，忽的将椅儿挪了一挪，凑向蓝翁跟前，低语道："不是这等说，我并不是没饭吃，要与你管这工账儿。你想这等大举动，在官人儿那个不晓，都老虎似的张了大口，你又通没些点缀进去，我早就听得许多风言风语。我掺入这里面，有我这面孔照着，怕不与老哥挡多少风雨，难道我的小六九儿没处使了，要在这里卖弄？"说罢摇头晃脑，好不可厌。蓝翁强笑道："老兄既有此好意，何不早说，刻下管工账都已有人，这便怎处？"张瘪嘴见不投机，登时将脸一沉道："那么雇工买料，想还需人罢？"蓝翁道："通是村众会中人，大家分办。好在张兄盛意是维持官中人，如今且屈在监工里面，既无稽算钱款之劳，且捐出这面大旗，又替我挡了风雨，岂不甚好？"一席话不软不劲，张瘪嘴竟说不出甚么来，见不是路，便搭趁着扯回了。快快辞去，等机会发作。

蓝翁也不在意，只忙碌着鸠工庀材，择日开工。海下贫民本多，邻邑的人也都络绎奔赴，便在沿堤宽敞扼要之处分开段落，搭起许多芦棚，分居众工。应用石料灰土之类，一处处山岳般堆起。邻村协助的人都甚为踊跃，一般的设了巡稽乡壮，以备人众滋事。那远近估贩也居然赶来趁些生意，静宕宕一片地竟闹得如市集一般。蓝翁偕村众不辞劳瘁，都措置的井井有条。

第三回

怀珠坞冯尹隐奸谋
螭头沟何娘谈异迹

　　到了开工这日，便在村庙中设了海神灵位，村众大集，刑牲荐酒，酬神饮福，大家欢呼畅饮。正吃得热闹，只见一个青衣仆人，将红缨帽颠得高高的，手举红帖跑进来，直奔蓝翁，将帖递上。蓝翁一看，却是县中二尹冯某，便一面心下估量，一面接出。村众都摩肩叠背的下座望去，只见冯二尹顶冠束带价侧身进来，一面嘴内唏溜着谦逊，一面同蓝翁让入客室。

　　蓝翁方要逊坐，只见他翻身便拜道："大喜！大喜！老兄这等义举，是永垂不朽的，岂是寻常喜庆。"蓝翁只得回叩了起来，归座进茗。冯二尹道："兄弟游宦多年，虽见些当地义绅，急公好义，却是毁家济众。像老兄这菩萨心肠，实在少有。昔于公治狱，能济多少人，还要大兴驷马之门。像老兄这样，不该起个城门似的大门么？"说罢哈哈大笑，忽的一折腰，由靴筒儿内掏出两个红纸条儿，上面都有一行小字儿，递给蓝翁，低语道："这两人却是县公奉荐，老兄斟酌好，弟好回覆。"说着竟笑吟吟瞅定蓝翁，有非此不可的光景。

　　蓝翁沉吟一回，便道："此事由，我面见县公再定罢。"冯二尹道："也好。"说罢冷笑着兴辞而去。蓝翁送得回来，气愤愤向村众一说，大家嚷道："这断断不可允他，他们一掺入，这事儿便休想完整了。"蓝翁道："正是呢。"

当时且忙忙开工，过了几日，蓝翁自到县中，将所荐两人辞掉，惹得官儿也不自在起来，便留心寻他岔儿不提。

且说蓝翁一意修工，转眼间已经数月，甚是经营得法，真个是工坚料实，长堤仡仡，竟筑好十分之九，心下畅快，自不必说。但是家中骤然去此重资，未免稍形拮据。他也不在意，督工之暇，便与黄先生闲谈谈。这时沅华等儿戏着学的武功，寻常四五健男便近他不得。

一日，夕阳将落，蓝翁偶然踅到村头望望，只见由山径中走来一行人，都是行縢草笠，足下麻鞋，走得尘头土脸，肩着包裹香楮，一面说笑着，将临切近。蓝翁望去，不由笑唤道："于兄那里去？为何徒步起来？"就见内中一个矮胖子笑吟吟跑近，握手道："我远远望去，便疑是你，不想果然。"众客伴也便止步，蓝翁匆匆问起，方知他们结伴儿向泉州螭头沟天妃宫进香。这闽中天妃，灵应本来非常，一年香火极盛。蓝翁听了，心有所触，便欲邀众客到家款待。于客道："呵唷唷，可了不得，我们都是克期斋戒的，直去直回，半路上便有天大的事，也不能耽延的。"说罢，露出一团诚敬之气，拱拱手，同众客忙忙去了。原来于客是蓝翁旧友，一向在海船上帮人家经商的。

蓝翁闷闷转到家，陡的起了诚念，也要随喜随喜，便与娘子说知。苏氏还未言语，那沅华已乐的跳将起来，磨着蓝翁，一定要跟去游逛。蓝理也高兴要去，吵成一片，亏得苏氏作好作歹哄着他，方才罢了。

次日蓝翁忙到堤工上，将几日应办事宜托了村众。回家来虔诚斋沐，备了行装香楮，父女两人各跨驴儿一头，唤个长工跟随，竟向螭头沟进发。一路上山光水色，野鸟闲花，寻常景物，到得沅华这活泼方寸中，都觉着有无限愉快，一张小口只喜得合不拢来。偏那长工也会顽皮，给他捡了些石子儿，装在行囊内。逢着飞集的水禽山雀，沅华随手打去，发无不中，都把来一串串价挂在驴屁股上，倒累得蓝翁一路呵斥不绝。

这日将到螭头沟，那海滨斥卤之地，一望都是白沙碎石，日光照去，有一种亮莹莹的光彩。长风吹起，那浮沙高起凹下，远远平望去，便似波澜动荡一般。沟左一山，临海突起，峰峦回杳，云物深秀，名"道林山"。那天妃宫便建在山腰，蹬道紫纡，长可数里。从下面望去，便似五云楼阁，海上三山，一层层端的十分庄严雄丽。这当儿，进香男妇成群结队，蚁儿相似，或骑或步。有还诚愿的，都个个披发跣足，身著赭衣，负枷带索，爇香叩头，口宣佛号。沅华莹莹俊眼东张西望，那里接应得暇，真有口倦于问、手倦于指的样子，不由大悦，将双脚一磕驴腹，风也似跑去。众香客见他伶俐姿态，都暗暗纳罕。蓝翁也便紧跟下来。

少时已到沟畔，只见石坝绵亘，一望无际。一片人家，十分热闹，家家门首，都贴了招寓香客的帖儿。红男绿女，簇簇随买些香烛食物。各家旅舍也都人众杂沓。蓝翁父女便踅到街东首，寻望旅店。只见有一家一带砺垣，茅檐低覆，门首一架松棚儿，颇颇雅趣。那店主婆只二十余岁，生得妖妖娆娆，好个俏丽面庞，臂儿上蒙着青帕，揎起藕也似两条玉臂，一手持帚，一面扫除门前，一面口内吱吱喳喳，招揽香客。见了沅华，不由嫣然一笑道："这位小姐儿，便住俺这里罢。"说着，笑嘻嘻将沅华驴儿带住。

蓝翁见此处雅静，早跳下驴来。那店主婆笑道："呵唷，小姐儿想是疲乏了，等我抱你下来。"沅华且会装憨儿，果然由他来抱，却如生根一般，一丝儿也不动。蓝翁呵道："莫要顽皮！"沅华方笑着一跃而下，店主婆笑道："唷，好伶俐身段儿，就活像性姑姑似的。"沅华道："你说甚么？"蓝翁道："这妮子只顾顽皮，快些卸装，也好歇息。"

那店主婆果然手忙脚乱，一面让他父女自就客室，一面将装骑安置好，用巾儿抹着鬓角汗渍，走进室来，口内还咕哝道："偏偏忙得甚么似的，这店伙儿黑崽又回家去了。"原来这店中只他主仆两个，后院住家，前院作些生意。海滨人家，往往如此。

当时店主婆殷殷伺应茶饭。蓝翁问起，方知他姓何，丈夫出外作个商伙。这何娘子言语伶俐，将沅华趋奉得十分欢喜。蓝翁自去店外望望，并预觅上山兜儿，准备明日登山。沅华无事，与何娘子说笑一回，便信步踅到院中。又走向后院，只见草室三楹，十分净洁，那后面一带竹林，矮矮短垣，外临旷野，远远的见海船风帆隐隐约约，如一簇簇小树儿一般。

望了一回，踅转何娘子室内。沅华忽然想起何娘子方才说的"性姑姑"来，便问其所以。何娘子道："说也异样，俺这里道林山，本来寺观甚多，其中却有个海潮庵，颓废已久。前三四年，忽有个女尼云游至此，法名性涵，年只三十余岁，生得端重美丽。只是有一种凛凛冷僻性情，蛇虎强暴一概不怯，便是那等孤鬼似的宿在荒庵。初来时节，那些青皮光棍们见他孤弱可欺，不断的去探头探脑。后来竟有两个结伴儿黄夜跳进，不知怎的，次日两个尸腔儿都掷在庵后，再找那两颗头，却高高的挂在百丈悬崖上树梢儿上。那地方便是猿猱也不能到，真奇怪得紧。从此，那海潮庵再无人敢轻蹈一脚。却是性姑姑时常游行，蔼然可亲，往往这里大家见着他，有时那里也见着他，大家偶然谈起，印证起来，只差得顷刻工夫，你想他脚步儿何等捷疾。所以我说你身儿伶俐，似他一般。"

沅华听得十分入港。何娘子道："明日我还须登山进香哩，倘遇着他，我指与你看看。"

第四回

沅华女村店诛凶
性涵师道林示兆

    说到这里，两人携手而出，到店门一张，恰好蓝翁负着手转来。刚走到门首街心，只听后面一骑马泼剌剌闯来，厉声喝道："老儿要死哩，还不闪开！"

    蓝翁赶忙一歪身，仰面望去，只见马上一人，生得恶眉暴眼，短衣缚裤，腰下皮带中隐插匕首，两目灼灼，凶光四射。鞭马跑来，忽然望见何娘子，嘴内"噫"了一声，便将辔头一松，慢慢走过数步之远，又回头狠看了看，方才撒马跑去。临街看的人都觉诧异，邻店中却有两个香客暗暗咂嘴儿。何娘子却不理会，那时天色已晚，便忙着掌上灯火，收拾客餐，蓝翁父女自入己室。少时何娘子端整停当，大家吃过，又烹进香茗，便去关了店门，道声安置，自去歇息不表。

    且说蓝翁父女啜着茶，谈了回途中风景。那时四月初旬，闽中天气便有些燥热，当时熄了灯火，一钩新月微映窗际，稍觉清凉些，便各登榻和衣卧下。急切中却睡不去，只听得隔板壁邻店中，香客谈话，七拉八扯，十分喧杂，矜奇立异的谈些天妃灵迹。一客道："这样威灵所在，那不清不白的负罪隐恶的人，断不敢来。便是前年这时节，有中表姊弟两人，平日价有些不清楚，在家下张扬开来，想借着进香设誓，遮掩丑声。以为不过起个牙痛咒儿罢了，那里来得神鉴。当时两人焚香跪倒，果然血淋淋起了重誓道：'如有暧昧，必遭神谴。'却一面肚里暗笑，厮趁着走下山半，在一片茂林中休息休息。四顾无人，两个眉来眼去，登时故态复萌，便拣了片茸茸草地，一搭儿抱定，阳施阴受起来。及至兴阑要去，却再也分拆不开，登时喧动远近，闹得佛号如雷，你道不可怕么。"一客叹道："这事情果然不虚，但是神道难测。我说句驳你的话，那负大恶的人，他又偏敢来，你不见黄昏时那个驰马的男子么？那便是岱嵩聚隔溪井尾溪海盗渠目，看他大相，好不凶恶得紧。"众客哄道："且自由他，管这些隔壁账作甚？"

蓝翁听得分明，也甚诧异，不由想起吴亲家那里终非善地，听听沆华也还未睡去，便道："明日一早登山，须早些睡罢。"说着心头一闷倦，反沉沉睡去。沆华却惦念着何娘子谈的那性姑姑，好奇心胜，两眼皮儿却如棍支的似的。听听他父业已睡熟，索性一骨碌爬起，跳下榻来，到院中望望。只见静悄悄一片空地，月光儿照着两头驴子，长长的两条黑影晃来晃去。侧耳听听，万籁无声，不由走至院心，兔起鹘落的闹了一路拳脚。惟恐惊醒蓝翁，只提着气儿轻翻徐转，微尘不起，便如猫儿一般。打得高兴，一路纵跳，已到后院门首。忽见草室上一股黑烟似的扑落院内，赶忙将身儿缩在墙角，就闻得何娘子"呵唷"一声，随着"哓嚓"一响，仿佛案裂之声。

沆华心下纳罕，便随手拾几枚石子，揣在怀内，一跃登墙，恰好墙下一株海棠树枝叶丛茂，将他情影儿遮得严严的。因这时何娘子方要洗浴，刚端正了浴盆，赤着白馥馥上身儿，窗儿还未暇落下。沆华望去，十分明了，就见他战抖抖掩着眼睛，伏在榻上，身边一个健男将手来牵拉他，那案角上还明晃晃插着把匕首，颤微微余势犹劲。仔细一看，那健男正是那驰马男子。

沉华大悟，登时怒起，真是初生犊儿不怕虎，一回手掏出个石子，觑准健儿凶睛，"飕"的声打去，正中左目，睛珠瞎掉。只痛得那健男跳得三尺高，打了个磨旋儿，情知遇敌，拔起匕首，闯出室，向竹林中便跑。那知沉华机警绝伦，早一个"燕子掠水"式，由旁边院墙跳落墙外，脚下一紧，如弩箭一般，早绕到后墙下伏定。那健男恰好跃出，一纵身向野地便跑，沉华紧跟将来。行了里余路，忽的得个计较，便装作男子声音，尽力的一声断喝。健男大惊，忙回身用一目望去，却是个伶俐小孩儿风也似赶来，不由老大一怔。说时迟，那时快，沉华石子又到，"噗"的声打入右目，竟生生占了眼珠的位置，痛的健男一头栽倒，满地翻滚。

沉华且不理他，忙赶回何娘子室内。只见何娘子还惊得痴痴迷迷，赤着上身儿，呆坐榻上，浴盆被那健男踏翻，泼的满地是水。沉华倒觉好笑，忙拍着何娘子肩儿厮唤。少时，何娘子清苏过来，见是沉华，越法怔住。沉华便如此这般述说一番，何娘子如梦方觉，扑簌簌两泪遽落，只揽着沉华手儿，又是感激，又是惊爱，道："小姐这点年纪，怎的有这样本领，莫非是天人下界么？"沉华笑得格格的道："不过顽两个石子儿罢了。且让那厮瞎爬去，你便安睡罢，我父醒来，不是耍处。"说着便跑。何娘子忙追出室，到院门前，沉华忽一回眸，大笑道："何嫂儿真个吓昏了，怎的还精着上身儿？"何娘子猛然悟过道："明早见罢。"忙飞跑进去。

不想沉华一阵笑，忽惊醒蓝翁，吃了一惊，忙起身点上灯火，却不见沉华。方在一怔，只见他悄手蹑脚，推门儿蹭将进来，笑吟吟扑到蓝翁跟前，竟指手划脚的将方才事儿说了一遍。在他想，只如儿戏，那知将蓝翁几乎吓坏，便正色喝问，将此中利害讲与他听。他方将舌儿一吐，瞅着水澄澄小眼儿，默默坐下。蓝翁又恐他发闷，转哄慰了几句，等着他一头卧下，沉沉睡去。这里蓝翁凭空思潮起落，直至天明。看那沅华，方睡得好不甜酣，侧着脸儿，两点梨涡还时时微笑。便自己起来，忙着检点登山物具。

少时，何娘子早结束得光头利脚的，送进茗盥等物。向蓝翁问讯过，一眼望见沅华，一支臂儿伸出被外，忙走去与他掩好，一面端相他面庞，不知怎样亲亲他方好。蓝翁已知就里，不由叹息，低声道："主人家却夜来受惊了。但不知那厮……"何娘子忍不住，扑的跪倒。

蓝翁方说得"快起"两字，忽听店门前一阵喧闹，如有数百人奔走。蓝翁大惊，忙跑出一张，只见三四个店伙模样的挽定一人，浑身泥沙污秽，乱草粘了一头，面白如蜡，血痕一条条下被颐颔，鼻梁两旁两个血窟窿，便如魔鬼似的，一步一哼撞将来，后面拥了许多观望的人。店伙一面走，一面抱怨道："幸亏寻着你，送你到井尾溪，不过搭些辛苦。若寻不着，我们这人命关天的，挂误官司算吃定了。"说着一直拥过。

蓝翁暗捏一把汗，忙转回室内。何娘子已服事沅华梳洗停当，蓝翁便悄悄将方才所见说了一遍。何娘子只是念佛，沅华却没事人儿似的。当时忙忙用过早餐，山兜已到，何娘子便将店事暂托邻家，随他父女出来，随路雇一乘山兜儿，循着曲曲山径。竟向道林山进发。

一路上，香客接踵，远远望去，一层层磴道萦回，林木掩映。簇簇行行的人儿，都如蚁儿盘旋，甚是有趣。日未及午，已抵山门，结构伟丽，自不必说。蓝翁等便整衣而入，穿过二门，便是正殿，甬道宽敞，净无纤尘。两旁奇松古柏，森森翼翼，直接白石月台。这当儿殿前铁炉旃檀喷溢，庙祝执事人等鸣钟伐鼓，忙成一片。蓝翁等好容易挤到殿前，只见九楹龙柱雕镂如生，其中帷幕幡幢之类，都用一色黄绫，灿灿耀目。殿中仙官武卫，冠带戈甲，并案前捧剑印的宫装女童，各塑得来弈弈如生。正中龛幔高揭，便是天妃圣像，其余殿壁上所画天妃圣迹并神怪水族之属，更奇诡曼衍，惊心悚魄。蓝翁并何娘子见此光景，不由肃然，便拉沅华爇香叩拜而起。复向各处随喜一番，便转出山门，欲寻归路。惟有沅华只惦记着何娘子说的性姑姑，只管悄悄拉何娘子问来问去，何娘子也便东张西望。

　　这当儿，三人走了两箭远，刚转到几株楸树根前，忽听树后有人笑道："挖掉人家眼的，却来这里烧自在香儿。"三人大惊，那人已飘然转出。何娘子急向沅华道："突的不是性师来也。"蓝翁摸头不着，只见这女尼身似寒松，神如满月，眼光到处，冷森森彻人心骨，不由悚然呆立。方要致问，那何娘子已同沅华趋到女尼跟前道："性师快悄没声的，却怎的知此事儿？"女尼合掌道："若要不知，且先息念，何况已因念成事哩。"沅华瞪瞪的望定他面孔，诧异非常。女尼便抚着他髻儿道："因缘生法，贫衲也辞不得，却是时机尚早，且去休罢。"说罢太息一声，趋向山门而去。

　　蓝翁在闷葫芦里装了半晌，再也忍不得了。何娘子看出情状，忙草草将自己与沅华一番闲话述说出来，蓝翁方晓得是没要紧一大堆，当时那里在意。只有沅华却有所失。三人便乘兜下山。

　　这夜何娘子勤动款待，与沅华谈至夜深方睡。那随来长工是个笨汉，只知喂得驴儿饱，钻入草房，纳头便睡，所以许多事全然不知。次早蓝翁父女临要起程，将出店资，何娘子眼圈儿红红的，拉着沅华，那里肯受，只强笑说道："我早晚得工夫，还要望望小姐去哩。"说着含泪送出，直望的他主仆三人影儿不见，方怏怏转回。

第五回

试短剑狭路逢仇
赠缅刀尺书志别

　　且说蓝翁等一路无话，安抵家门。苏氏见了自然欢喜，把个蓝理喜得跳来跳去，搴着沅华问长问短，又道："这几日工夫，先生又教了我们许多刀法儿，姊姊却不会哩。"沅华便将途中风景说给他听。

　　少时晚饭后，夜阑人静，蓝翁便将沅华冒险击贼事儿说给苏氏，只吓得苏氏一把抱住沅华，那痛泪直泻下来道："这不是杀人的勾当么？我的老佛爷呀，幸亏那厮瞎掉，不然还了得么？"一面又气道，"这都是黄先生闲的没营生干，教给孩儿们些坏勾当，将来还不闹到天上去。明日快些赶掉他是正经。"只有蓝理乐得手舞足蹈，听到得意处，满屋乱跳，大笑道："若是我，便夺过他的匕首，将他狗头切掉，方才痛快。"被苏氏呵斥一回方静。

　　次日，蓝翁先赴工次监看一番，又与黄先生谈了一回，谈到沅华击贼并那女尼。黄先生向沅华微笑道："这事儿就是胆气可嘉，若说角武之道，非有十二分火候，不能自在游行，切须牢记。"便长吁道，"吾飘流频年，今日还晦藏不暇哩。只是你们说的那女尼，却确非常流，惜我名心都尽，也懒于访晤他了。"说罢不胜太息。

光阴转眄，看看又交秋令，那堤工儿筑得飞快，将次完竣。节近中秋，蓝翁高起兴来，便置备酒肉，在工次大会村众，并犒众工。先两日都预备停当，到中秋这日，便邀黄先生同到工次，饮宴赏月。沉华、蓝埋都高兴要去，沉华更悄悄的携了柄短剑，以备舞弄。当时大家慢慢行来，到堤次各处观看一番，众工人这日也都休息，三五成群，随便说笑厮斗，见了蓝理，便都争来引他玩耍。

少时，苍然暮色自远而至，一丛丛烟林薄霭都淡沉沉的。少时皎月如盘，渐渐推出东溟。大家便分曹促坐，就宽敞处欢呼痛饮起来。蓝翁父子自与黄先生、村众等坐在一处。酒过数巡，各席一阵阵拇战行令，十分热闹。蓝翁看了，也自欢喜。那蓝理却如猢狲一般东跳西蹿，那肯安坐。

这当儿月到中天，越法皎洁，如一片琉璃世界，将大家涵漫在内。黄先生吃得有点酒意，忽的鼓腹长啸，清烈遒壮，声如鸾凤，趁着海天回音，响振林木。大家耸然停杯，黄先生已霍的站起，就广场中使个旗鼓，试回拳法，真个龙蹲凤峙，捷疾如风，但见一团影儿飕飕有声。众人喝彩不迭，便趁势嚷道："可惜不曾将剑带来，不然就月下舞一回，好不雅趣有致。"

一言未尽，只见沉华笑吟吟站起，将前襟一翻，取出一柄短剑，锋锐四射，滟滟如水。众人鼓掌道："妙极！妙极！黄先生须要助个清兴。"这时沉华一个健步，早将剑递上。先生奇气坌涌，接来向空一掷，一道寒光直上天半，"刷"的声落下，先生趁势接来，使开门户，飕飕舞起。只见纵横夭矫，远近高下一缕缕银光乱闪，趁着一片月华翻来滚去，便如万斛水银，泻地流走。末后越舞越疾，但见剑光如龙蛇出没，竟不知黄先生藏在那里。众人一片声喝起连环大彩。

正这当儿，忽听远远丛树内吹起一阵笛声，尖厉凄壮，音调疾促异常，极高亮处，竟如胡哨一般。黄先生猛然一怔，忙收剑倾耳，顿足道："不速之客来了。你既寻到，我也没得说处。"蓝翁等都摸头不着，那黄先生已奔将去。大笑道："吕四兄何作此态？快些来痛饮赏月，且极今朝乐，莫使唐突主人，我辈明日自有事在。"只听笛声顿歇，一人猛应道："这何须再讲！""飕"的声，从丛树中跳出一人。

这当儿，蓝翁、沆华等也都走拢来，只见那客穿一身土色短衣，裹腿布履，身材矮健，生得虬髯满颊，横眉阔口。手内擎一支铁笛，长可三尺，有虎口粗细，乍望去，分明是一柄铁鞭。见了黄先生，眉儿一扬，一语不发，挺身儿站住。黄先生早会其意，忙将剑递与沆华，便邀同行。那客方揣起铁笛，大踏步跟来。蓝翁等暗暗称奇，只得相让入座。众人见了，都交头接耳。只见黄先生满脸霜气，提起壶儿，斟了三巨觥，置在那客面前，道："别来数年，且尽此觞，明夜这当儿，我们鸦头阜相见何如？"

那客浓髯戟张，纵身大笑道："还是黄君能体鄙意。闲话休提，就是这样罢。"说罢，更不看余人，引起巨觥，一气儿灌下，跄踉起身，致声"唐突"，瞥眼间已跃出数十步外，高唱而去。黄先生笑道："火气未除，却是自讨苦吃哩。"蓝翁便问其所以，黄先生只是摇首，大家觉着事儿蹊跷，便饮几杯，也便各散。惟有蓝翁父女十分纳罕，无奈黄先生性儿古怪，也不便十分跟问。

沆华只悄悄留意，却见他镇静如常。这日午后，忽从行囊中寻出个小小皮箧，开来，取出两件物儿，一是把折铁缅刀，柔韧犀利，可伸可屈，盘来不盈一握，展开长可三尺，刀柄上镌着两行缅文，是镇国稀世之宝，还是他当年游缅甸时所得；那一件却是盘走锁铜丸，伸开来长可三丈，丸如巨杯，制得十分精妙。黄先生抚视一番，将锁丸藏起，拈起缅刀，向沆华叹道："吾少年时游行防身，端赖此君。今年华向晚，无所事此，且喜理儿福相，便以此为佩刀之赠罢。"说罢唤过蓝理，殷殷递过，只喜得蓝理没入脚处。

沅华却乖觉，趁势儿问道："我闻得那鸦头阜荒草长林，蛇虺出没，是人迹不到之地，去那堤还有十几里地。先生无端的三更半夜去会那客人，须不稳便，还是不去为妙。"黄先生笑道："他既物色我到这里，便是个不可不交的来头，岂可不去示馁？好在我自揣决能制他，不必为虑。"沅华道："我悄悄跟去何如？看他究竟怎样，方才快活。"黄先生沉吟道："你若去，须听我嘱咐，不可妄动。不然被人知觉，我若对敌，无法护你，不是要处。"沅华喜道："好！好！"

计议既定，这夜晚，沅华只推不自在，先去困倒。迟了少顷，却隐了灯火，悄悄走到书室。那黄先生已结束停当，带了锁丸，提了长刀，沅华也携了把短剑。师弟两人出得院来，各施飞行术，那消顷刻工夫，早到阜畔。一望沙石确荦，草木阴翳，果然荒僻得紧。那阜本是土沙所积，岁久年深，竟如小山一般价松楸茂密，小径崎岖。阜下却是一片平阳，细沙历历。这当儿浮云翳空，遮得那月儿黄晕晕的颜色。

黄先生忙拉沅华登阜，捡一株老松令他上去，端相桐叶严密处藏好身体。然后驰下阜来，就平阳卓立，昂首四顾，握定长刀，一声长啸。就这声里，便见一团黑影从远远丛薄中飞出。沅华望去，便如霜雕掠空，"刷"的声已到黄先生跟前。两人见了，更无一语，登时霜刀铁笛，搅作一团，风车儿般卷滚起来。黄先生这一交手，方知敌人武功今非昔比，是特来蓄意报怨。当时不敢怠慢。忙一挫长刀，跃出圈外，喝道："吕四兄且慢逞性，当日之事，不过失掉你万把银两，非有积仇不共日月。依我看来，那里不结识朋友，且丢开手罢。"说罢拱手要去。

这原是黄先生老境平淡，不愿作这重孽缘。那知吕客以为他畏怯，越法逞起醉猫性儿，越扶越叫，登时凶睛一瞪，大喝道："且用你这头颅抵我万金，也将就得了！"说罢舞铁笛直抢进来，黄先生没法，只得重复交手。这番却刀法一变，纵横旋绕，一片白光铺罩开，竟远及二亩余，休想见他身体。这套武功据个中人讲起，名为"猿公戏玉女"，还是当年战国时越国处女所留遗，全仗轻灵神变，罡气内工。那手中器械，不怕是一段槁枝枯木，使开来不亚利刃，好不利害得紧。沅华在高处望得分明，只见团团的大银阑，如月边风晕一般，或高或下，将敌人迫得手忙脚乱，几乎失声喝起彩来。就见那吕客失声大叫，铁笛一横，跃出刀光外，撮起唇来，极力的胡哨两声。

只见四面丛林内突突突跳出二十余人，风也似抢到，丛刀如麻，向黄先生团团裹上。沅华大惊，刚要跳下，只见黄先生一挫身躯，风也似先奔吕客，喝声："着！"长刀过处，吕客头颅飞去数步。众人怒吼赶到，黄先生早翻转身，飞奔高皋，据了块危坡，众人早仰面攻来。只见他长刀一掷，早砍倒一人，接着"刷"的声抖开铜锁，左右前后，金光乱闪，那铜丸儿如有眼睛一般，专寻那贼颅儿敲去。不消半盏茶时，一个个都滚落皋下，横尸狼藉。黄先生踌躇四顾，不由长叹一声，收回走锁，对着惨淡月华，搔首良久。

沅华也便跳下，踊跃奔来道："亏得先生有这手段，不然我便拼性命与他们厮并一回。"黄先生握手道："此处不可久延，我们且去罢。"说着与沅华便寻归路。黄先生忽如碎嘴婆子一般，殷殷的嘱沅华道："剑术之要，须静如处女，养若木鸡，有以待敌，不可为敌所待。知白守黑，决不可徒矜客气。我所能者，犹是迹象的事儿，算不得甚么哩，此后切宜谨记。"

一路唠叨，将近村里余。只见数支火燎，一群人各执器械，闹烘烘从村中走来。原来蓝理一觉醒来，不见沅华，忽想起日间在书室闻的事儿，忙跑去告知他父母。蓝翁大惊，苏氏竟吓得语言不得，所以登时集众去寻。黄先生望见，向沅华道："家中人寻来，你便快去，我去去就来。"说罢向来路转去，影儿一晃，瞥然不见。闹得沅华怔怔的不解所以。这当儿众人已到，遇着阮华，如获珍宝，便忙忙拥回家来。

蓝翁夫妇正气急败坏的坐立不安，既见沅华，方才稍定，便大家围定，问其所以。沅华细细述来，众人都惊得呆了。蓝翁顿足道："黄先生本来奇特，踪迹难测，此番他中路矬回，保不定便飘然远引了。只是这血淋淋的事儿近在堤工，这便怎处？"说罢十分焦急，忙矬到先生书室，闷候良久，那里见他转回。沅华更心头辘辘，也便赶来，与蓝翁说起先生赐刀理儿，并途中许多谆嘱，回想来似有个诀别光景。

父女愁叹一番。沅华忽一眼瞥见砚角下露出一纸字角，忙抽来一阅，却是黄先生所留贻书。

第六回

触强梁吴家溅血
誓薪胆侠女寻师

大略道"仆赋命不犹,少逢国难,卅年来奔走海上,为诸侯客,颇欲一奋子房报韩之志。同辈故人,散处甚众,或折而就人羁勒,聊以自娱。嗣海隅大定,仆亦倦游。顷所遭吕客者,名四官,绿林之雄也,数引倭寇掠沿海诸郡邑。仆偶遇之于江西道中,方掠行商万余金,且缚主人沉江中,余数伙觳觫待命。值仆挫其锋,乃誓报以遁,今所以来也。顾仆素志,晦迹学进。今若此,势不能留,至薄技所能,不过此道之嚆矢,顾公子辈慎勿自足"云云。末书"黄仁顿首"。

蓝翁看毕,骇讶不已。沅华望了那黄先生一束行囊,恓惶惶落下泪来。当时父女踅回内室,沅华自去歇困,蓝翁夫妇终夜何曾合眼。

次晨,蓝翁忙先嘱咐家人等不许声扬,刚要赴工次,寻村众商议这事,只见村中乡保等早慌张张寻来。蓝翁那里有甚么主张,且同他们去寻村众,大家更是张口结舌,只得先胡乱报案再讲。不消说,相验并询问当地乡保并附近村众,照例公事,闹过几天,大家都闹的昏头搭脑没高兴。且幸官中得不著甚么头绪,只好认作群盗仇杀，将要含糊了事。只有蓝翁却怀着鬼胎，惟恐风声偶露，要究寻这黄先生。过了数日，见无甚动静，心下少安，依旧督起工来。这日方转回，离村不远，忽见家中仆人跑得大汗满头，喘吁吁迎来道："且幸主人转来，不然小人还须寻去。"说着回身便跑。蓝翁诧异，唤住问他，他道："方才岱嵩聚来了一人，急寻主人，我家主母一面遣我来寻，一面与那人讲话，说是吴家被甚么盗哩。"

蓝翁一惊，飞也似跑至家，一脚跨进，便听得客室内有人谈话，并他娘子呜呜咽咽的声音。赶忙进去，先望见娘子将沅华揽在怀里，哭得泪人儿一般。蓝理却气吼吼望定沅华，只将牙儿咬得格吱吱的怪响。沅华却面孔惨白，一点泪痕也无。那来人却是个朴实村人，坐在一旁，只是叹他的寡气。娘子忽见蓝翁，不由要放声大哭，那来人一面握手，一面与蓝翁厮见，不暇客气，便夹七杂八的将吴家祸事再为叙来。

原来吴长者练办乡团，甚是严正，人数既多，那里都是一个娘的儿子，未免有桀骜强悍的搀杂在内。吴长者查着过犯，都一律严处不贷，这类的人已暗暗切齿。

也是合当有事，一日，其中有李乙、张丙两人黑夜巡缉，撞到个小村中，只有数十户人家。冷冷清清，夜色既深，两人在一条长巷中踅了一回。那小户人家大半临街就是住室，窗儿矮矮的，灯火荧荧，或纺绩工作，或儿女笑语，都听得逼真。两人走倦了，便在一家檐下坐了歇息。李乙叹道："官身儿莫想自由。你想这当儿，人家说说笑笑，骨肉团聚，何等自在，偏我们夹尾巴狗似的，冲风犯露，替人家打隔壁更。回到团中，平平的倒还罢了，若遇老吴不高兴，便要倒个小灶儿。恨将起来，那里不吃碗饭，便跳个岔道儿也罢。"张丙道："快悄没声的，咱们歇息转去是正经。那井尾溪一群魔王要奈何起人来，便利害哩。"便笑道，"你若想你婆子，快回暖暖窠儿去，我替你巡着。"李乙一笑，随手一掌，掴在张丙脖儿上。

两人方要起行，忽听门内格格的一阵笑，接着足步细碎声音，跑入临街室内。便见窗上男女抱揽的影儿一晃，扑的声灯火遽熄。李乙将张丙一肘，鹤行鹭伏的属耳窗际，只听里面一头窸窣有声，一头谈些家常琐屑，末后却笑语渐稠，声音也低起来。良久，良久，只将两人听得如雪狮子向火，赶忙离开，悄悄唾了一口，怏怏的又趄了一回。

　　巷尽处，却有孤另另几间草室，里面只姑妇二人，方在灯下绩麻，从苇箔中透出灯火。李乙这时忽起淫念，便扯张丙闯然而入。只见那婆儿方伏在榻上，整理那一团团的麻线，年纪只好四十以来。那媳妇儿却低着云鬟，勒起一支裤管儿，露着藕也似一段小腿，正一上一下的在腿上搓那麻线。当时姑妇忽见两人闯进，吓得作声不得，就见李、张两个虎也似先抽出器械，喝令禁声，随手掩上门儿，熄了灯火。直至五更将近，方才扬长而去。

　　姑妇两人饮泣一回，无可如何。当时虽是仓猝，那李张两人面貌衣装，也便记清。久而久之，村中便晓得了，沸沸扬扬传开来，早被吴长者查知。李、张大惧，晓得性命不保，索性一不作，二不休，竟公然投入尾井溪群盗伙中，将吴长者团中虚实情形和盘托出，作个进见礼儿。

　　这当儿渠魁龙大相双目瞎掉，这第一把交椅便让了悍目卢文。这卢文飞檐走壁，件件来得，绰号"燕尾儿"。其弟卢质，身长七尺，力举千钧，白皙皙面孔，蚕眉星目，便如世俗所画吕温侯图像一般。善用长刀藤盾，舞开来风雨不透，那杀劫血案，只如寻常，官中何曾敢正眼儿去觑他。

　　当时卢文既膺首领，正思抖抖威风，恰好李、张投来。那岱嵩聚吴长者办团自保，本就触他恨怒，当时既得要领，便夤夜点起党众，分一股截阻乡壮，卢文却率数人杀入吴家，尽性儿搜掠金资细软，然后一把火焰腾腾烧起，顺风胡啸而去。吴长者一家儿登时罹

29

难。及至乡壮得知警闻，又被群贼截住，混杀一场，各有死伤，已是来不及了。

这村人草草述毕，蓝翁倒抽一口凉气，噎了良久，方才缓过，那痛泪也直泻下来。第一恐苦坏沅华，忙先令苏氏等哄他入内，一面备饭款待村人，又细细询问一番。方知卢文等声势浩大，这仇儿竟无从设法去报，只好报到官中，悬一纸空文，缉捕罢了。村人饭讫，自回报岱嵩聚村众不题。

且说沅华如痴如梦的过了几日，蓝翁夫妇只忙着调护他，倒将愁痛暂时搁起。后来见沅华神色稍复，只是面孔冷冷的如寒冰积雪，越法终日价致力武功，仿佛借此消遣似的。有时价书空自语，有时仰天呆望，蓝翁等以为过些时自然好些。这时堤工将竣，开销越多，预备之款还是不足，没奈何东挪西借，成了个欲罢不能之势。蓝翁只好一力儿担在肩上，却也闹得心憔神瘁。且喜鸦头阜事儿静下来。

一日薄暮，蓝翁夫妇引逗着沅华没说强笑的混过一宵，沅华只是怔怔的，忽的屈膝跪倒父母面前，垂泪道："儿欲暂违膝下，约期十年。那黄先生说得好来，武功角胜，必须十二分火候，儿血仇在身，讵容不报？是非从师尽艺，不能如愿哩。"苏氏听了，先颤巍巍一面挥泪，一面拉起沅华道："我儿快莫混闹，敢是气苦癫痫了。那从师学艺，都是说书唱戏的人编造出来的。你一个娇怯怯女孩儿家，何曾离过父母顷刻，就轻轻说一去十年。知道你那师父在那老山老谷里？你绢制的人儿似的，受得了那等苦楚么？呵唷唷！我的孩儿，可不痛煞了人，那恶人自有恶报，没有一百年不睁眼的老天爷。好孩子，快歇了这念头，我便算得你的济了。"说着便抽抽达达，大把儿洒起涕泪来。

蓝翁也泣道："瞧得你小小人儿，志量如此，其中许多难处且不必说，只是刻下年光，那里有绝世异人。你虽有隐娘之志，也是没法。"沉华道："父母若能割爱，成儿之志，那日道林山所遇性师，便是异人哩。"苏氏问起来，越法怕得甚么似的，那里肯依。还是蓝翁有些见解，左右沉思，知沉华心如金石，挽劝不得，只得细细的将此中理势讲给娘子听，他娘子方才好些。

过了两日，沉华更不怠慢，便克期与蓝翁再赴螭头沟。当夜大家话别，苏氏只有哭泣的分儿，拉着沉华，反覆叮咛道："过个一年半载，你便快些回来罢，只当去散散心，千万莫逞性儿，一去十年。"蓝理等亦哭泣不舍，忽的抽头跑去，将那柄缅刀拿来，定要与沉华将去。沉华见了，倒一阵痛泪直流，握住他手道："转眼间我便归来，那时我学会甚么，一定要教与你的。这刀儿切须宝惜，且留你习弄，你忘了先生说你福相么。"蓝理听了，方才稍悦。

当夜大家不寐，沉华行装早都停当。晓色甫分，仍然备得两头驴儿，沉华拜别娘亲，竟同蓝翁长行而去。苏氏如剜却心头肉一般，生剌剌看他去掉，不由掩面大痛。亏得蓝理等围绕来，好歹劝住。

且说蓝翁父女一路上各有悲感，便无心观玩景物，只得行去。将到螭头沟，只见远远对面来了一骑，一个短衣人随后厮趁着。沉华目力最强，便道："那骑上影绰绰是个妇人，看那身段儿，活似那何娘子哩。"说着一抖辔，先迎上去。蓝翁随后赶来，只见沉华将到，那骑真个登时站住，走近一看，正是何娘子。只见他光头净脸，穿一身布素衣裳，十分整洁。骑上面还带了些蒲裹儿，夹七杂八，仿佛向那里探亲似的。一个笨实实小厮，肩着雨伞包裹，随在后面，便是那店伙黑崽。

何娘子方揽定沉华手儿，一面笑，一面噪道："哎哟哟！真是无巧不成书，竟闹了个喜相逢哩。我一向只是不得闲，这当儿才要望望你去，却遇着了。怎的你的脸儿白渗渗的，莫非害病来么？"沉华道："且回店再说。"何娘子早望见蓝翁，忙下来道个万福，蓝翁也忙致寒温，挥手命他乘上，一行人都奔向店来。

何娘子忙得一团糟，殷殷款待，不必细表。及至稍静，沅华与他谈起所遭变故并此行之意，将何娘子听得花容更变，失惊打怪，流泪道："不知小姐竟有这些苦楚。且喜性姑姑还不曾去，前些时他偶然谈起，还这里洞天、那里福地的说了好些。事不宜迟，莫被他云游去了。"沅华道："正是呢，我们次早便去。"

当夜蓝翁对着一穗残灯，见沅华孤子子小影坐在那里，想到此后从师，不消说深山大壑，麋鹿为群，终日习作些铁铮铮严霜冷雪的勾当，何曾还得个和煦气儿，不由两眶热泪循颐而下，便道："我儿既坚志如此，切须先净诸缘，不必念汝父母。明晨便请何娘子引你谒那性师，我便转去，以慰汝母。"沅华泣诺，各自草草卧下歇息。

次晨，蓝翁果然又嘱咐一番，硬着肚肠，竟自转去。这里沅华自与何娘子来至海潮庵，投在性师门下，何娘子自回店去。这且慢表。

第七回

遭坑陷善士系图圄
卖田庐贤母撑冻馁

　　且说蓝翁一路上垂头丧气，孤另另转来，望见家门，一阵凄惶。仆人等接过驴子，方才跨入院内，已闻得客室内有人刮刮而谈，仔细一听，却是那张瘪嘴的声音，不由一怔。

　　那室内家仆已忙跑出，近前低禀道："主人切须留意，他不知怎的只管探询那黄先生哩。"蓝翁一肚皮不自在，只好定定神，扬扬走进。只见张瘪嘴扬着下颔,用眼一瞟，慢条斯理的站起，龇牙儿一笑，随即作出一副极恳切的面孔，一语不发，先将蓝翁拉向里间，低语道："且喜老兄转来，我这趟腿算不曾瞎跑。有个风火般天大事寻你来置理，可是你怎的得罪了冯二尹，他要抓你斜岔儿哩。呵唷唷，血淋淋的勾当是顽的么？亏得我官中朋友多，被我得知风声。你有甚么不明白处，那冯二尹好不狡猾，他是闲的没事干么，不过想你些好处罢了。我听了赶忙磕头礼拜的求那朋友，在冯二尹跟前按住这事儿。甚么话呢，我们相交一场，眼睁睁看你受祸，那不成了狗娘养的了么？"说着义形于色的将脖儿一缩，伸起一指道，"还好，幸得他口儿张的不大，不过指望这个数，万把银两，我拼着老面皮，再与他错磨错磨，七八千金，总还下得来。别看老兄有声有

33

势，甚么修堤咧，善举咧，是个头儿脑儿的，他们官场中人都是狗脸儿，说一声刷刺落下，便是他亲老子也不认。"

一席话驴唇不对马嘴，劈空而至。蓝翁忍着性略一沉吟，已有些瞧料。暗道："不好，定是黄先生这段事不知被那个泄漏风声。"当时只得装憨儿道："张兄这片话真有些蹊跷，究竟为甚么事儿呢？难道我倾资修堤，修出罪过来了？"张瘪嘴笑道："老兄竟长了本领，会这个腔调了，这话儿真风凉得紧。"说着又凑到蓝翁耳边，喊喳半晌，末后拍案道："就是差着没处寻他去，不然怕他怎的。"蓝翁见事儿穿透，心下虽有些估量，只是这当儿财力支绌，那里来得及。又想想事无佐证，怕他甚么，趁着近来许多闷气，竟向张瘪嘴发作起来，冷冷的一笑，拂袖而入。直将张瘪嘴塑在那里，这一气非同小可，见许久没人理他，便向仆人发话道："真是好心当作驴肝肺，我吃了自己的清水老米饭，难道好管这闲账？但愿从此没事才好，我便落个闲扯淡，也不算甚么。"说罢，颠着屁股恨恨而去。

这里苏氏见了蓝翁，自有一番情形，只得将愁念沉华暂行搁起，心内七上八下，且惦挂着张瘪嘴这事。过了几日，幸得没甚动静，蓝翁放下心来，且打叠起精神，经营堤工。

十一月初旬天气，日影儿飞快，忙忙碌碌堤工告竣。村众十分欢喜，便仍在村庙内设了海神之位，大家饮宴酬待，以庆落成。正在兴高彩烈吃到半酣，忽见得四五个公人，恶狠狠闯到席前，将红圈票向蓝翁一亮，不由分说，一索儿牵了便走。蓝翁老腿笨脚，竟跄跄被捉将去了。村众大惊，登时酒也散咧，一面遣人追去探听，一面走告苏氏。苏氏又急又痛，当时只哭得死去活来。蓝理性起，拾起缅刀，便要追去理论，被众人死活拽住。便劝慰一番，且自各散。

当夜苏氏前思后想，女儿既那般境遇，丈夫又遭这横祸，灯影下对着三个孩儿，呜呜咽咽，直到天明。次晨起来，草草结束过，刚要自己赶进城去，探个实在，那村众业经到来。原来追探的人早连夜价赶回，方知蓝翁果然因黄先生这事，被冯二尹在县官跟前竭力怂恿，说他私窝凶匪，纵逃无迹，事关若干人命，已经下在死牢里了。

苏氏听了，登时"呵唷"一声，翻身栽倒，目睛上插，口角边流出白沫。蓝理大怒，登时虎吼一声，跳起来便跑，要去杀那冯二尹，四五个人还拽他不住。仆人等忙搀起苏氏，捶唤良久，方"哇"的声吐出一口浓痰，嚎啕大痛，村众苦苦劝住。便有四五个老成些的发议论道："蓝奶奶，这不是哭的事儿，我们大家且赶去具个保状，看是如何。"苏氏哭着谢过。

村众便忙忙去了，到得城内，先觅人写好呈报，投将进去。然后大家在牢头手内通融过，着一个人混入牢内，望望蓝翁。只见蓝翁蓬头垢面，全副儿刑械，如处置大盗一般监在一间囚室，见了大众，只是长叹，却也没作理会处。当时村众便将来意述知，蓝翁叹道："且看时命罢，只是我无端遭此，一定是宿世孽缘，只好听天罢了。"村众等慰藉一回，太息而出。及至呈保批出，却将村众骂得狗血喷头，那里肯准。大家没法，只得转去。

苏氏越法愁啼。只得破着金资，东磕西撞，先变尽方法，替蓝翁上下打点。你想一个没脚蟹般的妇人家，那里懂得此中窍要，不消说费十个钱，倒有九个掉在水里。那当地讼痞，如张瘪嘴一流，见了这千载难逢的肥事儿，早一个个顶着烟上来，个个以陈平、张良自居，一条条出奇计划，说得天花乱坠。还有些耍纸虎，撞木钟，找落（吾乡方言，白手诈财也）的朋友，这个说："县里舅老爷与我换帖。"那个说："某刑幕师老爷与我是一个人儿。"更别致的，竟有的说："我家家主婆一年到晚不断的进衙内，与太太绞脸修鬓的，说说笑笑，通没忌讳。那老爷更是和气有趣。有一日，俺婆子穿了双新鞋子，花花绿绿的，那老爷还低了头，笑迷迷的看了半晌，赶着命太太替了个鞋样儿去哩。要从这里插手进去，花费不多，管保事儿远办得千妥万当。"

苏氏听了，那里找主心骨儿去，便不问周详，如急病乱投医一般，只管一样样试验起来。那金资流水般淌去，只好日变田产，渐渐衣服器具，瓦窖般一片宅院也便典出。再加着蓝翁牢中费用，更是个绝大漏卮。那知官中用意，原吓诈他的财，只不哼不哈，张着口老等，并不将蓝翁怎样，只给他个长系拖累。苏氏愁极，便每每踅到牢中，与蓝翁痛哭一场，却惟恐蓝理生狞滋事，不带他去。这当儿早知沅华到海潮庵，不多日子便同性涵云游去了，音问都无。因愁事重重，只得索性且放下这条肠子。

光阴如电，转眼已七八个年头，冯二尹并那县官早已去任。后任因蓝翁案情甚大，谁肯担这干系，所以仍系在狱。这当儿蓝瑗、蓝珠都出落得身材魁梧，有力如虎，终日价与蓝理读书之暇，习些武力。蓝珠性儿且聪颖非常，书卷过目，便能默诵不忘。惟有蓝理筋骨如铁，雄赳赳好个大汉，性子烈火一般，瑗、珠两个都怕他三分。只是这当儿家道贫穷，母子们便租了本村王老者的场院中几间草室，胡乱栖身。苏氏与人针黹缝纫，敷衍度日。蓝理兄弟每日价轮替着捡些柴草，担向左近村中去卖，人家见了，都太息得甚么似的。

第八回

刘山薪村竖肆蜗争
入染坊英雄甘蠖屈

那知村童们见蓝理割那柴草，一镰下去，便抵他们割半日，顷刻间两座小山似的，担在肩上飞也似的去了。少顷便回，又如此割去。大家便不舒服起来，暗地计议道："蓝家小厮偏有这般牛劲，像这等顽法，我们只好喝西北风了。等着瞅空儿，我们给他个利害方好。"当时十余人计定，准备行事。

这日蓝理到村外，方束好高巍巍的一担柴，要肩着起来，只见众村童挤挤眼，便有一个突然倒在蓝理跟前，揉着肚儿，厮唤道："蓝哥儿，快些替我揉揉，想是发痧了。"蓝理那知就里，忙放下担子，折下腰，刚伸去手，却被那卧的用两手极力拖住，大叫道："快些动手！"众童一声喊，飞也似的拥来，便如小鬼倒金刚一般，抱腿攀腰，便想扳倒。

蓝理倒笑将起来，一挥手离开卧的那个，倒将众童牵的跌跌滚滚，其中便有哭骂的，蓝理也不理会。原来苏氏因他生性刚烈，时时诚训，所以谨记在心。正在纷乱，只见有几个抛掉这里，赶去将那柴担踢拉得纷纷遍地，蓝理再也忍不得了，吼一声赶去，用两指将那为首的劣童脖儿一掐，悬空的提开，扔在一旁。肩起余柴，飞

37

步转来，那被掐的劣童良久方大哭大骂，原来脖儿上早去了两块油皮，紫殷殷的血液透出。众童便乱噪道："这还了得，赶快向他家理论。"哄一声拥定被掐的，一路哭骂，闹嚷嚷赶将来，登时随路又哄和了些儿童帮热闹儿，端的十分凶恶。

那蓝理到家，众童亦到，便挤在场院门首叫起阵来，喊声动地。王老者住在跨院，也惊走过来。那苏娘子方在灶下炊晚饭，被湿柴郁烟熏得眼泪滴滴，忽闻外面喊着蓝理哭骂，直惊得面色如土，以为蓝理闯出甚么事来，便一面拭着眼泪，一面跑出，已见王老者横在里面，笑吟吟同众童乱噪。忙问知就里，心下少安，只得同王老者抚慰他一回，又将出些果饼儿给他们，方才散去。王老者还笑道："这事儿却不怨理哥儿哩。"说罢自回跨院。这里苏氏又问过蓝理一番。

母子用过晚饭，那天色已晚将下来，便关了院门，掌上灯火。蓝理兄弟自阅些书籍。苏氏一面针黹，一面望望屋内光景，又想起方才村童厮闹，若在当年，那里有这些事儿，不由双泪遽落，对蓝理道："儿呀，不是我不望你上进，只是现在这般光景，衣食都难，只靠你们打些柴草，也非长策。昨日王老者偶然提起，有个染房里要觅个徒伙，帮帮工作，吃碗现成饭倒是小事，到底学出手艺，也可为业，多少还赚几个钱，添补家用，你道好么？"说着那眼泪越法淌下来。蓝理见母亲苦楚，也泣道："便是这样，好在两弟在家，孩儿便去。隔些日望望母亲，也是如在家一般。"苏氏道："正是呢。"当时各自安歇。

次日，方要寻王老者商量将蓝理荐到染坊，只见村中两个首事人匆匆跑来，见了苏氏嚷道："蓝奶奶快些去罢，你家丈夫不中用了。方才官中人唤家属领尸，我们已打发他去了。听说是牢瘟传染，一霎时便故去了。"

苏氏母子听了，恍如晴天霹雳，顿时痛倒在地，悠悠苏转，娘儿四个相抱大哭。王老者也趑来收泪相劝。当时忙忙成服，一面置备棺衾，一面命蓝理同着人去装殓，草草抬至家下。亏得王老者一力襄助，村众等也都念蓝翁好处，多多少少都有些赙赠。停灵一七，便扶枢向祖茔埋葬，只将苏氏母子哭得死去活来，没奈何还只得支撑这愁苦岁月。

一日，苏娘子向王老者提起染坊事儿，王老者慨然应允，走去一说。居然成功。好在两村相隔十余里，且是来往便当。过了几日，苏氏与蓝理收拾了个小小包裹，嘱咐一番，含泪送出，由王老者引着竟向染房而去。少时王老者转来，苏氏又称谢一番。这且慢表。

且说这染房主人姓邬，本是个外乡人，当过长随。不知怎的和一个婢女勾搭上手，便趁空儿将主人家金资偷盗许多，卷逃而出。一路藏匿，幸未发觉，后来撞到这村中，便流寓下来，想了个染坊生业。这当儿他夫妇都有四十余岁，膝下一个女儿已有十八九岁，生得来且是稀奇。单论那风姿儿，已是豹头环眼，势如奔斗，噪起来老声老气，如破锣一般。若拿柳眉杏眼、桃腮樱唇、葱指莲足诸般鲜艳艳名色来比拟他，也未尝拟不于伦。却是谁要开这爿水果行儿，一定倒定了霉，因都是烂坏掉了的货儿，却集捻来都堆在他身上。饶是这等，他却不敢妄自菲薄，有负这天香国色，一般价施朱点黛，作张作致，打扮个像花鹁鸽似的，通没些安静气儿。便在染坊内帮作些营生。

那邬氏有甚么正经，从小儿在那主人家学得嘴馋身懒，再就是那桩事儿还要紧些，每日睡到日光晒屁股，方才爬起。还乏得他压油儿，草草笼上个母鸡窠（俗言乱头不理也），拖着鞋子，先到三瓦两舍家点个卯儿。这里掀掀人家的锅，那里瞧瞧人家的缸，李大姆张二嫂的说笑个尽兴。然后拖着裹脚条回来，屋内丢的横七竖八，驴屎搀马粪，休想他著一帚儿。有时高起兴来，无论三更半夜，前后的吵成一片，便是鸡儿狗儿都须他指挥安置。染坊中徒伙呼来唤去，甚至于倾洗马桶，都命人去作，稍有怠慢，便颠著屁股骂起。偏搭着姓邬的又是个酒鬼，三杯落肚，百事不问。

这当儿，坊内先有个伙计姓出，生得来蜜嘴甜舌，不知怎的凡遇着邬氏，你看他东掏西摸，恨不得生出三支手竭力工作。遇着那女儿，顿时下气低声，眼光瞟得热刺刺的，不知怎样好。俗语说得好，一货有一主，没有不开张的油盐店，暗地两人竟打得火一般热。这当儿蓝理忽到，如鸡群中跳出仙鹤，田伙儿那里容得，第一要点，恐他那心上人被人家攘去。那知这等腐鼠般物件，人家正眼儿也不曾觑着。只是那女儿未免觉得在先事儿有些不值起来，心地既移，面情必露，都被田伙儿看在眼里，一股醋气直彻囟门，那知蓝理作梦也不晓得。从此田伙儿腆起狗脸儿，处处与蓝理为难，在邬氏跟前言三语四，自不消说。

过了数月，那女儿见蓝理冷冷的，有时节扭头折项，掩着口儿趱到他前，俏俏的飞个眼光，那蓝理倒别转头去，恨得他甚么似的。一日事有凑巧，那女儿方独坐堆布的屋内，只见蓝理穿了围裙，扎煞着两只精怪似的靛手，忙忙走进来取白布，那布架儿却堆得甚高。他便定意要引逗他，忙让蓝理立在凳下接布，自己端个篮儿踏上去，先将低处两匹递给蓝理，忽的脸儿一红，低笑道："偏偏忙着手，这蚤虫儿也会作怪。"将两手探入襟底腰下，掏掐一番，却暗将带儿解开，只鼓着肚皮将裤儿掖紧，然后伸高两臂，去抱那高处的布。

蓝理方举手要接，忽见他阿唒道："不好！"一声未尽，那裤儿凭空落下，赤条条的应有尽有，正对了蓝理面孔。他却就势儿将布丢掉，软答答的抱住蓝理肩头。蓝理大怒，只一晃肩儿，那女儿连凳便倒，他那里管他，只气吼吼抱布跑去。那女儿泣骂良久，羞愤成怒，从此方知蓝理不是甚么好主顾儿，便合了田伙儿，变法儿欺辱他。

幸亏蓝理每每气恼，便想起母训，只一味价混着过去。转眼已一年有余，每逢时遇节，便回家望望母亲并瑷、珠两弟，见他们武艺日进，也自欢喜。

第九回

蓝理探险起雄心
卢质遗书大决斗

一日，蓝理正在染作，只见一个獐头鼠目的人趔将进来，望望染色，便道："我们有许多布匹，不便运来，你们能携了染缸，就到我那里去染么？"蓝理道："尊处那里？"那人道："井尾溪。"蓝理猛然一怔，忽想起吴家被祸来，不由雄心陡起，一皱眉，趁势说道："使得，使得，足下上姓？"那人道："我姓王，在那里卢府中管些杂务。你到那里，只管问铁膊王二爷，无人不晓。"说着抹抹鼻儿，似乎唯我独尊的光景。蓝理一听，越知就里，当即应允，那人定期而去。

这里蓝理告知主人，届期收拾收拾，即便赴约。过了个把月，方才回来，却暗中将大盗卢文那里许多情形探得明白。知他那里声势越大，各处党羽已有数千人，单是井尾溪已有数百贼，甚是了得。

这当儿"燕尾儿"卢文因占淫龙大相妻女，龙大相眼虽瞎掉，党羽自在，便大家设计，置酒高会，将卢文灌醉，如制伏春秋时南宫长万一般，用生革缚好，抛入烈火烧掉。那知过得几天，卢质发作起来，不消说龙大相，便连他党羽一气儿杀掉，依然将大相妻女占据，便火杂杂的夺了这把交椅。这魔头非复人类，啖人之肝，盐人之脑，直如寻常便饭，众人那还敢哼一声儿，将方圆数百里闹得暗无天日。官中也有些觉得，虽不敢拨撩，却时时防备，那赏格儿各处贴得好不热闹。卢质闻得风声，索性要大作起来。便随时分置党羽，要趁机会攻掠附近州县。这些情形都被蓝理侦得，便暗暗记在心里。当时转来，也自无话。

邬酒鬼见他辛苦一趟，委实得些好钱，便背了田伙儿，多给他些工资。田伙儿越法不悦。一日吃得醉了，恰好新生了一缸青艳艳鲜澄澄的起花头靛，彩色异常漂亮。蓝理甚悦，刚在那里检点应染各件，只见邬氏蓬头乱鬓的，撇开八字脚走来，道："蓝伙儿，快些儿到后院来，将那堆鸡粪捡起，不然被狗儿刨掉，怪可惜的。"说着唠哩唠叨，立督着蓝理便去，他还跟在屁股后东指西点，好容易弄清楚，为时已久。

蓝理一肚皮没好气，忙忙趱回。刚走到染室外，忽闻得一阵奇怪声息，原来那女儿闻得邬氏一路嚷靛儿彩色，他便蹭了来望望，恰值田伙儿倚着酒意来寻蓝理岔儿，两人望望，室静无人，便越接越近，就在那靛缸后厮并起来。正在不可开交，忽闻蓝理脚步声，那女儿忙将田伙儿推开，一溜烟从后门跑去。田伙儿色兴未遂，酒意正酣，便一抹狗脸，躺在就地，海骂起来。蓝理跨进，还望见那女儿后影儿，当时怒极，刚要揪起田伙儿，忽一沉吟，叹息而止。又一望那靛缸，那股无明烈焰腾腾烧起，再也按捺不下。原来养这靛儿彩色十分古怪，但偶不慎有污秽冲触，分明鲜花似的色泽登时灰渗渗死气扑人，想是此物喜洁，性本如此。还有说养靛死活关乎主人运气，这便是故神其说了。

当时蓝理气极，恰好座侧有块压布巨石，便提起来向缸一击，"咣嚓"一声，缸破靛流。那田伙儿正骂得起劲，猛然一惊，方要挺起，那靛水却如唧筒似的射个正着，登时变了个靛人儿，精魔一般大号大叫。蓝理越怒，赶上前扯着腿子直揿开去。这阵大乱，早惊动邬氏，飞也似奔来。可笑那该死的田伙儿糊胡涂涂，竟不曾系裤儿，见邬氏到来，只好就势儿捧着小腹蹲在那里，杀猪般叫起，倒说蓝理使酒风，撞毁缸，岔坏他了。蓝理又不便直诉所以，当时顿足跑出。

这里田伙儿又变了一席辞令，说蓝理怎的骄横无状，他在这里，我只索不干了。不消说那女儿又敲起边鼓，邬酒鬼有甚分晓，登时将蓝理辞掉。你想蓝理这等人作这等事，本如避难一般，一笑辞出，回家来拜过母亲，仍与两弟读书练剑，倒十分快活。

这当儿各处村镇因井尾溪盗风日炽，大家都拣选少年习练武技。怀珠坞村众也便选集各家丁壮，共二百余人，择地建场，置备器械，名为"知方社"，专习拳棒扑跌，保卫乡井。首事的还是当年同蓝翁修堤的一班人，王老者也选入里面。大家议起教头一席，便想到蓝理是再好没有的了。当时寻苏娘子一说，自然乐从。从此蓝理充了教头，尽心授技，整理得十分威武。不消半年功夫，怀珠坞社众武术超过别村数倍。蓝理却早出晚归，殷殷不懈，便将瑷、珠也带入教场，同大家打熬气力。别村中社众一半羡叹，一半嫉忌，提起蓝理，远近皆知。卢质那里，便自留意不提。

且说这年正月，距蓝翁修堤告竣将及十年，村众集议，便仍在当日村庙中聚宴酬神，并议些知方社中事儿。思念蓝翁旧德，便在旁座与蓝翁设了木主，并命蓝理请苏氏临场爇香，以尽大家诚意。苏娘子听得，好不伤心，到了这日，只得结束停当，与蓝理慢慢赴庙。

这当儿，苏氏数年来经了多少忧患愁苦，便是仙人也要老了。只见他白发鬖鬖，皱纹满面，一头走，一头拭泪。蓝理扶入庙中，大家迎出厮见过，苏氏叹道："老身是不祥之人，还与这胜会作甚？"大家同声劝慰。苏氏先拭泪拜过木主，然后到海神案前爇香，忽的感念家难，那积年不平之气只管按捺不了，不由数数落落对神位哭诉一番。众人忙劝道："蓝奶奶且莫伤心，俗语说得好，老鼠拉木排，大头儿在后头。只看这教头兄弟如此气概，将来还会错么？古人说积厚流光，是不会错的。"

说也奇异，众语方毕，忽闻蜡烛上"毕剥"一声，烛花灿然，一道青烟如长虹一般，飞向木主香炉，与那香烟氤氲缭绕作一处，突的结成一个宝盖，飞上不散。众人大骇，正在互相愕视，只见一个人徐步而入，年可卅余岁，生得短小精悍，一种装束分外奇怪，立在庭心，拄拳腰际，将夜猫似两眼一翻，猛问道："那位是蓝教头？在下有书相致。"

蓝理与村众一看，觉得来人诧异，便迎上抱拳，笑道："我便是蓝理，足下何事相访？"那人端相一回，一回手掏出一封书来，递给蓝理道："足下且自斟酌，不必勉强，过两日在下还来此地敬取报书。"说罢一举手，脚步一转，"飕"的声跃出庙外，登时不见。众人大惊。蓝理草草阅书，恐惊了母亲，忙命两弟送他转去。这里众人早如群蛙乱聒，围定蓝理，问其所以。蓝理道："不要忙乱，且坐下再说。"

当时大家就坐，饮过数巡，都光着眼望蓝理嘴儿，要听个下落。蓝理起身，略述来书之意。原来是卢质遗来的一封定期决斗书，因蓝理名著一时，别村社众便替他鼓吹起来，说蓝理怎的自负，常念道："卢质这贼骨头，多早晚碎在我手里！"如此一传扬，明为赞扬蓝理，暗中却是给两下拢对儿，他们坐山观虎斗，那些不妙，所以卢质才有这番举动。

当时众人听罢，都吓得脖儿一缩，胆小的竟有狠一狠放掉酒杯，溜之大吉的。蓝理却豪气飙举，心花怒放，连举数觥，跄踉而起，向社中少年道："我们结社，原为御贼，今天夺贼魄，自来寻死。不是蓝理夸口，合该此贼命尽。诸位高兴，愿从行助助声威的，尽可自言。"众少年真个被他提起气来，登时揎拳勒袖，咬牙切齿，愿从行的竟有二十余人，蓝理大喜。当时酒罢各散。

　　蓝理回到家，暗嘱两弟瞒过母亲。次日作好回书，送入神庙香案上。果然次晨趄到那里，书竟不见，知是那人已经取了。按下不表。

第十回

井尾豀遇姊诛仇
漳州郡论功得罪

且说那井尾溪岱嵩聚交界之处，有一片沙原，横亘数里，中隔长溪，溪东便是卢质巢窟。一般的围城坚棚，楼橹森然，剑戟光芒，甚是齐楚。将届决斗之日，蓝理结束好，携了缅刀，率少年二十余人，竟赴岱嵩聚。歇了一夜，早哄动村众，夹道纵观，只见蓝理黑凛凛天神一般。便有本村父老殷殷款洽，谈到当日吴家被难，蓝理猛然忆起沅华，感愤之中，勇气百倍，便由父老引到吴家遗址。只见一片旧基，纵横荆棘，早被吴姓族人售与人家，作了个豢羊场所。那一片残阳，照着群羊戢戢，好不荒凉满目。蓝理凭吊一番，慨然长叹。

当夜假寐片时，晓色甫分，众父老已到。蓝理等饱餐毕，谢过父老，率众起行。不移时已到沙原，临溪一望，沙石澈底碧清，活活流水，只好二尺余。早闻得围城内喧呼震动，少时棚门大启，只见一人全身劲装，率众而出，都是高一头榨一膀的脚色，一个个横眉怒目，八个不答应的样子。为首那人便是那致书人，绰号"飞天豹"，名叫王都，是卢质手下第一悍目。当时雁翅排开，肃然而立，蓝理望去，竟有数百人。众少年见了，未免变貌变色，蓝理握手道："快莫气馁，我自有道理。"

一言未尽，只听众贼暴雷一声喊，就这声里，棚门内飞出一人，提刀拥盾，旋风般直奔将来，便是卢质。随手将长刀一招，贼众拥在背后，一涌涉溪，竟临沙原。好蓝理，真是胆大于身，只见他剑眉一扬，仰天一笑，忽的将缅刀递给一个少年，纵步迎上，山也似矗立当场，大叫道："卢头领诳哄蓝理，便请来缚，既倚仗人众，还决的甚么斗？"说罢大笑。

卢质骄悍已惯，本不将蓝理放在心里，当时被讥，便道："如此更好。"说着向众一扬刀，众贼登时站住。他却一翻身跳出数步，向蓝理立个门户。蓝理一望他武派，心下更觉坦然，当时接过缅刀，颤巍巍一抖，一片白光突的飞赴，比鹰搏还疾。卢质眼光刚一眩，那刀锋已在脖儿上绕了一匝，还亏他身手捷疾，闪挪躲过，那敢怠慢，便龙腾虎跃的搅作一团。一场好杀，但见刀光双耀，盾影独旋，翻翻滚滚，来来往往，转形移步，挣命分毫，都屏息会神，各蹈要害。不但当场喧呼都静，便连两下里余众也都视端形肃起来。只闻得野风萧萧，一片鏦铮相撞之声，却见蓝理刀势越变越疾。少时卢质性起，忽的身势一挫，步法大变，将身影儿藏在盾后，著地旋将来，刀锋灼灼，只截敌人胫趾。蓝理跃纵虽疾，却也稍为吃力。

正在性命相搏的当儿，忽闻隔溪娇滴滴的声音喊道："卢头领仔细着。"接着众贼齐嚷道："奇怪，奇怪。"卢质百忙中偷眼望去，只见一个女子高髻锐履，衣带飘扬，戴一顶渔婆笠儿，斜背黄袱，如飞仙一般，踏水如平地，飘然竟渡。不由老大一怔，步法一慢，只听蓝理欢跃道："好了！好了！"一挫缅刀，将卢质裹住。卢质略一恍忽，盾势少迟，一脚踏出盾外，只听脆脆一声响，被蓝理一刀剁落，登时大叫栽倒。蓝理趁势又一刀，拾起首级，大叫道："贼渠既诛，余众无罪。"

这当儿，悍目王都最是狡猾，又畏蓝理雄武，便领众首先拜倒，恭恭敬敬引路，要请蓝理过溪处置一切。蓝理且不得暇，忙先将卢质之首交与随来少年，跑至女子跟前，两人执手泣下。原来那女子便是沅华。

蓝理略述家难，沅华挥泪道："不意数年有许多风波，吾别后情况，当异日再述。从此后尚须数月相别，今吾师命吾至耿藩处小有所事，不意经此相遇。吾克期往返，不得稍延。吾弟回见母亲，且为我致意罢。"说罢更不留恋，行若驶风，少时已杳。

蓝理良久神定，方率众少年昂然过溪，直入卢质巢窟，检点贼众，先遣去大半，惟那王都手下尚有百余人，都愿投官自赎。蓝理沉思一番，便欲赴郡首功。王都道："不如且候数日，卢质之党四外还有许多人，谅早闻风震慑，待小人去书招来，一总去投诚，这功绩岂不大些么？"蓝理见他说得有理，当即应允。那知王都别有用意，每日价以招致为名，东出西没，其实是率党暗中劫掠，不知不觉，已将蓝理陷到污泥坑内。

蓝理决斗既胜，诛掉大盗卢质这种名闻，比风火还快，官中岂有不知。等了数日，却不见他来首功，已有些疑惑。后来探知蓝理还在贼窟，也不晓得作些甚，加着王都肆掠，依然是井尾溪旗号，许多疑团一聚拢，那当时郡守便觉蓝理一定是入了贼伙，大碗价酒，大块价肉，论秤分金银，论套穿衣服起来。登时闹得巡更盘诘，四门戒严，将一座郡城守备得杀气腾空，如临大敌。提起"蓝理"二字，小儿孩都不敢哭。可怜蓝理还蒙在鼓里。末后王都掠足，一溜烟率党遁去，蓝理方知上了个恶当，忙遣回随来少年，将贼窟各事草草收拾，交付当地村众，暂候官中处分。自己却兴匆匆拾了卢质首级，前来首功。

这信儿早到官中，暗自留神，守门兵卒见这只猛虎撞进来，不容分说，登时拿下。蓝理那知就里，大叫无罪。众人骂道："看你这厮硬帮帮黑煞神似的，便是个贼胚儿。有罪无罪，且到官去说。"说着一步一棒，如牵猴头狮子一般，将蓝理拥至郡守堂下，飞报进去。这当儿两旁观者万头攒动，大家交头接耳，纷纷揣测。还有叹息的道："小人儿豪性十不定，真也难说。"一种似叹似讽的话儿，蓝理听了，好不气闷。

少时郡守升堂，拍案喝问。蓝理只得忍气细述杀贼之状，词气慷慨。郡守冷笑道："你无论怎样遮掩，难道王都肆劫，你一向全在梦中么？"蓝理愤极，便誓天自明。郡守转怒，喝命与死囚系在狱里，待详文斩决。这且不表。

且说瑷、珠两人见社中少年回述情形，十分欢喜，并闻得巧值沅华，越法欣然，便将一切事儿慢慢告知母亲。苏氏听了，又惊又喜，更是伤感，只盼蓝理早回，问个底细。那知过得四五日，蓝理被收之耗已经传来。瑷、珠大惊，便先瞒过母亲，只说是哥子被官中奖励录用，又趁空儿赴郡打探一番。兄弟既见，不消说悲愤交集，却也无法可施，只得转回，再候动静。这当儿社中教头事儿，蓝瑷便暂为庖代。

过了数月，一日黄昏时候，母子们用过晚餐，这当儿家道稍裕，但那苏氏却是好勤成性，常将那公父文伯之母的一篇无逸道理策勉自己，并训诫儿子，所以仍是日日纺织。这当儿灯下坐定，方在各勤所业，忽闻那场院门儿叩的一片价响，蓝瑷急忙跑出一张，却是社中一个少年，气急败坏的附了蓝瑷耳朵说道："方才有个信息甚是不妙，昨日郡中处决盗犯十九人，闻得教头亦在其内。"

蓝瑷神色暴变，呆了多时，方清醒过来，一时不知怎样才好。那少年道："社中已去人探听，或者传闻，亦未可知。且再听消息罢。"说毕自去。

第十一回

十年约合浦还珠
一江风人鱼掀浪

蓝瑗只得转回，勉强坐下，对了书卷，那里还认得一字。且幸苏氏不曾理会，因急痛慌忙，竟忘闭院门。苏氏整一回苧麻，方有些倦意，忽然烟火吐焰，光耀满室，只见眨眨眼工夫，竟结作两团紫征征的花儿，并蒂颤动，苏氏喜道："莫非理儿要来家了！"蓝瑗听得一阵锥心，那两眶热泪那里还忍得住，忙一伏首趴在案上。忽的一阵风吹得门窗怪响，灯火摇摇。蓝瑗当此竟有些怕将起来，忙叫道："娘呵！"

一言未尽，只见帘儿一掀，"蹭"的声跳进一个大汉，满脸上一搭一块，尘垢涂地，只露着灼灼两眼，乱发四垂，短衣跣足，只差着两个无常鬼的高帽儿。只听他也叫声："娘呵！"直扑到苏氏跟前，抱膝便哭，却是蓝理。苏氏方恍惚如梦，未暇开言，只闻蓝瑗狂叫一声，连椅便倒。蓝珠赶忙扶起，蓝理也吃惊，捶唤良久方苏，觉着蓝理火炭似的手抚在他背上，方才心下少定。这阵大闹直将苏氏呆在榻上。

少时静下来，蓝理忙先叙出狱之故。原来那郡守决意入蓝理于盗，详文既上，接着又捕获王都余党十余人，一并囚起。过了些时，斩决公文到来，这当儿还有他案待决贼犯，共是十九人之数，便要一并斩讫。却是官中有一种习尚，名为"撞天缘"，凡一起论斩盗犯，人数多了，便按人置签，其中只一签上注"生"字，掣得着的，便可释出不死。论其用意，虽是慎州，却也未免以生命法律当作儿戏。当时出斩这日都验明正身，点集堂下，将签筒恭恭敬敬置在堂前，便命众犯随意去掣。大家你争我夺，都要先下手为强，只有蓝理没事人儿一般。末后只剩一签，蓝理道："这是我的了。"抽来一看，恰好是"生"字，所以登时释回。

蓝瑗听罢，只喜得打跌，一面笑述自己方才所闻，一面那眼泪还是纷纷乱掉，真个是喜极了。蓝珠也便拉着母亲，相对憨笑。苏氏定神，又细细将此事始末询了一番，便叹道："怎的官中事儿都这样不分皂白，只看你父便是榜样了。"蓝理慨然道："从此孩儿便穷居养母，一世也不想遭际功名了。"苏氏正色道："这又不然，你忘了古人存心之厚，看得天下无不好的人，只管尽我所当为便了。况且困志拂虑，正天之所以玉成，快不要堕了志气。"一面说，一面与蓝理设食，换过衣服，亲手与他洁除头发。

母子方在喜气洋溢，忽闻檐际飕飕一阵风，接着帘钩一声，先听得叫道："娘呵！"便见蓝瑗凭空一个筋斗翻出去，大叫道："噫，沅姊！沅姊！"苏氏一怔，梳儿落地，蓝理早披发跑到帘际，便见沅华与蓝瑗同挤进来，姊弟三个一搭儿拥到跟前，那沅华珠泪早簌簌落下。苏氏猛然见了，一阵喜痛，不暇言语，趁势将沅华揽在怀里，老泪横披，只有呜咽的分儿。亏得蓝瑗跑将来，牵牵这个，拉拉那个，方才止住悲痛。细将沅华一望，只见他一身青绡衣裤，窄袖劲装，身材儿较去时长大许多，真是艳如桃李，冷若冰雪，另是一番风姿，精神照人。当时大家围定，如众星捧月一般，先细询去后光景，只见他不慌不忙，说出一席话来。

原来沅华自入海潮庵，见性涵，哭述来意。性涵叹道："你既有志为此，先须意志静虑，坚忍耐劳，三年后再传吾术。却是这三年中，也便是筑基工夫，切毋忽视。"沅华顿首受教。从此执役庵中，凡扫除炊汲等事，都作得十分停当。那性涵只是朝钟暮梵的修他的清课。有时定息趺坐，每至午夜，只将沅华清冷冷丢在一旁，与那饥鼠老蝠领略这佛堂灯火。沅华初时对此萧寂之境未免思潮坌涌，但怔怔的坐下来，那家中事儿便如在目前，不消说苏氏的声音笑貌，便连家中的鸡儿狗儿，都一一涌到心头，不由悲凄万状。竟恹恹瘦损下来，一张小脸棱棱削削，每日价风吹日晒，蓬着短髻，撑着脆骨，如秋末寒鸡似的，在这深山古庙中晃来晃去，好不可怜。性涵却绝不在意。过了几日，稍觉相安，索性断了忆家之念，渐渐觉精神复旧。

一日午后，沅华提桶出汲，临溪一望，照见自家倩影儿，华腴了许多。伸伸腰肢，十分疲倦，便振起精神，将桶儿置在一旁，就溪边平敞处试了一回拳脚，如风车儿般旋舞。只听性涵唤道："沅华且不汲水，作此儿戏作甚？"忙回头一望，只见性涵笑吟吟已到背后，赶忙收住步，低头站住。性涵道："你且尽技试来，看是怎样。"沅华听了，未免有持布鼓过雷门的光景，没奈何，红着脸竭尽所能，试了一回，卓然立定。性涵点头道："若论外功，亦是高健正派，不过防身罢了。今日且不须此哩。"说罢促沅华汲好水。一同回庵。沅华一肚皮疑团，又不敢问。

过了月余，性涵向沅华道："昔浮屠氏不三宿桑下，诚恐日久恋著，有妨修业。今吾已觅得一个所在，最宜潜修，过两日我们便去。"

次日，性涵果然走别山众，那何娘子闻信也到庵来，与沅华留恋一番。师弟二人收拾衣囊瓶钵，飘然信步漫游前去。一路上烟餐水宿，随路观玩。

这时节闽广不靖，郑氏雄据台湾，暗地里勾结豪侠，散布的各处都是。便有那依草附木的水旱强寇，无论与海上通气与否，都揭起这面大旗，附在遗民里头。还有些失路英雄铤而走险的，一时纷纷扰扰，地方上甚是不安。性涵见了，十分叹息，便度过仙霞岭，迤逦向江西进发。

一日夕阳欲没，来至江边，只见风帆来往，一叶叶如凫鸭相似。这当儿残阳照水，澄波如镜，一点儿风丝也无。沉华方待唤渡，忽见性涵登沙阜一望，便招沉华近前，指与他看道："你见么？"沉华随指势望去，只见隔岸左边十数里近远，沙岸浅水中却有两个妇人，赤条条露着上身，两个长乳白莹莹系匏相似，披发至肩，在那里拍水顽皮，你拥我抱，又似洗澡儿，将那水激得银山一般，飞花溅沫。沉华失笑道："那里的混账老婆家，通没些羞，多少船儿来往，便这等一丝不挂。"

一言未尽，倏的江干群树"飕飕飕"响动，风头吹到，只见那两个妇人泼刺一声，跃起丈余，复跳入水中，悠然而没。沉华望见他下身，却是大鱼，不由吃惊。性涵道："此名美人鱼，又名江豚，见则大风，我们暂息再渡罢。"

这时众江船比龙舟竞渡还快，都七手八脚纷纷泊岸。那风已排山倒海价吹起，加着江声浪涌，"砰訇"震荡，好不可怕。师弟忙跌坐在避风处，倚装而待。那风足足吹了一个更次方定，仍然澄江如练，将一天云翳吹得净无纤滓。碧澄澄夜色，飞起一轮皓月，便听得众客舟欢呼解缆，闹成一片。那梢公揽渡，也便大呼小叫，招客就船。性涵师弟也便携装而登，就静处坐了。只见众客杂沓，还纷纷话那方才风势。梢公却缓缓摇起橹声咿哑，乱流而渡，还一面颠三倒四价信口唱起山歌，十分适意。

第十二回

除棕怪觅地武功山
伏山姑修真石城洞

众客谈得高兴，内中一客便笑道："这阵风儿虽来得着实，还不及棕老爷子撒阵酒风儿哩。"一个少年正箕踞船头，大笑道："依我看来，是信甚么有甚么，昔人说得好来：'偶然斫作木居士，便有无穷祈福人。'甚么一根朽棕缆说得神龙一般，还有头有角，鳞爪峥嵘，一般的兴风作浪。"一言未尽，只吓得一位老者颜色顿变，握手道："快些噤声，这船性命须不是老兄自家。"说着便将"棕爷爷"许多异迹历历述出。

原来这江中旧有这利害怪物，为害商旅，非止一日。故老相传：还是前明开国时，太祖皇帝扫荡烟尘，曾在这里鏖兵水战，只杀得江波都赤。当时御舟棕缆十分伟丽，巧匠逞奇，作得来蛟龙相似，不消说饱餐战血。后来检点起，竟遗落在江中一条。这物件本取精用宏，日久年深，便赋了些灵怪之气。初时出没游泳，还不怎样，后来竟大作威福，每当风静月明，便没头尾如一段铁柱似的横亘水面。舟人偶然不敬，登时风浪暴起，江船尽没。

当时老者述备，众客大半知得，便嚷道："这话不虚，性命所关，不是要处。"那少年觉得没意思，只撅了嘴一语不发。沅华听了，暗暗纳罕。性涵道："物情变化，本不易测，但有害众生，理宜剪除，不知有这段因缘否？"

正说间，船到中流，忽觉上流水势狂涌，月明下隐隐见一黑物昂起头，箭也般追来，蹙起高浪，山也似压下。梢公失声人叫，转眼间，舟儿簸起丈余，"轰"的声砸在浪头，满船尽水。众客跌跌滚滚，一齐呼号，还有百忙中乱喧佛的。沉华方在吃惊，却见性涵垂眉定息，忽的双眸一启，灵光闪灼，徐举一指，喝声："疾！"只见一道白光飞出指端，电也似直奔黑物，在空中如银环一般旋了一旋，"刷"的声刺入波心，一声响亮，登时将那黑物斩为两段，便如两段巨梁飘浮水面，霎时间风平浪息。众客大惊，急看那白光时，只见越缩越小，越法精光耿耿，射得人心骨冰冷，倏的如荧火般大小，飞回尼僧指尖，竟自不见。当时众客情知有异，便连那负气少年也一般的五体投地，向性涵膜拜起来。性涵道："这蘖物还是自戕，贫衲不过上体天意罢了。"众客不敢细诘，却暗暗称奇。从此江中除却此患。

当时船到彼岸，众客谢别，纷投旅舍。性涵师弟也便宿下来。沉华却再也奈不得了，候至夜深，跪求授术。性涵道："我们此行，原为觅一绝静之地，授汝剑术。我久闻安福之西，与袁州交界之处有座武功山，其中洞壑深邃，包罗万象，论其高峻，不亚南岳。里面胜境甚多，最宜修习，在道书中称为'第十九洞天'。等到那里，俟你筑基坚稳，再授未迟。"沉华不敢强聒，只得顶礼而退。

次日师弟起行，依然随路赏玩，行了数日，已将近武功山麓。沉华远远望去，已觉空翠插天，竟奇负秀，云气回合，灵光蔚然。越行越近，只见一处处清泉白石，鸟礅烟萝，煦暖如春，山花遍地，沙径盘纡，颇为平坦，便如置身画图一般。沉华大悦，观之不尽，顿觉身健神清，凡襟尽涤。师弟徐徐行去，可数里远近，还闻得樵斧响林，牧笛动野。那林梢涧曲，山居人家的炊烟还一缕缕袅起，映着一片风光，十分有趣。

又走了一程，渐入渐深，人籁都绝，忽闻得水声潺潺，浮空而至。沅华纵目望去，前面却有一道长溪，清鉴毛发，其中文石游鱼，历历可数。且喜有道独木桥儿，可以渡过。性涵道："四五年前，吾曾草草一游此山，恍惚忆得过了这溪，便是朱陵岭。逾岭不远，还有冰丝潭，甚为奇妙，便距那石城洞甚近了。我们便居此洞，你道好么？"沅华喜诺。

两人度过危桥，又行数里，果然高岭横云，盘转上去，只见众岭合沓，盘曲逶迤，上面流泉，一条条玒玎激荡，曲折隐现，都汇在朱陵岭下。性涵等下岭，循泉流行去，不过四五里远，便得一潭，黑沉沉陷在两山峡中。潭上乱石林立，纵横乱插，那各道泉流被乱石阻击得飞鸣怒跃，都争着从石隙中喷溅而下，如散珠撒盐一般，千条万缕，亮晶晶如缫雪镂冰，好不美观。再看那深潭时，仿佛一极大车轮，轰轰转动，缫那无量冰丝，想自无始以来，便不舍昼夜价机声轧轧了。沅华俯观良久，只喜得雀跃不已。两人觅径过潭，只见一路上长松夹峙，渐渐宽敞。少顷，望见石城洞，高森森轩豁呈露，四围乔林灌木遮天蔽日，果然气象不同。性涵见了，也便开颜微笑。这一笑不打紧，只将沅华喜得打跌。原来他自从师以来，还是初次见他笑脸儿哩。

当时师弟一面指点，一面奔去。看看切近，忽闻得灌木丛里嘻嘻的笑了两声，风也似撞出一个妇人。一般的涂脂抹粉，画眉惊鬓，独有那点樱唇绽开来，几至耳际，虾蟆精似的，好不难看。再望到下身，越法新奇，竟是个独脚傀儡，那脚跟又拧向后面，便这样活木桩似的，登登的舂到面前，笑得扑天哈地，舞起两手，先向沅华扑来。沅华初见一惊，继而怒起，不管好歹，牵住他一只手，顺势向身旁一搡，又飞起一脚，踹在他屁股上。只见那怪物"扑"的声抢跌在地，还只管抚掌大笑。

沅华越怒，捻拳赶上去，刚要打下，性涵道："快莫伤他，此物性善，无害于人，遇着迷路山行之人，他还保护。他介在人兽之间，名叫山魈。原是深山中一种灵物，能通人意，一般的也有居室资生之物，山中人都称他'山姑'，能御狼虎猛兽。如有行李牲畜，但寄顿到他那里，却不会有失的哩。"说着近前挽起山姑，口语手画，命他导路。山姑倾听凝视，果然喻意，越法喜跃，先围绕他师弟嗅了一回，仿佛亲爱光景，登时前驱引路。少时经过他巢旁，沅华望去，只见在两株大树上权丫之间，横七竖八都铺施巨木，架定一间草室，一般的窗栏户壁，件件俱全。更奇的是树下还有一间室，便是积贮食物之所，如人家仓廪一般，悬梯上下，又似楼房儿似的。沅华见了，连连称奇。

性涵道："昔人说得好，海客忘机，鸥鸟自至。这山姑灵警得很，我们久居山中，便结他个伴侣，岂不有趣。"沅华越法高兴，便厮趁着山姑直奔洞来。那山姑此间路儿熟谙得紧，便曲曲折折直引入洞，只见越进越觉宽衍，灵境忽辟，别有洞天，奇花异卉，纷罗夹列，里面还有两道小溪活活疾驶。涉过溪，一片平阳，大可数十亩，茸茸碧草，翠屏相似。左厢靠峭壁，却有两间天然石堂，内中石几石榻晶莹光泽。转过石堂，路儿越法深远，一望无际。性涵道："吾闻此洞深杳莫测，秘径纷歧，远可通闽广诸省。我们鹪集一枝，便就这石堂定居罢。"沅华大喜，便忙忙安顿一切，那山姑早跳得去了。

从此师弟安居下来。性涵习静如故，沅华仍事炊汲拾薪等务。隔数日性涵出去一次，少顷便回，便有盐米等类堆置洞外，山姑便徐徐负入，且是勤黠可人意儿。沅华有时闷起，便寻他满山涉足，奇情胜景，不可尽记。独有那风花雪月四洞，真是造物之奇，无所不有，今且略略述来，以泄坤舆之秘。那风洞中四时不断，无论昼夜，常有微风飘扬。花洞中异石五色，嵌空下垂，陆离光怪，如鬼工雕镂一般，一处处鲜鲜灼灼，纷红骇绿，便如万花谷。至于那雪洞中，有一种细石，铺开来俨如霜雪，又似堆盐堕絮，一望皓白，一些杂色也无。至那月洞，更是奇绝，凭空的蟾光皎然，从空射入，仔细端相，却是青湛湛石洞顶，天然凿出一个圆窍，天光透入，十分明朗。这些胜地，沅华被山姑引导，一一游遍。

第十三回

传剑术炉火纯青
刺滚铃霜风一击

　　山中岁月，转瞬将及三年。一日秋末冬初时光，忽然起了阵霜风，空山落叶，分外觉得萧条凄切。沅华偶然踅到洞外望望，踏得枯草败叶，藉藉然一片声响，只见缕缕白云，孤飞来往，不由触起思亲之念，凄然泪下，暗想授术无期，十分闷闷。当时踅回，便泣拜师前，坚求传授。

　　性涵道："吾非靳惜，此道功行，原有次第，筑基不坚，便所学不固。今粗论技击宗派，不外少林武当两家，内功外功，其用各异。外功本于少林，其法以动先静，主在取势趁机，先发制人。其气躁而多疏，跳踉奋跃，专以伺敌要害，却不想神法于外，自己反为敌人所乘。所以学这家的，往往偾事。至于内功，却纯是以静胜动，主在自卫备敌，不取攻势。其气似至柔，而实至刚，非至急危不发，一发必胜。其法专定不移，使敌人无隙可乘。这一派便是宋朝武当练师张三峰所遗留，代有传人，宗派最著。他曾为徽宗皇帝所召，道逢群贼阻路，三峰夜梦元帝亲授技击，及至天明，独起赴敌，竟杀贼百余人。所以内功一派，最为奇妙。那练习精到的，凡值搏人，都有窍穴，有晕穴哑穴死穴之分，但趁隙一指戳去，敌人立倒。俗又名'点穴法'，其极秘要的，还有五字诀儿，是'敬紧径勤切'。这倒不是以此为用，是以此为体，便所以神其用，如兵家秘诀有'仁信智勇严'一般，却是极玄妙处，端在团结坚气，导引静功，操之极熟，运用遍于周身，凡所触处，金石都碎，何论气血肉体。由此再进功夫，这气儿便操纵飞腾，千里一瞬，惟意所使，制人制恶，倏忽如神。这便是吾所说的剑术了，与那瞋目语难之士一剑自负的，却大不相同哩。今吾当次第授汝。"说罢，便在石堂内焚香告天，令沅华跪倒受诫自誓。这夜便令沅华先习禅坐，他依然修他静课。

且说沅华幸得师允授术，十分喜悦，兴匆匆便踊跃坐禅，以为是个极好吃的果儿。那知坐下来，便觉拘拏的甚么似的，渐渐腰疼腿木，神昏眼倦，脖儿梗起，头上如压千钧，只觉一阵阵面红耳热，眼前爆起金花，那心头便似沸油乱滚，急剪剪好不难受。勉强支了个更次，渐觉好些，心地一清凉，便静下来，这当儿便是床下蚁斗，真能闻得。

却有一件，境界越静，那思念却只管如钟摆般动。无端的俨然到了家内，大家见了悲喜交集，泣一回，笑一回，真有木兰回家，"当窗理云鬓，对镜贴花黄"的光景。一霎时又如飞至井尾溪，提剑杀贼，赶得仇人卢文走头无路，一剑飞去，便见血淋淋仇头滚落。踊跃奔去，仿佛尽气力再复一剑，只觉身形一晃，险些栽倒。忽抬头望去，只见青灯荧荧，万象都杳，自家身体欹斜，差不多便要跌落。那性涵正在垂眉入定，沅华赶忙坐好，尽力的摄心收虑，暗道："此后大事正多，入手之初怎这等价颠倒？快些制念，学技要紧，那怕是鬼神霹雳当前。通不必理他。"

如此一想，忽觉耳内沙沙有声，便如轻车碾那平沙曲径。少时渐觉嘶嘶响大，如秋蝉微噪，暗道不好，越注念收敛，那声音却越来越大起来，末后竟噌吰鞺鞳，如敲钟鼓，将心头振得岌岌跳动，汗如雨下。不由气郁如蒸，微微一呻，倏的觉毫光一曜，己身正徘徊歧路。只见一层层奇峰峻岭，水流花开，再看看自己锦衣蛮靴，飞行如风，好不快意。忽的听得后面雷也似喊道："这妖女擅窃奇术，不利吾辈，快些赶上杀掉。"沆华忙一回头，就见许多的岁刹魔鬼奇形怪状，一个个电目血口，舞起钢钩般怪手，大踏步赶来。沆华大惊，方要躲避，顷刻又如被母亲揽在怀里。耳边一派仙乐丁冬，男妇欢声，嘈杂满室，还听得母亲慰道："儿呵，大好良辰，不要悲泣，男女婚嫁，人生第一要事，无论何人，是跳不出这圈儿的。"忙睁眼一望，只见满室中锦天绣地，灯彩辉煌，仪傧喜娘，都眉欢眼笑的伺候堂下。一乘彩轿，端正正置在中央，那鼓吹音乐闹成一片，竟似催著人赴情海旋涡一般。

沆华更是一惊，忙挣身大叫，倏如梦醒，依然坐在那里，只觉心头扑扑乱跳。那性涵依然趺坐，静听听万籁都绝，惟有寒日荧荧，斜射石牖罢了。不由悚然汗下，恍若有悟，忙起身向性涵膜拜一番，再复禅坐。这回却顿彻玄妙，身心融畅，方知静中别有天地。

次晨便向性涵历述光景，性涵叹道："汝诚是宿慧，非由人力。如你所述的一切妄念幻相，在寻常人要祛除净尽，便须三二年工夫，你只一夕间遽然豁悟，真个是吾道法种哩。"说罢师弟俱悦。从此性涵终日价口诲手授，自筑基以至术成，其中许多关键火候，都一一抉示玄奥。好在沆华心领神会，触处贯通。

转眼过了八个年头，剑术大就，一般的神变无方，隐现莫测。回视当年黄先生所授技艺，真相去甚远了。性涵见了，也自喜悦，便道："就汝所能，世已无敌，此后便纯是涵养功夫，须火气尽除，方证至道。将来功行收果，在人自为便了。"从此时时使他任意游行，拯善除恶，奇迹甚多，不必细叙。

这当儿闽藩耿精忠渐著异志，尽力的招致四方之士，未免鱼龙混杂，亡命凶盗都以这地儿为逋逃薮。耿藩徒务其名，那里有许多饬禄养这班吹气冒泡的人，不知不觉，便四散在各处甚多。你想这种脚色，那个是肯背了锅走的，不用本的卖买，作得且是手滑。始而商旅戒严，继而村镇遭掠，直闹得乌烟瘴气，民不聊生。

其中却有个飞贼甚是了得，疾捷如风，性嗜淫杀，号为"滚铃大王"。因他好穿软金锁甲，腰带上系两枚响铃，每腾踔空中，便如鸽铃儿一般清越。那一带人家住户，恨不得将美妇娇女用箱几柜儿盛藏起来。大家一闻铃声，都吓个半死。若遇他高兴惠顾，这家便须霎时间明灯华彩，酒炙纷罗，主人夫妇盛装跪迎，将这大王恭恭敬敬请入中堂，恣意饮啖。主人夫妇还须眉欢眼笑，进酒为寿，待他酒至半酣，然后花鹁鸪似的扎括出娇女，羞涩涩的与他并肩坐下，恣意儿由他调笑，一家人还须惴惴然望他的面孔。他如停杯遽起，这主人登时肚儿内念千百声豆儿佛。如见他夜猫子（北方俗谓枭鸟）似的一阵笑，举手一挥，大家赶忙回避不迭，直等得铃声一起，方敢悄悄去张看，不消说那娇女早已花憔柳困。当时那一带妇女相詈，都拿"滚铃大王"作秽语道："你这浪蹄子再要作张致，保管你遇着滚铃儿听听。"

性涵闻得，大起悲悯，一日便命沅华前去剪除，并示知所由之路。沅华喜道："此去道经井尾溪，且喜弟子大仇可复。"性涵笑道："人之生死都有定数，汝仇早已恶满自毙，今其余孽，行亦渐灭。计汝到那里尚能目击其事，骨肉晤面，都在此行。汝回后，吾与汝尚有数月相聚之缘。汝当回奉汝亲，谨传吾道，以拯民难，吾亦将远逝，了吾大事去了。"说罢又嘱他克期来去，不得耽延。

沅华听了将信将疑，不敢深诘，只得如命出山，星夜前往。不想走至井尾溪，果逢蓝理，诛掉卢质。他不敢稍延，自去勾当师事。不消说探囊取物一般，将"滚铃大王"轻轻诛掉，人不知，鬼不觉。居民额手称庆，还以为老天开了眼呢。

沅华既回覆命，性涵甚悦，这数月中，又授沅华许多秘要。师弟飘然竟出武功山，临歧分手，珍重而别，倒累得那山姑孤另另跳出跳进，在石堂中摩娑周视一番，掉下许多泪来。可见异物，也是有情的。

第十四回

返怀珠沅华教弟
走仙霞蓝里投军

沅华一面滔滔而述，那苏氏颜色竟如黄梅天气，阴晴不定，惊一回，喜一回，只将沅华尽力的挽住，恐他再行飞去。末后也不知是惊是喜，只听得眼泪乱落，却一面笑吟吟紧挽沅华。及至沅华述毕，方长吁了一口气，便没头没脑的乱述方才蓝理的事儿，并他去后十年中的许多变故，说到痛切处，忙合掌道："阿弥陀佛，幸得你们姊弟都在我跟前，从此便是粗茶淡饭，且将就过了罢，快莫要拿刀动斧的混闹了。"蓝理道："正是呢。"

大家又将蓝瑷方才惊倒之状笑述一遍，沅华也格格的张开小口，合不拢来，一头伏在苏氏怀中。忽见蓝珠向窗外一望，笑道："真是发昏了，难道这院门儿便开一夜么？"忙跑去关好。当时满室中喜气飞舞，大家话倦，各自安歇。

次早饭后，沅华方要走拜父墓，只见隔院那王老者徐步踅来，笑道："昨夜我闻得这院喜笑得好不热闹，只闻得教头的语音，却不想沅姑姑也来家了，真真难得。我记得他那年去时，还歪着个丫髻儿，如今竟这样长大了。且喜教头事儿得伸，真也险哩。"蓝理姊弟忙走来厮见过，接着便是知方社众并村众都知蓝理释回，纷来慰问，并闻得沅华忽回，都暗暗惊异。这数椽草室中，竟闹得宾客络绎，直乱过两日，方才稍静。

沅华方整备香楮，与蓝理赴拜父墓，只见宿草芊芊，映着悲风淡日，一坏马鬣，历乱松楸。沅华想到那年螭头沟父女分手之时，两行痛泪那里还忍得住，不由跪倒，扑地大痛。蓝理当此光景，又想到父子所遭艰危患难，一腔悲愤，便也长跪大哭起来。直哭得断云不飞，栖鸟难稳，方才叩拜而起。

从此蓝理便务为韬晦，寻了村众，辞却社中教头，每日价短衣草履，出刈溪蒲山草，捆给草履，就村墟去卖，得些钱来奉母度日。不消说沅华所能，便慢慢看诸弟宜学的，依次传授起来。闲中岁月，乐叙天伦，倒也十分自在。苏氏心地舒畅，精神便日加康强。转眼又是两年余，蓝理兄弟武功大进，在世间战斗中可称无敌。这当儿闽地越法不靖，耿精忠异迹越著，蓝理虽自晦暇，无奈当年擒盗声闻越播越远，往往有江湖豪侠通书钩致，蓝理都付之一笑，不去理会。

这年为康熙十三年，先是滇藩吴三桂久镇西陲，富甲海内，威名既盛，骄恣日甚，逆谋渐渐发露，便就着朝廷削藩的岔儿，反将起来。却先去连络闽藩并粤藩尚可喜，以壮声势。这一班魔头居然一拍就合，当时杀官戕吏，大起干戈，大闹起来。福建地面更不消说得，耿兵所至，先放狱囚，就其人材质高下，都授以伪职。风火般警闻日日传来，不久耿家兵马已到郡中。

一日蓝理方负得一束蒲儿，趑到家门，只见一簇人马，约廿余骑飞也似跑来。为首一将缓装佩剑，纵马直至门次，跳下来，向蓝理问讯道："这便是那位蓝教头家下么？"蓝理将蒲草置地，笑答道："在下便是蓝理，足下有甚见教？"那将喜道："如此甚好，且借一步讲话。"

当时相让入室。沅华见来客蹊跷，便潜身帘外暗听，方知那人是郡中耿将遣来的，欲招致蓝理，授以伪职，蓝理那里肯从，只是推却。末后那人说得愈迫愈紧，蓝理语音也便怒吼吼的起来。沅华忙唤出蓝理，低语一番，蓝理复踅入，笑向那人道："蓝理山野鄙人，既承招致，吾当赴郡面谒将军，足下先转去报命便了。"那人复叮咛一番，方率众而去。这里姊弟暗暗计议好。

次日蓝理便扬扬赴郡，走谒耿将。耿将见蓝理一貌堂堂，当时大喜，殷殷将耿藩札儿送出，以为他必然欢欣拜命。那知蓝理正眼儿也不曾去觑，仰天一笑，正色答道："士各有志，岂可相挟以势，蓝理八闽男子，平生不惯作贼，这等泼天富贵，快些推向别个罢。"说罢霍的站起身，长揖兴辞。耿将大怒道："你这厮倔强如此，便该斩掉，且收向狱内，禀知吾王再处。"说罢一挥手，武士拥上，蓝理全不在意，由他们簇拥了，竟入狱内。

当夜三更时分，蓝理方瞑目而坐，忽闻檐际微风徐振，只见沅华翩然竟入，两人携手奔到狱垣下，略一纵身，已飞落垣外。蓝理道："吾姊那事儿妥当了么？"沅华点头，当时两人疾步如风，越出城来。可笑那许多的逻卒夜役，便是当面碰着，只见两团黑影儿，瞥得一瞥，还当自己多喝了一杯，眼迷了哩。沅华送蓝理直至野外，方才叮咛别过，转向家去慢表。

且说次日那狱中失却蓝理，典狱的吓得屁滚尿流，没奈何硬着头皮去报耿将。只见他一声儿没响，摇摇手，命不必追究。就这样罢了下来。大家觉着诧异，后来方探得耿将这夜正在批览文书，忽灯光一暗，"吭嚓"一把匕首插入厅柱，上面还穿着一张红柬。忙战抖抖取下一看，却是"蓝理顿首"四个大字。登时倒抽一口凉气，明灯裹甲，坐以待旦，方要遣人赴狱查看，那典狱的早已报来，耿将那还敢追问，并向蓝理家中去讨厌。这都是沅华的计划并作的手脚，焰腾腾的事儿，被他一瓢水泼熄。

且说蓝理既脱樊笼，连夜价直奔仙霞关大路而去，一路上只见烽烟斥候，相望不断，羽书报马，此来彼往，好不热闹。一时黎民逃难，号泣满野。蓝理也无心理会，只大踏步撞出关来。原来这当儿康亲王方统帅数万雄兵，来征闽藩，驻军关外，连营笳鼓，喧天动地。

方在策划进行，一日，营前逻卒忽见雄赳赳一条大汉，走得满头大汗，在辕门前探头探脑。觉得诧异，便有两个悄悄奔到那汉背后，突的四手齐上，便想扳倒。那汉只一旋身，两膊一振，"扑"的声两卒齐倒，便大喊道："快捉细作！"登时众卒齐上，那汉却矗立不动，笑道："吾名蓝理，特来投谒亲王，面陈机要。相烦引进，何必如此？"众卒见他气概，不敢鲁莽，当时闹嚷嚷拥定蓝理，直入辕门，自有执事人飞禀进去。

那康亲王久历戎行，原是一时名将，正要收揽闽中豪杰，资以破敌。当时略一沉吟，便命诸将弁严装佩刃，雁翼排开，一片明晃晃剑戟光芒，由辕门直至帐下。真个鸦雀无声，惟闻得中军大纛，被风吹得刮喇喇一片声响。康亲王徐步升帐，早见数名健卒将蓝理脚不沾地的直扠进来。当时蓝理叩谒如仪，略无畏慑。康亲王略问数语，蓝理应对敏捷，声如洪钟，更侃侃陈述平闽之策，一条条都中窍要。这当儿，康亲王正少个熟谙闽地情形的以为向导，便大喜道："真是壮士！"立命他随营自效。

恰好这时耿藩骁将曾养性，方徇掠温州，十分猖獗。这养性身长八尺，勇力绝伦，善用铁槊，骑一匹枣骝马，击刺如飞，甚是了得。曾独斫清营十二垒，浴血而出。方勾结蜈蚣山大盗马泰，雄据温处等郡，闹得天翻地覆。这蜈蚣山居温处之交，深邃崎岖，藏风聚气，本就是个盗薮。先年时也有些庵观寺院，羽客缁流，时时托迹，后来当不得一起起的梁上君子越来越多，都是吃到十一方的脚色，可怜这群方外朋友，好容易种庙田，打香醮，再加着逢时遇节启发启发施主檀越，饿了一半肚皮，积攒些资粮。不怕你三更半夜正睡得自在觉儿，"唵"一声横刀明火，登时打入。先将庙主馄饨般捆起，四马攒蹄，吊得高高的，然后翻掠个尽兴。倘不是意思，你看他诸般酷掠，甚么白猿献果咧，火烧战船咧，直将庙主奈何得求死不得，清净山林，竟变作杀人血地。

大家没奈何，都次第打包走掉。后来这许多小盗都被马泰吞并，便相地筑起坚寨，手下拥着许多楼罗（楼罗谓凶猾也。见《五代史·刘铢传》："诸君可谓楼罗儿矣。"俗作喽罗，非也），终日价打家劫舍，渐渐声势越大。这当儿便受了养性伪札，与他作个犄角之势。

第十五回

定温州大战蜈蚣山
闹灌口重系犴狴狱

当时康亲王欲试蓝理，便命他自领一军去破养性。蓝理踌躇一番，早得计划，便一面提兵赴温，暂驻近处，虚张声势，自己却暗暗乔装作贩鸭客人，一般价头戴草笠，两腿黄泥，肩起一担鸭，满笼中哑哑乱叫，飞也似直奔蜈蚣山。想趁便探探马泰情形，先破此处，养性那里自然势单易破。

走了一程，将近山麓，方才歇了担儿，就树荫下少息。只见一个文士模样的人，瘦得如枯腊一般，摇摆走来，却是眼光到处，锐如闪电，委实有些精神。蓝理方在纳罕，那人已近前来，看看笼鸭，笑道："你这贾客特煞稀奇，怎将鸭儿都饿得五劳七伤，难道出卖骨架儿不成？"说罢，双目一皱，微微含笑，搔搔头道："我看你是个利巴头（北方俗语，谓不在行也）哩。"

蓝理本不曾想到这些小破绽，被人看出，又以为那人也不过是管丈母娘叫大嫂，没话说话，便冷冷的答道："那也难说，物卖售主，便是骨架也有个行情哩。"那人点头道："有理，有理。那么我便给你个行情，快与我送到山中去，脚钱在外，你看如何？"蓝理虽有些诧异，却正想探探山径，便道："烦足下引路罢。"倏的站起，肩起担，趋向那人背后。那人口内"噫"了一声，拔步便走。只这几步，蓝理心内越法了然。原来有武功的人，寻常步履都凝重坚实，宛如生根，别看外面飞一般快，其实一步一个坑儿。所以猝遇敌人，登时卓如山立，两下相搏起来，但看那个步法一浮，顷刻便见高下哩。

当时蓝理飞步跟去，弹指之间，已望见寨门隐隐，那路儿越法曲折。忽听一阵樵歌清脆脆顺风吹来，少时从林中转出一个少年樵夫。蓝理一望，几乎失声要唤，那樵夫一使眼色，却趋向蓝理跟前，方附耳道得一个"马"字，就见那人一回身，势如饿虎，直奔蓝理，大叫道："你这厮不向温州，却来这里耍得好玄虚哩！"原来此人便是马泰，蓝理易装探山，早被他手下人侦得明白。

蓝理尚未答语，只见那樵子挥拳便上，假骂道："你这黑厮，擅敢窥伺俺马寨爷。我们这山中好主顾儿，不被你闹糟了么？你不要慌，待我向寨里送信去。"说罢气恨恨直奔山寨，顷刻不见。马泰一模糊，竟被他眍住，只当是山寨里供给柴薪的樵夫哩，当时也不在意。蓝理早趁他来势抛担迎上，两下里各使旗鼓，熊经鸟伸，移形换步，翻翻滚滚，一场好打。

那马泰虽然矫健，怎当得蓝理自被沅华授艺之后，家数非凡，数十趟来往，已然手忙脚乱。正在危急，只听寨中人声大乱，接着一缕缕火光随风乱卷，马泰大惊，不由手下一慢，被蓝理飞起一腿，直踹出两丈外，"砰"的声撞在岩石，脑浆涂地而死。蓝理大笑，一回手掏出缅刀一抖，先赶去割了首级，拴在腰际，捻刀长啸，刚要杀奔寨里，只见那少年樵夫笑吟吟走来，握手道："兵贵神速，吾弟快些提兵赴温，乘养性陡失羽翼，惊耸之余，一鼓可下。这里余孽，自有我料理。"说罢一晃身仍奔山寨。蓝理大悦，连忙赶赴大军。

原来这樵夫便是沅华乔装游戏。既回寨，散却余众，收得无数金资珍宝，便将来携到家下，暗地里拯贫济厄，却一些寄迹不露，还是婴婴婉婉，深闺娇女一般，侍奉母亲。

过了几日，曾养性败走，蓝理捷书报上，康亲王大喜，立授建宁游击。这当儿提督杨捷方与耿将何祐相拒于乌屿地面，闻得蓝理勇冠三军，忙移义调来，人加奖慰，立命蓝理为先锋。那消一阵，何祐大败，擒斩甚众，何祐百忙中幸脱性命。康亲王治军，功不宿赏，当时立迁蓝理为灌口参将。这灌口是水陆衡区，商贾辐辏，本就是五方杂处，良莠混杂，何况这时节四郊戎马，盗匪满地，不消说椎埋暴客，夜聚明散，闹出许多尴尬事儿。亏得蓝理治捕有方，才方好些，商民感悦的甚么似的。却有一件，暗地里却被人射了许多冷箭。

原来这官场秘诀首在圆滑，圆得捉不住，滑得不留手，方称"老斫轮"，也就可面面俱到。像蓝理这等人，便让他脱胎换骨，也学不到的。当时军兴事繁，诸般供给本就够地面招架，偏搭着闽督姚公启圣方驻节漳浦地面，相机办贼，幕下使客等或过灌口，未免的狐假虎威，没缝下箸，想格外得到些好处。偏遇着蓝理又是个呵呀呀燕人张翼德般角色，两下里一挤，竟真闹得怒鞭督邮起来。当时一个使客龇牙裂嘴，颠着屁股跑回，隐起自己诈索情节，另撰了一套话儿，委委屈屈，向姚公进了许多坏话，道蓝理怎的骄横，便连总督也不当揩屁股的棍儿。这启圣也是豪气如云的丈夫，出身世族，文武兼资，性好任侠，有力如虎。少年时节也曾报仇借友，曾独立卢沟桥头，手掀徐乾学尚书的十几车南来赃金，名震京师，那个不晓得。姚公子当时不由大怒，便抓个斜岔儿，无非是虚兵冒饷等类，轻轻一个白简，捏虱子似的将蓝理官职捏掉。蓝理麾下都各愤愤，他却略不在意，先忙着搬出衙署，就那里暂住寓居。便有几名亲情恋故主，相随不去，无事时撞到街上，借酒浇闷。大家提起主将被屈，往往拍案喊动。

一日，其中有个名叫杜焕的，生得短小精悍，脚下捷疾，能日驰二百余里，在蓝理麾下颇有些积劳，军中号为"飞火马"。偶然掉臂入市，沽饮了一回，闷闷的趑趄来，忽一抬头，正经过游击署前。只见旌旆依然，却换了一班人物，一个个挺胸凸肚，横躺竖卧，全没些军容规律。见杜焕趑来，都光着眼凶视，便有牵藤蔓葛，嘴内胡骂的。杜焕触起不平，酒气上涌，登时山也似立定，如小儿瞅笑面似的与他们相持半晌，那项上紫筋早条条梗起。

众卒怒道："你这厮，连你主儿都缩头去了，你还来显你娘的魂作甚？"登时一拥齐上，拳头风点般打下。杜焕吼一声，放开手脚，东指西击，顷刻间众卒颠仆，爬起来没命价飞跑。却有一卒被杜焕捉住，劈胸几拳，登时呕血满地死掉。这阵大乱，早有当地公人集拢来，见杜焕疯虎一般，那个敢试他拳头。内中却有奸滑老练的，早笑吟吟抱拳走上道："壮士既作下英雄事儿，自有担承。"说着向同伴一眨眼道："你们不要鸟乱，这壮士须不是没名少姓，灌口这遍遍儿（北方俗谓此地曰遍遍儿），那个不识'飞火马'杜爷。"说着走近，故意将手中黑索只管向怀里揣，道："我们自家朋友，不会用这捞什子哩。"

杜焕直鲁汉子，果然被他软索儿困牢，大踏步随他便走，直赴公堂。官儿略加鞫问，直陈不讳，杀人者死，还有甚么说得。当时械置狱内。只候斩决。

那知蓝理闻得，义气奋发，知杜焕只一寡母，并无昆弟，念他此番斗狠，究竟是为主激愤，一个侠气如山的人如何忍得，便冒冒然赴官自承，愿代杜焕，将主使罪名兜在自己身上。不消说放出杜焕，自己便缧绁起来。狱中无事，还捆些草履，散给众囚，有时节还与他们谈些忠义侠烈故事并战阵之法。大家都听得津津有味，后悔自己陷于罪恶，往往有慷慨泣下的。后来颇有几人罪满释出，竟投在蓝理麾下，卓有战功的。此是后话不表。

第十六回

试禅心海岛破邪
练水军厦门耀武

且说沅华功深养到，来去无踪，智慧亦近于仙侠，明知蓝理这事绝无可虑，只隔些时便潜入狱内望望他，转回来仍一意教授瑗、珠两弟。

光阴如驶，又过了一个年头，这当儿那郑成功之孙克塽，方雄踞台湾地面，不时的寇掠漳泉等郡。这郑氏自明永历以后窜入台湾，数为沿海之患。昔人说得好，卧榻之侧，岂容他人鼾睡。那康熙皇帝神武绝伦，何曾一日置念，只苦的是台湾雄岛地形险绝，整备水师，既复不易，更少的是谙练地势之人，所以几次想兴兵征讨，都因没甚把握，耽延下来。

这当儿郑克塽越法恣肆。其实克塽承祖父创就基业，他晓得甚么缔造艰难并战斗之事，不过是公子哥儿般只会行乐罢了。却全倚仗着个统兵大将，此人姓刘，名国轩，广有韬略，英武不凡，在郑氏军中已历两世，全岛军事之柄，都在他手。他曾有一段轶事，今略述来，便见他才识非常，不然凭甚么纵横海上呢。

当克塽之父郑锦在位的当儿，忽有个异僧泛海来谒，生得虬髯虎面，铜筋铁骨，杖锡至府门，叩关请见。左右不敢拦阻，忙飞禀进去。郑锦这时方招揽异人，连忙召入，立谈之下，登时大悦。原来这异僧词锋飙起，有问必答，不但武略击刺如数家珍，谈到佛法精微并神通作用，更是无一不会。喜得郑锦只是连连额手，以为大业当成，所以天赐异人。

当时有个宠姬在屏后窃听，不觉暗笑。只听那异僧笑向郑锦道："大王富有如此，何惜一串明珠，使美人怨望，芳心怙惙。"郑锦失声道奇，还未答言，那宠姬也是一惊，纤趾一颤，"扑"的声撞出屏外，只怔得张口结舌。原来昨夜郑锦拥姬而卧，这宠姬果曾有求珠的事儿。当时不由敬信非常，将异僧神仙一般崇奉起来，大家相称以大师。闲时节，这异僧只默默趺坐，或演出许多奇幻法术，大家越法敬畏得死心塌地。有时这异僧走到演武场中，袒起双肩，露着弥勒佛似的肚皮，凭大家尽力的刀矸箭射，只管铮铮的火星乱迸，休想伤他分毫，大家惊得目定口呆，只有刘国轩暗暗不然。

过了几时，异僧渐渐骄横，诸将弁背地里或有谤言，不知怎的，一颗头颅便会凭空的没有下落，闹得大家栗栗不安。国轩见不是顽法，忙谒郑锦道："这妖僧凶恣如此，急当剪除，不然窃恐为其所乘。"郑锦道："无奈他体如金铁，刀剑不入，这便怎处？"国轩道："吾主不必忧虑，国轩自有道理。"当时走回宅内，大排筵宴，另在一所厅事内铺设得锦天绣地，壁衣地屬，湘簟角枕，一一俱备。并暗选美妓娈童各二十人，嘱咐一番，听候唤用。便折简请那异僧前来赴宴。

宾主礼罢就席，阶下鼓吹大作，妖姬歌舞，殷勤进觞，十分款洽。那异僧大剌剌的坐在上面，高谈阔论，顾盼自得，那里将国轩在意。酒至半酣，国轩渐将话儿逗他道："大师法力坚定，依国轩看来，竟是佛地位人。昔古德阿难，不避摩登淫席，足见心如明镜，不受染著。如大师亦具此定力，国轩欲凑个趣儿，且赏玩他们的欢喜相儿，以证大师道果，使全岛之众，都生皈依信仰心，你道如何？"

异僧道:"这有甚么。"

国轩大喜,登时引他竟赴厅事。绣帘一启,甜软软一股异香,已熏得人骨软筋酥,春情荡漾。原来是国轩特觅的一种海上名香,专助春思的,那异僧全不在意。厅正中特设一榻,国轩便请他趺坐上去,自己便悄立榻畔,一面谈笑,一面向左右一努嘴。左右趋出,少时便闻得一阵莺娇燕妮的声音,咭咭咯咯,连拖带抱,一对对直抢进来,都是二八娇娃,三五年少,满厅中追逐挽抱,如一群惊蝴蝶似的。更不客气,登时满厅中媚态横生,春声如沸。只见那异僧抚掌大笑,纵目肆览,摇头晃脑,接应不暇,还一面指点谈笑,行若无事。少时众男女已到极乐境界,竟忘掉是奉公差遣,只当是锦帏绣幔中遂其所欲,所以无限春情天然流露,这种声容却较前浓至数倍。正在栩栩欲化的当儿,国轩目不转睛的望着异僧,忽见他两眼一闭,不复再看。国轩趁势暴起,拔剑一挥,滚圆的一颗秃头脆生生斫落,血溅满地,原来一般的是臭皮囊,那里有甚么法术。

国轩掷剑大笑,诸将弁大惊,忙拜问所以。国轩道:"诸君自不曾深思其理,此僧筋骨非常,不过练气功夫,盖心定则神凝,神凝则气聚。他初敢纵观,以心有定力,后来闭目,便是心动,神气一涣,同常人一般,所以登时被诛哩。"众皆拜伏国轩识理精微。从此国轩越法为郑氏所重。这当儿侵掠既甚,朝廷愈加注念。

恰好朝端有位大臣,闽中安溪人氏,名李光第,方掌兵枢,与他乡人靖海将军施琅甚相契合。这施琅原是郑成功之父芝龙手下的一员虎将,随芝龙投清后,甚见宠用,直仕至这等爵位。不消说,台湾地势并郑氏可取情形,他一古脑儿都装在肚内,既知朝廷意在用兵,他便与李光第商议一番,将平台计划一条条列成一疏,请光第代奏上去。皇帝大悦,登时调兵转饷,命施琅节制全军,相机进行,克期征台。施琅将略本自非凡,平时价夹袋中许多人材,这当儿自然要脱颖而出。第一个便是蓝理,一角公文飞来,登时释去囚服，驰诣军门。蓝理先乞假数日，归省母亲。大家见了，各述别后光景，欢慰异常。

过了几日，蓝理别母要去，便请沅华同行。沅华笑道："军中有妇人，兵气恐不扬，你们这次是堂堂正正，旗鼓相当，长枪大戟价厮杀，也用不到我许多。好在我视千里如跬步，我只暗暗助你罢了。难道我所能的，由你施展出去，还不同我去是一样么？倒是瑗、珠两弟须随你见些头角哩。"蓝理道："好，好，便是这样。"当时苏氏又嘱咐一番，便大家分手。

兄弟三人偕赴军前，蓝理忙走谒施公。只见施公笑吟吟将出一纸邸抄，原来他已飞疏奏蓝理署右营游击，已特旨报可。蓝理谢过，施公便命他领前队先锋，先赴厦门，操练水师，自己筹划分布好，也便起节继进。一路浩浩荡荡，箛鼓喧天，旌旆飞扬，直指厦门海口，好不威严得紧。

第十七回

斩罪弁祭纛兴师
夺澎湖拖肠血战

且说蓝理喜遂报国夙志，练备水军，端的十分勤劳。一日，有军中两卒撞到街上，买了几把蔬菜，随便趄转去，走到一家戏园门口，只听得里面笙歌缭绕，喝彩如雷，便信步进去，就一处坐上。方将蔬菜置在案上，只见雄赳赳走进两人，两卒一看服色，知是施将军那里的戈什哈，连忙赔笑让坐。

那两人理也不理，先将案上蔬菜掀在地下，漫骂道："瞎眼死囚，怎的沾污我们座位！"两卒忍着气道："不知者，不作罪。我们别座上去便是。"说着一卒撅着屁股去拾蔬菜。不想那两人越法大怒，一个竟飞去一脚，冷不防将拾蔬菜之卒踹倒。两人便是泥人儿，也忍不得了，当时两下大骂，一场好打。两戈什哈耀武扬威，将两卒捶牛一般，捶得鼻青脸肿，亏得众人劝开，方骂着高坐观剧去了。

两卒鼠窜而出，狼狈回营，便见蓝理，说打架之事。蓝理笑道："打架常事，也值得这等嘴脸，究竟是谁胜谁负呢？"两卒撅起嘴回道："那里还说到胜负，真让人家消遣了一顿快活拳头。"蓝理大怒，立喝推出斩首，两卒大叫："无罪！"蓝理叱道："你两人如此急懒，

78

连两个戈什哈都不能胜，如何能临敌杀贼？"两卒道："我们因将军方在施公麾下，若与他们动手比较，许多不便，岂是不能胜他？"蓝理道："既如此说，快与我尽力去打，我自有道理。"两卒闻令跃起，风也似奔去。蓝理这里气吼吼挺坐而待。

不多时。只见两兵揎拳挽袖的转来，禀道："这次却大胜了。"蓝理大喜，登时跃起，一迭声要进两扇门板，命两卒卧在上面，取些鸡血洒的没头没脑，令人抬了。自己飞身上马，一行人直赴施公督署请见。施公问知情形，有些不悦，只得派人验过伤卒，抚慰蓝理，觉得这面子总算够瞧的了。不想蓝理一定请发给他这两个戈什哈，由他惩治，当时侃侃说道："今用人之始，士卒为国不惜死，将军当一体恤爱。今戈什哈恃势凌人，且谩骂蓝理如厮养卒，先锋威重既损，如何能镇束军心，其中关系不在小处。"

施公听了，越法不悦，便赌气将两戈什哈交与他，看怎的，却随后遣人探视。蓝理既得所请，欣然辞出，将两个戈什哈抓小鸡子似的拴在马后，一抖丝缰，泼刺刺地跑回营中。登时下令，全队齐赴海口，鼓角怒号，战舰一字儿排开，真个缨弁如云，戈甲耀日，都齐整整肃然列队，以待启行。那先锋大纛早被海风吹得飞扬乱卷，从主舰中飘起，纛下自有人整备香案。岸上炮手，黄帕抹额，敞披红衣，早横眉怒目，奇鬼似的垂手而待。正万众无声的当儿，早见数骑亲卒泼风似的拥蓝理闯来，马后便是那两个戈什哈，赤膊缚定，披发跣足，四名刽手架定，旋风般直趋海岸跪倒，正向主舰。蓝理早弃骑登舰，手下人已将香爇好，蓝理直趋案前，拜纛罢，亲奠三爵，将袖一挥，只听震天价一声炮响，全军齐齐一声喊，海波都震。就这声里，只见两刽手霍的摔去红衣，霜刀齐举，"唬嚓"一声响，两戈什哈头颅滚去。蓝理横刀，高坐舰首，竟率全队直向澎湖，压波而下。

施公探视的人见这光景，忙飞马回报。那知施公那里早已得蓝理公牒道："今日上吉，先锋官拔队启行，借罪弁祭纛，以振军气。"施公沉吟良久，忽的顿足道："此真虎将，必能成功。"登时亲统大军，扬帆继进。

且说刘国轩早作准备，那澎湖水口本是入台湾第一要路，这当儿方率数万锐卒，横海列舰。国轩指挥布阵，扼守得铁桶相似。这时舵楼瞭敌之军，早望见蓝理旗帜顺流而来，赶忙吹起海螺，严阵备敌。少时海波如沸，喊杀连天，蓝理兵舰风似的抢到，横冲直撞，杀入刘军。两下里翻翻滚滚，搅作一处，跳踉奋呼，夺舟斫缆，顷刻间浮尸蔽海，相逐而下。只见蓝理一把缅刀风旋电掣，往来飞跃，使人目不及瞬，便如蜻蜓点水一般。自辰至午，手杀百十余人。

正酣战间，忽见一只敌舰山也似压来。便有一将，生得虬髯绕颊，衔刀负盾，捷如猿猱，抱定巨桅，顷刻手移足随，直达桅顶，便欲跃入蓝理舰中。这将号"天上鼠"，是国轩军中有名勇士。蓝理方要大呼，蓝瑗已脱地提刀飞出，方跃起两丈余，要赴敌舰，忽见一道白光从斜刺里飞来，绕定巨桅，一个盘旋，只听"呱嚓"一声，巨桅中断，"天上鼠"倒撞入海。

蓝理忙从光来处一望，只见沅华如鹰隼一般，正在各敌舰中倏忽飞腾，白光到处，伏尸一片，直赶国轩主舰去了。不由勇气越旺，正要也去赶国轩，不想敌将曾发舰儿闯到，劈头一炮打去，正中蓝理腹肋之间，一翻身跌倒于舰。蓝瑗大惊，赶忙从背后扶起，曾发大叫道："今番蓝理却死掉了！"蓝理大怒，奋拳一跃丈余，雷也似喊道："蓝理便在这里，曾发却死了！"一振缅刀，方要赴斗，蓝瑗百忙中却见哥子腹破，血淋淋拖出一段大肠，急跑去抱住，便这样抉开血盆一般，将肠儿为他纳入，裂了衣襟与他缚好。恰好蓝珠早寻了一匹白练来，便连腹带背，层层裹好。

这当儿已有两名健敌跃上船舷，蓝珠大呼，就地一个旋风腿，奔到扫去，"扑通"声两敌落水。蓝理勇奋之余，还依然大呼杀贼。士卒见了，勇气倍增。这当儿两下搅作一团，铁钩穿梭价飞掷，加着火弹火箭雨点般互射，霎时间烟焰涨天，阵云乱卷，风涛助势，声闻数里。瑗、珠两人杀得兴起，各挟火药火具跃投敌舰，登时火杂杂红光亘天。曾发遂百忙中改乘小舟，逃出重围。这里乘势直追了数十里，大获全胜，竟击沉敌舰数只，斩贼无数。一时间弃械浮尸，盈蔽海面。

捷闻既上，施公大喜，一面飞疏上蓝理首功，一面选红毛国医士与他施治创痕，用药带棉布等扎缚停当，除去淤血，谆谆嘱咐道："此创七日之间切忌动气，不然创口迸裂，不是耍处。"蓝理没奈何，只得在舰静养。施公那里依然遣队猛进，却预戒左右，不使先锋得知。

堪堪过了四日，这天蓝理方卧在榻上，忽见左右人惊惶失色，纷纷耳语，接着一阵阵炮声四起，喊杀连天。不由蹶然而起，忙唤左右，厉声诘问。左右不敢瞒隐，只得禀知。原来这次交锋，施公士卒稍却，百忙中扬帆转舵，竟误将施公坐舰搁在浅沙，敌人乘势裹围急攻，亏得施公是百战名将，究竟从容镇定，还依然指挥肆应，却是敌人越围越密，也便危急万分，现正在拼命冲突哩。

第十八回

受国恩蓝氏显殊勋
称家庆侠女求大道

　　蓝理听罢，吼一声跃起，不暇结束，提起缅刀飞奔舰首，大叫开船，登时乘风赶去。且说众敌舰正在纵横耀武，争向施公，忽见一舰箭也似破浪奔来，长风吹处，先望见一面大旗，上书"蓝理"两字。字方广略有二丈，趁着四周烈火卷焰纹，好不声势百倍，不由大家惊喊道："蓝理来了！"登时纷纷退败。

　　这当儿蓝理已到，凭空的横刀一跃，早登敌将主舟，手起刀落，连斫翻悍将十余人。忽的刀光一闪，早又跃回已舰。官军趁势大噪，顷刻间敌人四溃。施公大喜，方要额手，忽的一团白光滚到面前，一瞬之间，现出个雪肤花貌劲装女子，向施公略一点首，抢近前拖住腰带，只一挟，竟将个拨山扛鼎的施将军轻轻拖起，"刷"的声飞置在蓝理舰中。说时迟，那时快，只听震天一声响，敌舰一炮，早将施公坐舰击沉于水。那女子抚掌大笑道："吾事毕矣。"忙向施公一叩首，翩然跃起，如电光一闪，顷刻不见。施公惝恍如梦，当时也不暇追诘，忙挥众追击，直从澎湖口一直深入。刘国轩见险要已失，推案长叹，料难作螳臂之拒，便偕郑克塽纳土归降。一切军事收束，不必细表。

且说施公当时脱险，转败为胜，从容问蓝理道："那医者曾嘱你七日勿动气，今如何不及五日。便来鏖战？"蓝理笑道："主帅有急，凡在麾下的都应致命，蓝理犹恨来迟哩。"施公叹赏，便话及那飞行女子之异，蓝理谢道："这人便是末将胞姊蓝沅华。"固将他始末细述一番。施公惊喜道："如此奇女，世所罕闻，吾当飞疏上闻，旌其侠烈。"蓝理道："家姊性甘韬晦，不预声闻，惟求主帅曲全其志。"施公叹道："吾久历戎马，阅人綦多，今方知巾帼中大有人在。"咨嗟良久方罢，只将蓝理兄弟功绩奏将上去。

　　不多日朝命已下，加蓝理左都督衔，以参将尽先补用。瑗、珠两人，擢职有差。这当儿怀珠坞内，早村众哄传起来，登时纷纷走贺，几乎将王老者的场院挤破，倒累得苏氏母女接应不暇。一处清冷冷的所在，霎时火炉似的热将起来。可见人生势位富贵，是不可忽视的，这颗豆儿早被当年苏季子咬破了。

　　不多时蓝珠先回，便忙相地，大起宅第。及至落成，较往年旧宅更觉阔绰。村众见了，都指点叹息道："蓝翁一生好行其德，这天道好还，是不会错的。"当时蓝珠安置好，便奉母姊迁入。

　　过了数月，蓝理乞假还乡，抵家那日，村众夹道纵观，只见一行行兵弁，并行李辎重络绎而过，后面两骑骏马，蓝理兄弟一色的行装箭袖，按辔而来，随众亲弁徐驱在后。去村里余，便下马步行而进，直赴新居，登时闹得门首人骑阗塞，欢声匝地。母子等见及，自有许多悲喜情状。蓝理又向沅华述知施公之意，倒惹得沅华眼圈儿一红，笑道："吾弟自是富贵中人，阿姊游方之外，此番游戏，不过因弟而出，尽我性分中事儿罢了，那里有这些藤葛。"

　　苏氏细询起，方知就里，又提起蓝理拖肠破贼之事，不由惨然泪下。蓝理道："娘又来了，孩儿现在好端端在这里哩。"苏氏笑道："我也真被你们闹昏了。"说罢大家一阵欢笑。

　　过了几日，蓝理等谒过父墓，便仍在那当年庙内大会村众。到了这日，庙祝老早的铺陈一切。少时村众陆续毕集，大家便闲谈起来。一个灰扑扑的撅起苍白胡子，眈着眼道："俗语说三岁看老，真真不错。便是这蓝老爷，你看他小时节气度，便有些成头哩，不然怎到这等地位。若到这当儿，再腆着脸说人家好，便是狗咬冻屎，晚了八春了。"一个促狭的听了，鼻子里一笑道："还是老爷好眼力，怎的那年人家去斫柴，借用了您一根绳，便将您脸儿哭丧的汪着水似的，还嘟念道：'这孩子惯讨便宜，将来出息了，也是个三只手。'（俗谓小偷。）难道那时老爷暴发火眼，没看清楚么？"那胡子红着脸道："屁话！屁话！我说他三只手，是赞他多出一手，这名为一手擎天，你那里晓得！"

众人大笑，正在胡噪，只见庙祝飞也似报道："蓝老爷兄弟到了。"众人哄一声迎出，登时挤在门首四五个，好容易挣出，早见蓝理等徐步而入。大家厮见了，即便置酒列座，欢呼畅叙。一面饮，一面慨忆当年。座中一个老者道："我还忆得，那年冯二尹忽到这里那种嘴脸，像这等人如今万不会有好光景。你只看咱们这金城似的鸣凤堤，便知蓝封翁植基种德，不是寻常了。"大家拍手道："痛快！痛快！"蓝理兄弟忙起身殷殷酬劝，直吃至红日西斜，方才尽欢而散。

过了几日，蓝理兄弟拜别母姊，各赴职任。沅华承欢之暇，一意静修，淡妆素服，时游村中，一般价与那张家姑李家姨的说说笑笑。有时春秋佳日，便奉母亲坐了小舆，自己款段以从，在左近山村水郭中，随意游赏，十分自在，竟将剑术等技绝口不提。苏氏从容偶谈及他婚姻，他只憨笑道："我自有我的事在。"

光阴弹指，又早过数年光景，苏氏越法精神康健，沅华丰姿依然如故，大家都暗暗称奇。这年为康熙二十六年，皇帝特擢蓝理为宣化镇总兵，挂起镇朔将军大印，并召他克日入觐。天语颁来，蓝理那敢怠慢，连忙按驿而进，一路上饥餐渴饮，不必细表。

这日行抵赵北口，恰值御驾由木兰御围场打猎回跸，只见千乘万骑，雾合云屯，御道如弦，轻尘不起。只闻得马蹄雷动，徐驱而至。蓝理这当儿一骑马忽的驰上御道，不由大惊，一紧辔，要勒他下去，说也奇怪，那马纹丝儿不动。蓝理急汗如雨，竭力鞭打，那马只长嘶几声，还是不走。这当儿已隐隐望见扈驾前驱，仓皇之中只得跳下马，三脚两步，钻入道左一家桑园中暂避，只觉心头扑扑乱跳。

不多时御驾将临，早望见扈从卫士将那马牵置一旁，皇帝觉得诧异，立命人查问谁骑。蓝理听得，暗想若被搜出，那还了得，只得硬着头皮，忙步出自陈来历。从官一面命人看管，一面回奏，皇帝沉吟道：“且将他来。”登时数名卫士，如鹰掌燕雀般将蓝理拥来，跪伏于地。皇帝道：“你便是夺澎湖要口，拖肠血战的蓝理么？”蓝理道：“小臣便是。”

皇帝喜道：“怎么你这当儿才来？真是虎将！”即命蓝理前跪，细问血战形状。蓝理一一奏闻，天颜大悦，立命左右与他解衣，看那创痕。皇帝嗟叹不已，抚摩伤处，良久方命起去。这当儿将扈驾万众都惊得呆了，以为这等异数，真真难得。又过得数年，竟历擢至天津总兵。有一年入京祝嘏，皇帝高起兴来，竟特宣蓝理入宫，引见皇太后。皇帝还口讲指画，如说评书一般，细演他血战之状，笑道：“这便是那员破肚总兵了。”太后听了，也粲然启齿，左右宫嫔都笑吟吟瞅着他。君臣款洽良久，方命他返去。一时宠遇之盛，不必细表。

且说蓝理坐镇津门，从容多暇，便命麾下兵丁，开垦数百顷水田，以为西北水利先声之导。皇帝十分嘉奖，赐名“蓝田”。这年覃恩特沛，御书“画锦苎荣”四字，以赐蓝理之母。这当儿苏氏母女都随任在署，天龙既加，大家便开筵称贺起来，一时宾客之胜，里里外外，如火如荼。

沅华分外高兴，酒至半酣，忽然起为母寿，又笑吟吟向蓝理道：

"我两人都被性情鼓动，如今作出些小小事业。但是古人说得好，物太刚则折，吾弟此后还要仔细。"蓝理道："正是呢。"当时酬劝之余，也不在意。

既至筵罢，一寻沅华，竟影儿不见，却有一封书儿留在案头。大意是诀别母弟，作他的潜修大事去了。大家叹惋一番，知他如神龙一般，那里去寻他踪迹，也只索罢了。后来蓝理又立了许多伟绩，究因刚直，中间屡遭挫折。瑗、

珠两人也都仕至总兵。苏氏与蓝理都各享上寿而没。

这便是那侠女蓝沅华一段奇迹。

杜子薇说到这里，口干舌燥，一气儿饮了两碗碧螺春，同容伯兴辞而去。记者耳边还恍惚闻得金鼓声，疑惑是蓝理拖肠大战，仔细一听，却是风吹得檐前铁马。便记录出来，以见自古英雄，都须由儿女作起哩。

荒山侠女

第一回

龙母宫轶闻传古迹
太平村会议祈甘霖

　　话说有清咸丰年间，那河南归德府地面有座龙母山。此山并不甚高大，也没甚么古迹胜景，不过山脚下，有一道很曲折的长溪，并有些远近的小村落，倒也颇有野趣。

　　那靠溪岸的一片平阳地的高坡儿上，却有座龙母宫，碧瓦红墙，规模壮丽，庙前左右价是白石高坊，松柏夹道。那庙的山门左边，还有一区方塘，大可数亩，周围是石坝雕栏，杂植槐柳。每当夏日炎暑，那塘四外浓绿成荫，凉风习习，既已十分清爽，偏那塘内的水，又碧沉沉的凉静异常，并且冬不结冰，夏不见涸，那水总是黑湛湛的似冒凉气。靠塘左近，连蝇蚋都不敢飞集。夏月，那乘凉的人们，真要在坝栏间歇坐久了，便觉刺骨生凉，忍耐不得。至于那庙内，虽然宽敞整齐，却没甚么可观。不过正殿上塑着许多的龙宫侍卫并天吴紫凤、水族夜叉等像，合神龛内塑着一位金妆玉裹、云仪月态、秉圭端坐的龙母娘娘而已。

　　说到这里，却还有一段儿似乎神话的轶闻。据说着，这位龙母娘娘，在当年本系山下村落中的一位处女，虽已及笄之年，却因家贫不嫁，只以给人家缝纫浣衣得些工钱，奉养老母。这一日，时当夏令，龙母又提了衣篮砧杵，走向长溪，想要工作。不料刚一步踏出村头，早望见有四五个浣衣的女伴，一路价说说笑笑，结队而来。这些女子都是左近村的野妮子，又有气力，又顽皮，每人提着老大的衣篮，都跑得黑汗白流。想是因热不可当，又见道无行人，大家都敞怀露肚，连撒脚短裤都勒列腿胯，那雪白的小腿下光脚间，却踏双草鞋子。

大家一见圣母踏了双褪旧鸦青色半底小鞋儿，袅娜而来，不由笑叫道："你这位小脚娘娘，还不快走两步？你瞧西北上，秃尾巴老李要作怪咧。没的咱衣服洗不完，却被他浇阵暴雨哩！"说话间，大家跑来，一面拥了龙母便走，一面指着西北向天空道："你瞧，那不是龙挂么？"龙母望去，果见一片灰白色的云气，悠悠下垂，如水纹，如罗縠，但是当头还是赤日赫然，如张火伞。

那长溪边本有一处很高耸的土岸头，岸脚下正临溪岸，不但有些青石块，可以歇坐浣衣，并日崖壁间，有处一人来高的土洞儿，里面颇为深阔。她们每日来此浣衣，都是先到那洞内安置了提篮等物，然后从事于工作。当时众浣女拥了龙母，一路价顽皮飞跑，本已大汗直冒，及至入得那闷不透风的土洞，安置物事毕，不觉都一个个喘汗不已。其中便有人吵道："横竖这溪边没得人来，咱光了脊梁去洗衣，少受些热不好么？"

大家听了，都道："妙！妙！"及致龙母来趯向溪边，将要工作，却还闻得大家直呼"脱""脱"之间，忽的西北向长风遽起，日光立隐，接着便雷声隆隆。那风头到处，已挟有钱大的雨点儿，劈利叭拉，一阵乱落。龙母赶忙取起放下的衣服，抬头望时，早见那片灰白色的云气，驶如奔马，顷刻间，铺遍半壁天空。那下垂的两脚，白从从直插平地。其中雨声"訇訇"，便如春潮怒卷，竟一座坏山似的直压溪头。

龙母料是暴雨将至，百忙中，也不暇去取那挂树的衣篮，三脚两步跑回洞内。方见众浣女都光着脊梁，凑向洞口，直吵凉爽之间，便闻"刮啦啦"一连两个霹雷，电光乱掣，那雨已"哗"的声，势如飞瀑，土洞口登时挂起一悬水帘。但闻外面风声、雨声、水声、树声浑合成一片，便如翻倒天河般。闹过一阵，又自一个很干脆的焦雷，截然声止之下，雨势顿小，又潇潇了一霎儿，竟至雨过晴天。这时但闻溪声大震，并两岸上的水潦急泻。由洞口仰望天空，还在雨过后的湿云乱卷，由云隙中射出的阳光，闹金耀紫，混合了如沐的山光，好不光景如画。

这一来，招得众浣女正又在都吵有趣，龙母便道："不好了，俺的衣篮儿还挂在树桠槎上，被这阵暴风想是吹落溪中，没影儿咧！"大家笑道："不打紧，这溪岸上都是沙土、碎石子，只要雨过，马上就好走。少时，咱大家先寻你那篮儿就是。"说话间，恰好溪岸上的水潦声静，大家拥了龙母，到溪岸边。先瞧那溪中时，倒也好个雨后的光景，是：

一雨长深三尺水，溪流管激势犹强。

萧萧岸树声方静，对岸平沙一望长。

当时大家虽是一拥价都到溪岸边，但因水潦才过，泥沙颇滑，未免跌跌撞撞。及至寻那龙母的衣篮儿，却已被风吹到对岸的沙窝间，已自埋了一半。原来那对岸间都是沙地，甚是平坦，并有一条小路也通着众浣女所居的村庄。当时大家既见那篮儿在对岸，有的便吵道："横竖今天咱衣服洗不成，不如将咱要洗的衣，连咱脱下的短衫，且寄放在土洞内，俟明日再来洗。咱且泅水过溪，取了那篮儿，径由那条小道，取路回村，岂不又好走，又方便么？"大家听了，方吵"妙妙"，便又有人笑道："不成功，咱们都会泅水，过溪不难，你瞧这位小脚娘娘，怎么办呢？"

大家听了，正在笑嘻嘻望着龙母的鸦青色小鞋儿，没作理会处，便见漂漂悠悠，靠着这边溪岸的缓流间，浮来一段长可三丈余、粗可两人合抱的枯木，黝黯槎枒，仿佛具头角鳞甲。当时大家见了，不由又吵道："如今成功了，咱就将这枯木作筏子，把她拨弄过去，不好么？"说着，先有二三人跳下水去，扶稳枯木，紧靠岸边，随后两人左右价扶了龙母坐稳，大家前后的护牢那木，一声喝号，竟自乱流而渡。虽是弹指间已达对岸，却把个龙母惊悸的恍惚如梦，及至被大家扶持登岸，方才神定。

按下当时众浣女一面给龙母取了衣篮，一面送她直到村头，方才各散。且说龙母回到家下，见了老母，说起浣衣遇雨，诸女伴顽皮泅水，扶自己乘枯木过溪的光景，母子笑了一回，也没在意。不料自此后，龙母竟自不夫而孕。胎期满足，将要分娩，偏值大雨如注，疾风振屋，雷光晔晔。那老大的焦雷，只顾一声接一声的不离屋顶。不多时，龙母竟自产下一条小小金龙，随着雷雨，破壁飞去。老母虽觉得奇怪，细询龙母以得此胎怪之由，方知龙母乘那段枯木时，恍惚有人道之感。这不消说，当时那段枯木或为神龙所凭，或为神龙所变化，皆未可知了。

于是异事哄传，从此乡人便戏呼那处女为龙母。其后，女奉母终天年，孝行著闻，已亦年登上寿，无疾而卒。既就葬封墓，忽天大雷雨，恍惚有鳞爪隐现云中，良久乃没。人皆以为龙子来吊母墓。从此，好事者每值岁旱，便相与香楮牲醴，祷于龙母之墓，竟往往获甘霖。那乡人等既钦龙母之孝行，又感其惠，不但就那山脚下筑起龙母宫，为大家祈雨之所，并且以龙母名山。

以上所述，便是这龙母宫的一段轶闻。似这神话类的故事，虽不值今之新学者、科学家一笑，但是在作者这份"满纸荒唐言、一把酸辛泪"的小说中，似乎还可以凑些趣儿。所以不妨把来作个开场板的引子。

闲言少叙，书入正文。且说府城的东西乡中，有两处很繁盛的大村落，都聚居着数百户人家。东村名"太平"，西村名"百旺"。大家说起来，便称为东村、西村。两村距那龙母山，都约有十余里之遥。两村虽一般的繁盛，但是村人们性情风尚却截然不同。

东村都是些朴实实的老好子，务农为业，勤俭治生，除交租纳税之外，等闲价连府城都不去踏脚。只是居近山麓，吃了硬水，未免有些老山根的倔强性儿。一言不合，便彼此各奋老拳，登时打个头破血出。

至于那西村的老哥们，虽也一大半务农为业，但是那一少半的人们，却品流甚杂，花样百出。也有窝娼聚赌的，也有开押当、弄私宰的。甚至于小偷地痞，无所不有。他们除干这些营生之外，便是插圈子、编篱笆，把远近村镇的富家子弟引诱来，吃喝嫖赌。他们不但傍得好秧子（俗谓富家子弟曰秧子），跟着人家白吃白喝，白顽白乐，外挂着白使大钱，并且有时瞧人家用钱斟酌，出血不多，他们便可以登时收起"溜洪奉承敬"，狗脸一翻，来个"仙人跳"。

他们在闲暇时，便攒三聚五，串街坊，溜雀子。虽一个个的丑脸子，都赛如人才驸马，却偏打扮得庄稼张生（俗谓村人之好修饰者）一般，都梳得油光漆儿、五股攒心、蝎子撅钩式的山紧辫，脸子刮的待破皮。有的歪戴瓜皮小帽，有的敞披清绸大衫，腰里硬的土布腰带间，高吊撒脚短裤，脚下却踹一双踢死牛的搬尖洒鞋。大家钩肩把臂，横冲直撞，专以在街坊上招风惹草，耍横欺生。若值集市的日期，由外庄儿来个生虎儿，或是甚么土财主，他们算是见了肥猪拱门，一阵横敲硬诈，非把人家携来的钱钞榨干不可。人家因这西村风气歹斗，便把"百旺"两字叫白了，便叫作"霸王庄"。

若问这西村为何风气特坏呢？便是俗语说得好来，是"没得臭枳棘，招不得夜猫子"（俗谓鸱枭也）。原来这西村有个土豪富户人家，真是田园遍地，骡马成群。在街心盖起瓦窑似的一片大宅舍，出入间车马阔绰，豪奴健仆前呼后拥，行人避道。乍望去，便如一路诸侯一般，端的是跺跺脚四街乱颤的脚色。此人姓郝，单名一个珍字。生得五短身裁，黑紫面皮，两道疙疸吊梢眉，一双迭暴努眼睛，更趁着钩尖鹰鼻，蛤蟆大嘴。既已恶相十全，偏又颊颔间连脖子带脸，生了些花花搭搭的白色疤蛤。人家因他武艺了得，两膊有千斤之力，走及奔马，又习得好罡气功夫，不但拳棒使发了，十余壮夫近他不得，并且专练得一手好铁砂掌内工，真是横斫牛项，直截可洞牛腹。因此人家给他个混号儿，叫"花狸豹"。您想西村中既有这样的土豪头脑，那自然就有许多的无赖地痞，群往依附，所以西村中风气特坏。这且慢表。

且说这一年，那归德府地面适值大旱，自春往夏，滴雨也无。俗语都说，大旱不过五月十三。因为那日是关老爷磨刀的日子，所以惊动四海龙王，大小不拘的，总得下场雨，算是给关爷的磨刀水。不料这一年，偏偏俗语不应景，直至六月中旬，还是滴雨也无，干燥得地都裂缝，田禾无望。尤其是这东西乡一带，地势稍高，旱得越法利害。这一来，那东村的人们不由都慌了手脚，于是大家聚会在庙中，商量求雨之法。有的主张铡草龙，有的要念《木郎神咒》；有的还要请法师、术士等人，掘旱魃，用"五雷天心大法"拘龙劫雨；又有的吵道："人事通于天道，阴阳闭塞，焉能落雨？不消说，是咱这一带光棍太多，寡妇也不少。咱只须大家出钱，作场好事，助他们娶的娶，嫁的嫁，久闭阴阳一通，那股子气蒸腾起来，自然就油然作云，沛然下了雨。"

大家听了，正在哈哈都笑，便闻室门外有人笑道："诸位不要玩笑，必须心诚，方可求雨。咱且商量善法吧。"说话间，踱进一人，大家望时，但见那人好个安详和蔼的光景，是：

白皙微髭约四旬，体颇健硕态斯文。

慈眉善眼多含笑，风度蔼然甚可亲。

书中暗表，原来那来人姓李，名大复，便是本村的一个小康村户。大复少年读书，虽然真用苦工，却无奈天姿笨钝，直至三十多岁，还不能青其一衿。便有人问他道："李先生，莫怪我说，你这样文场别扭，只管不秾不莠的到几时？你体格气力都来得，怎不改改行道，去下武场，碰碰时运？那拉弓射箭、举石硼、耍春秋刀，都是些粗活儿，只要有气力，有个三年五载的工夫，便可成功。如今府城里郭武举家，正开着武学塾，你去习武，且是方便哩。"

大复听了，因思量起古人"书不成，去而学剑"的话来，不由欣然之下，颇觉有理。及至从那郭武举就学年余，方知万般事体，不是笨钝人干的。因为自己气力虽有些，讲到艺术精妙上，就不成了，举石硼，耍春秋刀，还可勉强敷衍，惟有拉硬弓，射马步箭，总不能入彀合法。并且武场中最重要的，便是马步箭，自己既拙于射，焉能下场望中？所以大复径自知难而退，废然而返。

话虽如此说，但是这年余工夫，总算没白搭。因为那郭武举于武场的工夫之外，还颇精于拳棒，所以于教授正课之暇，有时高起兴来，便教授些拳棒。大复虽是吃亏了笨钝，但是他却因为人和蔼之故，同学的朋友们都肯帮忙。譬如当郭武举当场教授时，大复记不清诸般路数，那同学们便私地里教与他。其中有个姓唐名经的朋友，也是东乡一带的人，尤其与大复相契。此人本是拳棒名家，在郭武举那里并非执子弟之礼，不过因性好交游，不时的往来府城，合郭武举本是旧友，所以每来府城，便下榻郭宅。不知怎的，合大复甚是投缘，两人竟自一见如故，交称莫逆起来。那大复既有同学们之帮忙，又有唐经指点，所以大复在这年余中，虽是笨钝，却也学会些寻常拳棒。

当时大复回到家下，因习武又不成功，正要下帷用功，重理故事，恰好这年就有童试。大复因无端的去习武，把文字荒了年余，以为这次定然越法不会获售了。不料却又运遇亨通，及至试毕发榜，居然冷锅爆热豆，竟自高高中了一名秀才。

那时节很重科名，只要村中出个秀才，大家都仰望的了不得。并且以为这人既有能为中秀才，一定是无所不能。从此，本村中只要出些大小事体，必要来请教大复，商量办法。于是大复便无形中作了东村的首领。好在大复为人公正，办事妥当，过了几年，大家无不佩服。久而久之，那邻县人们竟有仰望大复的文名，请他出门坐馆的。但是大复因自己离家不得，也便婉言拒绝。看官，你知道如何？原来大复的妻子吴氏于前两年得病逝世，虽没给大复留下男孩儿，却慰情胜无，留下个女娃子。正是：

　　鼓盆虽感朝飞雉，绕膝还欣掌上珠。

欲知后事如何，且听下回分解。

第二回

公推举大复主神坛
赠镖刀唐经惊奇女

话说这女娃子，却有些异样。是因她五月五日所生，便乳名双五，又叫作双姑。据"妈妈经"上说，这生辰十分歹毒，长大来，不是克父，便是克母。当时，依着吴氏，便要将双姑抛弃，大复却笑道："你不要信那些没考究的婆子话。昔日战国时，那孟尝君田文也是五月五日所生，长到五六岁，便有明公们向他父母道：'你这孩儿，长到头顶房门的上门限时，定然克煞父母。'他父母听了，又怕死，又不忍弃掉田文，老两口儿未免相对愁叹，声达户外。田文便笑道：'父母不必愁叹，既是恐孩儿头顶上门限，有甚么不吉利，何不将上门限增高丈余，孩儿的头永顶不着，便永无不吉了。'他父母听了，不由恍然大悟。后来田文竟富贵毕世，为当时名人。如今咱这女娃子，将来或有些福泽，也立名创业，有些异样处，都未可知哩。"当时夫妇说笑一回，也便丢开。

不料双姑长至八九岁上，却真有些异样处，不同寻常女孩。便是虽然出落得玉娃娃一般，窈窕身裁，俊秀异常，却伶俐壮健，气力颇大。虽不能力举石臼，但是老重的柴捆，老粗的水桶，她便提起掇了，飕飕飞跑。像女孩们所好顽的把戏，如拈花斗草，织纹线、抓石子之类，她是一概不愿，却专好踢球打瓦、上树掏雀、下水摸鱼等等的跳宕把戏。并且淘起气来，顽皮异常，三不知的便撞到街坊上男孩群中，领头儿跳闹个尽兴。不是你当里国人，大家都提了秫秸柴棒，即便两阵对圆，呐喊摇旗，冲锋交战，便是由她高坐在土台上，当起大元帅，叫男孩们分班比武。那个稍违将令，她便跳下来，抡起粉团儿似的小拳头，打的人家鼻青脸肿。因此往往有人寻来责问，倒累得大复夫妇向人家作揖举手，一面赔礼不迭，一面还须整备酒食，安慰人家。再瞧双姑时，却如没事人一般，早又笑嘻嘻歪着小鬏髻，跑到灶下，劈柴掇水，帮着吴氏操作起来。原来双姑虽是跳宕顽皮，不可拘束，但是父母若稍一沉脸儿，她便登时如驯羊一般，不知怎样才好。这时，她方现出寻常女孩的态度，必要撒娇撒痴，哄得父母开颜一笑方罢。尤其是见吴氏操作家事，如治炊浣濯等粗重营生，她必去帮助忙碌。惟有见吴氏拈针弄线，作起女工，她就要攒眉跑去了。

当时吴氏见她性儿孝顺，只是好动不好静，如性气飞扬的男孩一般，便叫她跟着大复，识字读书。本想是蠲蠲她好动的性儿，不料双姑读起书来，虽颇聪慧，却不肯寻章摘句，只怨麻烦，不过略明大义便罢。但是有时节，听大复讲起书中的忠孝节义等故事，她却乐得甚么似的。及至大复由郭武举处学得些拳棒来，双姑却不觉大悦，便登时磨着大复，抽空儿教给自己。那大复虽是学了些寻常拳棒，倒也费了好多的气力，以为双姑愿学，不过还是顽皮性儿，只要稍觉费气力，她自然厌烦不学了。那知双姑学将起来，不但不厌烦，并且略经指点，一学就会。因为她有天生的气力，并身手伶俐，不消旬月光景，大复所能，业以竭尽无余。当时双姑一来是孩儿家，二来又不曾见过甚么武艺，便以为自己所学的拳棒，颇有可观，便越法的踢跳自喜。及至吴氏病殁，她已十三四岁的光景，那大复因家下无人照料双姑，所以不去坐馆。这一日，因本村人们都在社庙中，会议求雨之法，所以也蹩来与议哩。

且说当时村众们正在七嘴八舌，吵的热闹，忽见大复到来，不由都纷纷站起，一面让座，一面哄然道："俺们吵了半天，也没想出好法儿，还是您识文识字的人，开口便有道理。这求老天爷赏饭吃的勾当，自然须一片诚心，但是咱须用何种方法求这雨，快请您出个主意，咱也好赶着准备一切哩。"大复笑道："只要心诚，咱也不须采用甚么特别方法，只用那铺坛取水，代表通诚的老法儿便好。咱这东西乡一带的村庄，每值旱年，都是向龙母宫去朝山取水，回到本坛，供起那宝瓶，由主坛人每日三时，焚香叩祷。这求雨的老法儿，连官府们都采用，因为是载入祀典的哩。"

大家听了，都道："妙！妙！"便又有人道："如今求雨的方法是有了，但是这一片诚心，怎样的准备呢？"大复笑道："这诚心二字，却也难说。那日汤王爷因大旱三年，曾向桑林祈雨，是身作牺牲，断发反缚，并以七事自责。果然诚心上感，大雨立降。咱虽不用如此诚心，却也不可自欺。譬如应该斋戒，却也不可偷偷的酒肉齐来，应该晒顶光脚去跑路，却不可戴帽穿鞋，也就算各尽诚心了。"大家听了，连连称善之下，便一面公推大复主坛，一面定规了从明日起，便在这社庙中铺坛，供起龙母神位，本村断屠，大家斋戒三日，届时户出一丁，由主坛者率领，大家奉了龙母的行驾，并取水的宝瓶，前往龙母宫的方塘边，朝庙取水。

按下当时议定，大家各散，且说大复出得社庙，慢步蹩回，一路上但觉热风扑面，骄阳如炙。那村人们因旱得田中没工作，便攒三聚五，都歇坐在篱根下，或是枯燥燥的柳荫间，相与闲谈。有的便道："先旱后涝，芒神知道。这是在本的话。今年宪书上芒神爷是光着两只脚，这就是踏大水的象征。你别瞧这时旱得人都喉咙冒烟，将来还许喝老汤不迭呢。"大复听了，正在好笑，便又有人道："你别旱得胡说白话，只管念藏经。依我说，这雨还是没大远限咧。怎么呢，因为俺脊梁上，有个疤瘌，只要一发潮痒，准要落雨。"大家听了，正在都笑，先说话的那个人便唾道："人家是王八晒盖才有雨，你却闹个脊梁潮痒哩！你发潮也罢，发痒也罢，如今社届里，叫咱们斋戒诚心，你却不要因痒大发了，偷偷地吃饱喝足，又去摸索老婆哩。"大复听了，好笑之下，因热不可当，便紧行几步。方一脚踏近家门，忽闻身边岔道边蹄声得得，接着便有人笑唤道："李兄，好闲暇呀，这样大热天还下街坊。俺今适有远行，不便耽搁，咱们回头叙谈好了。"说话间，蹄声已近。大复忙望时，却是唐经，这时遍体行装，行色匆匆，跨了一匹青骡儿，上面驮着褡套行装，那褡套中还微露短刀的刀柄，果然是远行模样。见了大复，一面含笑，拱手为别，一面略磕那骡，就要匆匆趱过。

当时大复见状，不由大悦，因为唐经一向没到过自己家下，于是一面跑上去，带住骡儿，一面笑道："您说俺大热天还上街坊，您怎的大热天还跑远路呢？咱自从那年在郭老师那里一别之后，一向也没有见面，快请到舍下，咱且叙谈吧。"于是不容分说，拉了那骡，就要直奔家下。慌的唐经一面跳下骡，自家拉了，一面道："俺就因一向穷忙，又因有点虚名，多承远方朋友们不弃，不是你来招游玩，便是我来请教授子弟些武功，一耽搁便是成年累月，通不在家。所以闹得您发科高中，并老嫂去世这样大事，俺都没来庆吊，真是缺礼得很！如今俺又因有远县朋友相招，须耽搁些日方回，如今俺且到您宅上，认认门口也好。等回头，咱再畅叙如何？"说话间，跟大复趑入李宅，到得前厅庭院。唐经是初次登门，留神瞧那厅院时，倒也好个宽敞雅趣的光景，是：

地洁砖平尘气无，老槐清荫影扶疏。

盆花丛竹相辉映，绝好幽居入画图。

当时两人一面将骡儿拴向厢室的廊柱，一面相与入厅。因为那厅檐前的那株老槐十分高大，枝柯四赛，如一篷绿伞一般。清阴所及，直覆却半个庭院，清风入座，所以那厅内甚是凉爽。当时宾主相逊就坐，略谈数言，早有仆人献上茶来。这里大复方命仆人去备酒饭，唐经却笑道："饭倒不必，倒是有酒快来些儿，俺吃了凉爽爽，也好上路。"大复道："这话不错，俺也听郭老师说过，平常人吃酒燥热，武功家吃酒却凉爽，还能解渴。因为他会运罡气，滚走全身，可以把酒的热力化掉，从毛孔中发出，酒化为水，所以多吃些，倒能解渴哩。"

说笑间，由仆人端上馊酒，两人且谈且饮之下，唐经不由笑道："俺听说您自断弦后，至今还没续，想是咱这左近地面，没得相宜的良配。俺如今时时远游，那么待俺给您物色良缘，您从新作回新郎，不有趣么？"

在唐经这话，本是随便说笑，不料大复却慨然道："李兄，您不晓得，这续弦虽也是正事，但是俺左思右想，还是不找这份病为是。俺没得男孩，不怕她唱《芦花计》，但是却有个女孩儿，名叫双姑，如今已十三四岁。相貌虽不丑，只是憨跳起来，淘气异常。不好拈针弄线，专好抡拳舞棒，便是俺在郭老师处学得那几路拳棒，她也磨着我学会，每天必要叫我瞧着她练习一回。她虽是性颇孝顺，不至于见忤于继母，但是俺却恐人家见她淘起气来，来个眉眼高低，给我瞧，未免叫人心不舒畅，您说这不是找病么？"唐经听了，正在哈哈一笑，便闻厅后院奔马似的一阵乱跑，接着便有人吵道："都是他们自愿寻父亲去，商量求雨，连俺的杆棒也没空儿瞧俺练哩。"

唐经听了，料是双姑，因听她语音高亮，中气甚足，正在倾耳之间，早见由闪屏后人影一闪，霍的跳出个倒提杆棒的女孩儿。端的怎生光景，是：

初齐额发趁双鬟，活泼精神娇且憨。

花面丫头十三四，短衣提棒态兀憨。

且说唐经因听得双姑语音，中气甚足，已然暗暗称奇，今见双姑身格健壮，精神活泼，这时，穿了窄袖短衣，手提一根小小的杆棒，一面站在大复身旁，一面却望着自己，两点黑如点漆的小眼睛只顾乱转，似乎是诧异客为何人的光景。不由暗忖道："怪不得大复说此女性好踢跳拳棒，据她这中气并精神体格而论，如经名师教授，倒是很好的材质，殊非其父的笨相可比哩。"

当时唐经怙惕间，含笑价正要站起，不料双姑忽的将杆棒向自己这面一晃，道："喂，你这位客人满面红光，威实实的，莫非也会些拳棒么？"一句话招得唐经正在噗哧一笑，大复忙一面站起，一面也失笑道："你这孩儿，真是要在圣人门前写大字了！这位客人，便是俺常向你说的那位唐伯伯，还不快上前拜见过，收起你的踢跳哩。"说着，给她整整衣襟，正要伸手，且取过她提的杆棒，那知早乐得双姑一面蹦跳着，向唐经好歹的叩拜过，一面却跳起来，揪住唐经，向厅外便拖，道："好唐伯伯，俺听俺父亲说，您会的武艺又多又好。快请教给俺两手儿留着顽，俺天天练习俺父亲教的拳棒，都厌烦咧！"

大复见状，正在笑喝放手，这里唐经早觉她来的手把，又敏捷，又结实，不由惊爱之下，便笑道："俺教给你两手倒现成，你且就你所会的练习一回，待我先瞧瞧你近于那一路棒法，然后再就你的资质，教与你些儿好了。"双姑大悦道："来来来。"说着，猛一放手，不料唐经不曾堤防，又趁着被她揪的偻身之势，竟自身形一晃，跄踉踉倒退两步。

这一来，招得唐经合大复正在哈哈都笑，这里双姑早一个箭步，跳向厅外。及至两人也到厅外，就槐荫下立定，那双姑早就当场"飕飕"的使发杆棒，倒也好个翻飞游走的光景，是：

拘紧兜严着数全，虚实奇正亦相兼。
寻常棒法忽活跳，都在身灵气旺间。

当时双姑使发那棒，是不紧不慢，不滞不滑，端的是周度中规，进退合度。虽然一着一式的，都按着定法儿走去，但是因她身段伶俐，气旺神流，那换形移步，忽起忽落，并前超后越、左排右排间，却平添了一番迅疾活泼之势。

俗语说得好，是戏法人人会变，各有巧妙不同。当时双姑这一路寻常棒法，却与大复的笨钝相大不相同。须臾，舞到酣畅处，仗着手疾眼快，身段伶俐，竟有龙骧虎跃之势。这一来，招得唐经高起兴来。因见她伶俐光景，正想教给他一路四平棒法之间，恰好双姑练习已毕，笑嘻嘻递过杆棒。于是唐经一面接棒，一面合她步向当场，却又笑道："俺如今因赶行程，不便耽搁，待我先教给你一路着数略为简单的四平棒法。虽是简单，但是一时间，也恐你记不清全套的着数。今且叫你认认门径，俟后俺回头有暇时，再仔细教你好了。"

说话间，撤身踏步，一亮那棒，使个旗鼓，放开门户，接着便徐徐舞起。真个是静则凝重如山，动则涝洄似水。那换形移步，起落发收，并着数的变化曲折，暨怎的开门，怎的接笋，怎的正中有奇，怎的虚中有实，虽是都一一的次第表示，但是那诸般的手眼身法步，都取从容徐缓之势。看官，你道这四平棒法纯以从容凝重为用么？却又不然。原来唐经因恐双姑一时间记不得许多着数，所以特从容表示，以便她目注心维，易于记清哩。

这时双姑远远的躲向一旁，只顾了两只俊眼儿飞飞霍霍，跟了那杆棒乱转，却不道大复因见唐经的棒势只顾慢腾腾的，又天气太热，便以为唐经有些倦意，便笑向双姑道："你这孩儿，还不快请你唐伯伯放下杆棒，且自入厅歇息。横竖这种棒法，你一时间是记不清的。"

说话间，恰好唐经棒法使完，方在哈哈一笑，抛棒于地，不料双姑如飞的拾起那棒，一面舞得风车儿一般，一面却笑道："父亲偏没说对，这套棒法俺已完全学会，还记他甚么。"说着，真个的"飕飕"舞起。这里大复还以为她是逗起顽皮，正在槐荫下手招唐经，请他歇凉的当儿，那知唐经已自忘掉了热，还在赤日当头之下，只顾瞧了双姑的棒势，喝彩不迭起来。哈哈，说也不信，原来双姑竟真个学会了四平棒法，不但舞得如唐经一般，并且她只知一气紧赶，所以其飘急迅骇之势，似乎比唐经还有精神哩。

当时唐经乍见双姑如此聪慧，一套四平棒法，居然一瞧就会，虽是喝彩之下，颇以为奇。但是大复见惯了双姑学自己会的棒法时，也是如此敏捷，至此，也便视为寻常。因此双姑业已舞毕，抛棒于地，方自去将唐经拖入槐荫立定，还未及相让入厅，恰值那树的鹊巢内钻出只乌鹊，忽的一掀尾，便是一泡鹊粪，却几乎落向唐经肩头。那乌鹊正吱喳着，在树梢间穿枝过梗，直跳格蹬儿之间，不料双姑却随手由衣袋内取出一枚玩弄的石子儿，一面喝声"着"，一面手起石发，便见那乌鹊好个落地宛转的光景，是：

> 颔伤项折尾翘翘，宛转尘埃落羽毛。
> 虽是儿童游戏技，这般手法却高超。

这一来，张得唐经正又诧双姑手法灵妙，那双姑已自拾起那半死的乌鹊，跑向槐荫。大复便喝道："你这孩子只顾淘气，却耽搁了唐伯伯吃酒歇凉。咱快都入厅去吧。"

唐经笑道："您休说他淘气。此女的姿禀过人，端的少有。就她一见四平棒法，登时就会，并这打石子的手法而论，若真个破工夫习起武功，怕不一日千里。她既好踢跳，俺行李中却有两样物件，正好与她作见面礼。如今俺还待赶路，咱再期后会吧。"说着，便一面牵过那青骡，一面从褡套中先取出一个小小镖囊，内藏五支精钢打就的枣核镖，端的是锋钢照眼，十分精致。便递给双姑，笑道："你既有那打石子的手法，若习起打镖，自然相宜。至于棒法，原通于刀法，如今俺这柄短刀正合你用。"说着，又取出那刀，脱手出鞘，铮然有声。慌得双姑忙接过瞧时，但见那刀长仅尺余，形如匕首，冷森森白哗哗，好不锋利。

慢表双姑向唐经拜赐之下，真有小儿得饼之乐，且说当时大复送得唐经去后，连日价向社庙中，合大家忙碌求雨之事。展眼间，三日已过，次日便是向龙母宫朝庙取水之期。于是这日傍晚，大家便议及次日里龙母发驾的时辰。依着大复，是清晨发驾，趁早凉儿，大家还少受些热，无奈大家记牢了"诚心"二字，如图凉躲热，便非诚心，议来议去，却定规了辰时发驾，午时取水、回头，一去一来正赶这热当儿，方算诚心。大复听了，只好从众。及至趔回家下，业已上灯时分。

大复合双姑用过晚膳，方在内院中一面纳凉，一面说起明日辰时发驾等事，忽闻二门外有人笑道："双姑还没困觉么？这求雨的勾当，可不许女孩儿家跟着。大热天，晒得冒油，跑远路，有甚么好顽？等我明日早些来，合你作伴儿，并领你到咱后园中逛逛青，不好么？"说话间趔入一人，端的怎么模样，是：

面目温和蕴笑容，钗荆裙布朴诚风。

步趋绝少龙钟态，健媪何人入宅中。

书中暗表，原来来的这个老妈妈，非别个，便是大复的一位族嫂。他娘家姓蔡，人家因她为人和气，好说好笑，在村中很有人缘儿，便都叫她蔡大娘。她虽年近六旬，却非常壮健，若讲到操持家务，更是一把好手。起初，她也是小康人家。按理说，既有健妇操持，应该越过越发旺才是。无奈她汉子，便是大复的那位老族兄，名叫李福的，虽也能勤苦操作，却吃亏了为人太老实，又好喝两盅儿，并掷个幺二三。人既太老实了，又有这两样嗜好，自然就有些溜哄拐骗，外挂着借赊如白捡的人们，都来傍吃傍喝，傍顽傍乐。不差甚么，还要揩油抹水。一个小康庄户有甚么大气脉，于是年复一年，李福的家境不支，渐至于田房都尽。

　　还亏得李福，当不得蔡大娘日夜价数落聒吵，忽然醒悟回头，立戒饮博，两口儿都去给人家佣工了数年，这才稍有积蓄，不至冻馁。那大复素日本知他两口儿为人诚朴，及至吴氏去世，大复有时出外，双姑便没人作伴。大复宅后本有一所老大的菜园，园内又有几间草房儿，一向招人租种。至此大复便招得了两口儿来，白种那菜园，一来是怜恤穷族，二来有蔡大娘早晚间来往宅中，自己值出外时，那双姑也有人作伴。前两日，蔡大娘见双姑要跟着大复去求雨，所以这时又踅来瞧瞧哩。

　　且说当时双姑忽见蔡大娘踅来，便跳起来，一面牵衣促促，一面笑道："俺本不要跟了去求雨咧，如今您说不许女孩儿去，俺倒要偏去顽顽。难道女孩儿便不是人不成？"大复听了，正在好笑，便见蔡大娘笑嘻嘻的说出一席话来。正是：

　　　　既尔关心来探望，不妨谐语阻娇憨。

　　欲知后事如何，且听下回分解。

第三回

奉神驾取水朝山
走穷途藏林剪径

　　且说蔡大娘忽见双姑说话之下，脖儿一梗，小眼一翻，似乎要逞拧性，不由怙惄道："此女性儿颇有决断，敢作敢当，她只要拿定主意，是不怕吃苦，百折不回。如今正言正色的合她讲道理，要拦她跟去玩耍，还不如如此如此，招得她笑了，或者就许收起拧性哩。"

　　当时蔡大娘想罢，便笑道："不是女孩儿不是人，皆因你这女孩儿这么俊样，太可人了。人家都说这位龙母娘娘，因自己生前长的脚大脸丑，所以成神之后，就喜欢个俊女孩儿。明日大家去取水，你如跟去，倘被娘娘瞧见，她一定先来一阵狂风暴雨，遂即遣虾兵蟹将并巡海夜叉等等，把你抢进龙宫，去当她的三公主哩。"一席话闹得大复正在哈哈大笑，双姑却道："那不打紧，俺就是不怕强横，无论他是神是人，只要横行霸道，惹了我，我是非宰掉他不可哩。"说着，不觉嫣然一笑。按下蔡大娘见双姑欣然意解，收起拧性，这才放下心来，又说笑了一阵，即便趑去。

　　且说大复合双姑纳了一会子凉，各自入室歇卧。双姑是倒头便睡，惟有大复，因明日有事，只是辗转睡不去。偏偏这夜里越法闷热异常，直至夜深，稍为凉爽，方才沉沉睡去。正在朦胧间，忽闻耳畔有人吵道："父亲还不快起，为今社庙里已撞过齐人的号钟，俺也将您应用的物件都拿来哩。"

大复忙睁眼，卜榻瞧时，业已鲜红的日色大上，将及辰时。那双姑方笑嘻嘻的站在榻前，却一面将所拿来的轻鞋、凉笠并一根行杖，都置在榻头。大复便笑道："如今大家去取水，俺是主坛人，更应该不怕吃苦，这些物件都用不着。少时，你瞧我打扮起来，管保吓你一跳，你就不想跟去玩耍了。"说话间，双姑也便匆匆跑去。这里大复因时光不早，便忙趄向前厅，略为用了些干馍，连脸也没洗，忙将辫发挽了个孤髻，脱去鞋袜，光脚踏地，挽起裤脚，只披一件搭膝短衫，方拿起那面上写"风调雨顺"的会头旗儿，早闻社庙里几杆号钟徐徐撞起来，正是：

余韵挖空断复连，非关法事响禅关。
齐人号令霜鲸动，发驾还须先拜坛。

当时大复听得社庙中第二次号钟发动，晓得是大家都已到齐，单等自己到场，就要拜坛发驾了。恰待唤双姑来，嘱咐她请蔡大娘来作伴儿，忽闻厅外双姑道："唷，父亲你这样儿，不像囚犯，也像路卧。这样火燃似的大热地，光了脚底，不是烫脱皮，便是一不小心就要栽倒。那么，还是俺跟您去，也好搀扶一下子哩。"

大复听了，一笑之下，拔步出厅，刚一脚踏到槐树下，连忙摆手，还未及吩咐她不要跟去，并请蔡大娘来作伴儿，不料树上鹊巢内鸟鹊乱叫，接着便"嗒"的一声，一点鹊粪不偏不倚，恰好落向大复肩头。这里双姑眉梢一挑，方要掏石子，向巢打去，早又闻得社庙的号钟发动，于是大复笑道："如今方求雨断屠，岂可伤生？你不要跟去，快唤蔡大娘来作伴儿好了。"

按下这里双姑一面唯唯，一面送大复出门，且说大复匆匆的趱上街坊，早见各家门首都插了柳枝，置了水桶，门框上都供了黄纸的龙王神驾，上写"五湖四海九江八河龙王之神位"的字样。至于香炉，却只是个纸兜儿，内贮少灰，插了香枝，这时，因就要拜坛发驾，各家门首不但都洒道清尘，香烟缭绕，并有些小儿们，大家都戴了青葱葱的柳条围的帽圈儿。有的便攒三聚五，相与振臂，作商羊舞；有的连连串串挽了手，作个栲栳圈儿，围了水桶，大家便一面转磨，一面和声儿唱起个调调儿道："刮风来，下雨来，王八戴个草帽来。"尤其是街坊上，数步之遥，便横悬着一条草绳，上挂四个黄纸斗方儿，写着"风调雨顺"的字样。更为看热闹的，便是各岔道间并巷口间，纷纷的趱来许多与会的村众，大家都一色的头带柳圈，赤踵跣足，各持一束焰腾腾的高香，都向社庙趱去。乍望去，端的是浓绿映空，轻烟匝地。

当时大复不暇细瞧，方趱过这条街坊，早又闻得那社庙间人声浩浩，势为鼎沸，从一片音乐悠扬中，又夹着胯鼓如雷。原来这取水随驾，必须有音乐队合胯鼓队。那音乐队都是本街斯文些的人们，学了些《老八板》《小开门》《一汪风》《香柳娘》《鸳鸯扣》《皂罗袍》等等乐谱儿，吹起笙管笛箫，打起云锣脆鼓，是在驾前引驾的。至于那胯鼓队，却专管当先开路，并且这队人们非一杠子打不倒的愣小伙子不可。因为那鼓之大，便为小圆桌面一般，系了绊绳，套在脖儿梗上，击于胸腹之下，所以那鼓手们不但须强项用力，还须一面挺腰腆肚，一面双抡鼓桴，若气力差些，便顽不克化哩。但见一片广场中，却又是一番光景。正是：

柳枝翻舞绿条条，仪仗行舆幡影飘。

佛曲仙音方合奏，旍檀如雾映云霄。

原来这时那社庙内的执事人等，早已将神驾的行舆安置在广场。中舆前，除异行的香案并祭品异案外，还有全副仪仗，并宝盖香幡，宫扇提炉。至于行舆左右却现出两棚僧道，各十二众，一边是昆卢袈裟，一边是星冠羽衣。大家吹吹打打，正合奏起一套引驾的仙音法曲，端的发声嘹亮，飘渺入云。再望向仪仗之前，但见绿云扰扰，赤脚纷纷，大家分两行列立，单是那手巾高香，都焚得焰腾腾的，便如一条火龙一般，便是与会的村众们都在伺候随行。至于村众前面，便是那音乐队合胯鼓队。这一摆列，由那社庙前直到村头，足有半里之遥，好不热闹。

　　这时，早有在庙的执事人等簇拥看大复，入庙去拜坛如仪毕。及至大复匆匆的趸就神驾行舆前，那起驾的大炮也便发动，就这声中，那鼓乐齐鸣之下，全队人众也便滔滔走发，好不整齐热闹。正是：

云笼旍檀气馥芬，旌幢羽葆亦纷纭。

祈来三尺甘霖否，引驾威仪似赛神。

　　按下这里在庙的执事人等见神驾已发，且自在神坛上伺候一切。且说大复，因自己是主坛人，故不辞辛苦，发动一片诚心，光头赤脚，为众人倡首。趸了小小一程，因为精神振奋，还不觉怎的难受。不料又趸过不远，便但觉头顶如蒸，脚底如熨。偏偏这条路，虽不是甚么崎岖山径，却也粗沙碎石，间以凹凸坡坨。便是寻常的车辙土壤，也因久旱之故，干硬得七裂八瓣。那土岔儿就如刀锋，赤脚底踏上去，热而且硬，好不难受。这时因已到野地，端的是赤日当空，如张火伞，极目处，但见干巴巴的龟坼大热地，青草都无。更趁着远近间的枯林涸涧，既已令人神疲意燥，偏搭着这时大家都已消磨了振奋精神，疲不可支，于是仪仗凌乱，音乐不闻，大家只气喘汗流，悄没声的纳头奔去。虽不至于一步一哼，却也竭

110

蹶异常，十分狼狈。

这一来不打紧，不由张得大复越感疲倦。没奈何，又苦撑了一程，方在也随众纳头而趋之间，忽闻前队一声欢呼，接着便吵道："阿弥陀佛，我的妈，可到咧！咱快走几步，还正赶上午时取水哩。"说话间，大家走发，好不踊跃。这里大复料是将到那龙母宫了，忙抬头望时，但见那龙母山色业已苍异异的，近在咫尺，耳边并闻得溪流漱响，令人意爽。那一片高坡上，从竹树交荫中，早现出龙母宫的碧瓦红墙，加以庙前那方塘的水气霏霏，虽在这等旱时，还依然瀴蔚涵空，由那塘边吹来拂拂轻风儿，好不令人精神顿健，如入清凉世界。

这一来，张得大复的疲倦不由免去了一半儿。因为神驾行舆，到庙前驻了之后，自己还须先入庙去，进香祈祷毕，然后再如法取水，并且祈祷时，还须将赍来的取水宝瓶就神案上供养片时，有许多耽搁。当时大复思忖至此，便连忙一手执了会旗，一手由舁的神案上取了宝瓶，一径的脚下加快，趋到前队之前。本想是先入庙去，早些行礼，以免耽搁取水，不料刚一步踏到那高坡下的一处岔路口的树林边，忽闻林内有人大喝道："甚么鸟人，还不快些住步！你们是那里来的取水的，竟敢不等俺家郝爷来取过头水，便想取水，也就好大胆哩！"

这里大复猛闻"郝爷"二字，方在一愣之下，暗道晦气，早见由林内"飕飕飕"，跳出五六个汉子，不容分说，竟自蜂拥上前，拦住去路。看官，你道大复为何一闻"郝爷"二字，便登时一愣，又暗道晦气呢？书中暗表，原来这郝爷非别个，便是上文所说的那府城西乡百旺村的那个土豪郝姓。说起他怎的创成土豪，并习得一身好武功来，却还须作者补叙一下。

原来这小子单名一个珍字，天生的身强力壮，性儿凶悍。十四五岁上，业已成了个泼皮无赖，在村中，酗酒打架，搅闹市坊，无所不为。因为他抡起拳头，那金刚似的大壮汉，都近他不得，并且他逞起顽皮，十分歹斗。一日，他向酒家去赊酒，那店翁因原封的酒，坛中新酿才熟，不欲开封泄味，便辞以酒还没熟。他听了，虽是白瞪了两眼，一笑趄去，但是不久的，那店翁店后的柴堆间忽然火起。及至店翁跑去救灭火，转向前店，叫声苦，不知高低。只见酒流满地，那好些原封的酒坛儿，好端端的摆列如故，忙仔细一瞧，方知郝珍使了促狭。因为靠坛底间，都有个粗锥凿的小孔儿，这不消说，柴堆间那把火，也是他用的调虎离山之计了。其顽皮劣性，至于如此。渐渐的偷鸡盗狗，越来越劣性，有时将村人们气极了，大家齐合了，捉住他暴打一顿。他不但当时属煮鸭子的，身烂嘴硬，只是破口大骂，并且不消三两日，那领头儿打他的人，必被他狙伏于要路，一把抓住，打个头破血流出，气息仅存。因为他有力如虎，若单对单儿，好不凶恶哩。

便是如此光景，村众们正愁郝珍是个小祸害，不料他又三不知的偷了人家一注钱，忽的不知去向。从此村中安静非常。大家以为这小子既干了贼营生，必然远走高飞，不敢回家，巧咧，将偷的钱吃嚼光了，还许成了路倒卧（俗谓饿殍也）。

大家正在欢喜不迭，那知郝珍偏不为大家所料，过得年把光景，不但居然跑回家，并且拳头越大，胳膊越粗，平空的学会了几路拳棒。不但此也，并且来家时，连他父母都吓了一跳，因为他忽的十分阔绰，骑了高头大马，驮了行囊褡套，也不知从那里来的钱。从此便结交些远近村中不三不四的人，每日里成群搭伙，酒肉歌呼，或相与掉臂市坊间，见了人，先立楞眼，一句不投机，便抡拳头。身上带的家伙，是腿缝插子、二人夺、牛耳尖攘子，一概俱全。你看他横眉溜眼，吹烟冒泡，领了一群嘻皮笑脸的下三烂，在街上横着膀子晃来晃去，好不自觉着是个朋友。这一来不打紧，他回家没得年把光景，虽然在西乡一带，创成第一条好汉，咳唾睥睨间，可以吓煞人，却也将他草堂上的二老双亲，活活气煞。

原来他父亲名叫郝仁，倒是个很规矩的好人，便在本村开了一片屠坊。虽说是刀子行，宰杀为业，但是郝仁为人和气，交易公平，人家来买肉，都给人家准斤足两，再不晓得短秤使水，占人家便宜。因此主顾颇多，所业甚为发达。老两口辛辛苦苦，积蓄了几个钱，真是看一文，就有车轮大小，恨不得穿在肋巴上，还恐掉了钱渣儿，那里割舍的妄费浪用。不料他那位令郎哲嗣，长到十来岁上，业已形同枭獍，没钱时，便向老子瞪眼硬要。不给他，他便偷摸。再不然，他便向三邻两舍间去要骨头，胡摸索，惹得人家来骂门不依，还须郝仁来赔礼貌，搭酒食。一来二去，老两口所积的几个钱，业已堪堪殆尽。

这已够老两口儿痛心疾首咧，偏偏的越渴越吃盐，越紧越加劲儿。自从郝珍由外面阔绰回家之后，老两口儿询知其所以阔绰之故，却几乎吓煞气煞。看官，你道为何？原来郝珍当时偷摸了人家一注钱，跑出家门。在各处胡撞了些时，果然不出村众所料，竟自将钱花光，饿起肚皮。一不作，二不休，索性唱起打杠子那出戏，便去寻了根老粗的杆棒，早晚间狙伏于要路口或深林之中。作了两次，居然得手。

也是这小子合该贼星发旺。这一日，日西时光，郝珍又伏在一处小道边的树林里。呆等良久，好容易方望见一个骑驴的老头儿，驴背上搭着个大麻袋，方在由东而西，将近林旁。郝珍不由暗忖道："好了！他这麻袋中虽不知有无钱钞，但是这头驴若抢来，卖给私宰的汤锅上，好歹也值几文。"怙惚间，一摆杆棒，突的跳出林，方喝声"站住"，不料因跳势太猛，惊得那驴儿眼睛一岔，长耳一竖，猛摆头，向斜刺里一片草地里四蹄悬空，如飞便跑。

这里郝珍不舍，虽也举步如风，赶了一阵，无奈自己今天从早晨至这时，还在空着肚皮，就这肚内一阵一乱叫，腿子一软之间，那驴合人已自影儿没得。这一来，闹得郝珍垂头丧气，于是一面回步，仍奔树林，一面怙惚道："怪不得人都说急性没好处，好好一泡彩兴，却被我迎头一拦，竟自闹丢。少时，若再有彩兴，须要仔细哩。"

思忖间，脚下一绊，几乎栽倒。忙低头瞧时，却是那驴上搭的大麻袋横在地下，这不消说是那老头儿仓惶中丢落的了。及至连忙打开那袋一瞧，不由啐了一口，又是"咽"的声，咽口饿唾。原来那袋内并没钱钞，都是喂驴的草料，内中却有个粗布包儿，裹着七八个气蛤蟆似的大馒头。于是郝珍一面倾草料，提了那袋，仍入树林，倚了杆棒，藉草而坐，一面大嚼馒头，并瞄瞅着林外。不由又怙惚道："俺今天丧气得紧，等呆雁似的等了半天，只等了几个馒头、一条麻袋。如今天色将晚，料没得甚么行客来往，且待俺吃饱，铺了这麻袋，困他一觉，俟明日抓取彩兴好了。"思忖间，四五枚馒头业已入肚。真是人是铁，饭是钢，当时郝珍果腹之下，不由精神暴长，便一面随手将所余的两个馒头揣起，一面张向林外，但见好个荒郊晚景，正是：

阵阵归鸦噪晚风，平铺野色暮烟笼。

残阳将没犹明灭，古道行人竟绝踪。

当时郝珍既见天色将晚，料得不会有肥猪来拱门了，方在道边站起，先提了倚的杆棒，想要拨草寻地，以便铺那麻袋，准备歇卧之间，忽见林外道西向，远远的从暮色苍茫中，似有人徐徐走来。这里郝珍大悦之下，一面暗道声惭愧，一面倒提杆棒，忙隐身林边一株大树后瞧时，只见那来人已自来临将近，却是个年约三旬上下的短衣汉子。不但包头裹腿，结束得十分伶俐，并且腰里硬的宽带间，佩一柄短刀，并一具布囊。虽在暮色依稀中望不清他的面目，但是就他行步矫健看来，却像个武行朋友。

这一来不打紧，倒闹得郝珍登时老大的不得主意，不由暗忖道："他妈的，活该俺今天丧气到底！如今虽等了个呆子来，却又硬帮帮的，看光景，不大好弄。料想他那布囊内多少总有些彩兴，如今俺若去迎头拦截，彼此动起手来，说不定倒叫他打了我的呆雁，都未可知。不如悄没声的，给他个冷不防，一下子将他打昏，岂不甚好。"

当时郝珍怙悇停当，便就去树后，一面目注那汉子，一面一紧手中棒，方拿出"螳螂捕蝉"的式子，作势而待，恰好那汉子脚下飞飞，已倏的由那大树前闪身而过。这里郝珍赶忙的一个箭步，赶到他背后，一面抢起杆棒，正要夹后脑便是一下，不料棒风刚"飔"的一声，那汉子早觉得背后有人。那汉子真是会家不忙，你看他虽觉背后有人，却并不回头，只倏的向道旁一闪身形。这里郝珍早"拍喳"一声，打了空，杆棒两断。因为去的势猛力足，不但跄跄跄抢出数步，并且身形一晃，几乎栽倒。方在忙踏住脚，愣怔怔的寻望那汉子，忽闻背后有人喝道："你这小厮好生可恶，俺不恼你拦路劫财，却不该使出这么大力气，暗下毒手。你瞧杆棒都断，不是俺闪身的快，怕不被你打煞。你既要结果人，待我先结果你好了。"

郝珍听了，刚要回头，早被那人"咯哒"的抓住后脖梗，健腕一翻，使出个"老鹰拗兔"。这里郝珍"咯喽"一声，方在倒抽一口凉气，那人早喝声"倒"，接着便猛起膝头，向他后腰眼间"拍"的一撞，遂即上面猛一撒手，又是一推。及至郝珍跌出数步之遥，就地一滚，方闹了翻白儿，未及挣起，连那揣的两个大馒头也甩落在草地之间，那人已自赶上去，先一脚踏住郝珍的胸膛，然后拔出短刀，就郝珍额门上凉渗渗的一撑，笑喝道："你这毛头小厮，昏头搭脑，笨手笨脚，也来干这好汉爷的营生，真真给好汉们丢脸。待我先宰掉你，然后问你为甚么在此劫路好了。"说话间，提起短刀，劈面一晃。但见这时郝珍好个光景，正是：

惧色全无神自定，扬眉瞋目气犹雄。

欲知后事如何，且听下回分解。

第四回

入盗伙学艺负师恩
发横财请酒会乡众

当时郝珍定睛一瞧，那人非别个，正是那短衣汉子。既见他用刀威吓，又有些笑侮之意，本就气往上撞，及至听他说先宰后问的要骨头的话，不由登时大怒，便喝道："斫掉头，碗大的疤瘌，甚么大事，便值得这样张致！脑袋放在这里，由你去斫，你且放俺起去，待俺一面吃馒头，一面等你斫头。须知俺那会子劫了几个馒头，还没吃完哩。"

那汉子听了，一瞧他身旁不远，果然有两个大馒头，不由一面放他起去，一面哈哈大笑道："你这小哥，原来是为肚子饿了才劫路。就你这力气胆量，学个好汉，倒也不难。那么你就跟俺去，学个好汉，岂不甚好？如今俺正去干活儿，你且给俺巡风如何？"说话间，一面询知郝珍的姓名来历，一面又报自己的江湖字号，郝珍听了，不由大悦之下，向那汉纳头便拜。

看官，你道为何？原来那汉子绰号儿"一阵风"，便是江湖闻名的一个捷盗。有时独脚游行，有时也合伙价打家劫舍，人家因他高来高去，捷疾如风，故称以此号。那郝珍天生的全挂贼性，虽有气力胆量，却苦于没机会去学武艺，如今得此机会，自然是乐不可支了。

按下当时"一阵风"竟领郝珍，去偷摸了一家富室，十分得彩。且说郝珍自从归到"一阵风"手下，端的是贼星发旺，没得数月工夫，业已学会了些寻常武艺。虽没甚么惊人的本领，但是跟着群贼去打劫，也可称一员健将了。于是"一阵风"十分爱他，不但每去抓得彩兴来，大家分赃，赐他独厚，便是偶然在窝巢中，窖藏起金珠珍宝，虽然屏却群贼，却独与郝珍共享。便是如此光景，又过得些日，那郝珍跟了"一阵风"各处游行，累作大案，所得的金资着实不少。

这一日，由"一阵风"领了群贼，聚向窝巢。入夜之后，"一阵风"因又要去打劫某富室，便一面大召群贼，一面想合大家先商量打劫之策。原来那家富室的财力甚是雄厚，不但高墙大宅，攻劫不易，并且有许多护院人彻夜巡逻，所以"一阵风"便思量博采众议，谋定后动哩。当时那窝巢中聚义厅上，大排宴筵，交椅排开，端的是大碗酒，大块肉，好汉吃喝，一霎时堆满春台。须臾，众家好汉也便陆续到齐。因为酒罢之后，就要起马，大家都一个个包头裹腿，结束伶俐，身上各带应手的家伙，单刀铁尺、七节软索鞭、甩头梢子棍之类。不多时，"一阵风"也便走来，于是大家声喏毕，即便纷纷就坐。这场大吃八喝，好不热闹，正是：

酒肉淋漓礼数疏，推诚聚义在江湖。

酣呼意气虽云拥，知否巢倾乌散无。

不多时，酒过三巡，菜上五道，当由"一阵风"当筵起立，先报告过某家富室不易攻劫的情形，然后询大家以良谋善策，以便自己采择施行。群贼听了，不觉都扬眉抵掌，如陈所见。恰在乱吵得乌烟瘴气，不好了，忽闻那窝巢外一声号炮，飞上半天，接着便四

118

外价呐喊如雷，杂以人马蹂踏，并兵仗摩戛之声，如风雨之遽至。

这时郝珍恰巧因群贼乱吵起动，自己一来插不下嘴去，二来又恐酒吃多了，不便跟"一阵风"起马，便悄悄逃席，蹓向那窝巢的后身儿一处高冈上。方在树林间倘佯散步，及至闻得这般声响，大骇之下，正在一愣，早见冈前四外价人马如飞，一声喊，先将窝巢团团围住。其中却闪出一队步下捕健模样的人，都一色的短衣快靴，各持单刀标枪，约有百余人，不容分说，一声胡哨，便都虎也似的入窝巢。这里郝珍料是本县的捕健人等，不知怎的，探准了"一阵风"的老窝儿，便齐合了城防兵丁，前来办案。正在百忙之中隐身林中，没作理会处，早闻得窝巢内喊杀连天，登时大乱。郝珍见状，料是"一阵风"领众拒捕，已自合捕健等交起手来。虽是"一阵风"武艺高强，并众好汉们也都凶实，但是今日这官中军健人多势众，并且那捕健们也都精神踊跃，异乎寻常。倘相持时久，便恐"一阵风"或有失闪，自己既蒙他见爱一场，又教与了许多武艺，今值他生死关头，自己焉能袖手之理。

当时郝珍怙惚至此，一时间良心略动，正想奔下冈，去助"一阵风"的当儿，便闻闯入窝巢的捕健们又是一声喊起，接着便烟焰冲天，里面火起，杂以自己的人众们奔窜呼号之声，势如鼎沸。这一来，郝珍大吃一惊，便料是捕健得手，方在一面防火烧巢，一面趁势追捕了。不觉登时把那点略动的良心又复吓回。正在林内探头探脑，想要驰下，又复逡巡之间，便闻自己的人众一声喊起，接着冲烟冒火，由巢内七零八落的纷纷闯出数十人众，都一个个带彩负伤，便如斗败的鸡子一般。

大家方喊声"风紧"，纷纷四窜，那知后面既有追来的敌人，这巢四外又有围截的马兵，当时两下里一声喊号，前后堵围，捕健是短兵相接，马兵是长枪并举，放马一冲。这一来，但见那残败的数十人众，登时又是一番光景。正是：

血肉模糊溅马蹄，纵横伏仆各东西。

难逃好似笼中鸟，势败浑如落水鸡。

　　按下这里官中人们且就贼巢内外，一面烧巢，一面捕杀逃贼。且说郝珍这时节既见"一阵风"的人散巢毁，一败涂地，百忙中又望不见他了影儿，这不消说，定是因他斗不过敌人，业已死在巢内。自己这时便是去拔刀相助，也是白搭，如此风火事儿，自己还在此呆望，岂非傻瓜。当时郝珍怙恢至此，正待整个儿收起良心，且自给他个溜之大吉，不好了，便见这时巢内火势冲霄，又复杀声大震，并有人大喊道："快向后赶，休教走了这贼头要犯！"

　　这里郝珍听了，方窃幸"一阵风"还在未死，说时迟，那时快，便见那窝巢的后墙壁间，从一片烟焰迷漫中，忽的刀光乱闪，加以"哗啦啦"索鞭乱响，接着便"飕飕"的似乎蹿出三条人影，顷刻间，已自搅作一团。乍望去，但见刀光飞飞，鞭影条条，加以三条人影滚作一处，旋风似的，顷刻间已卷临冈下。却忽的略为驻步，三条人影霍的一分，都各倒退数步，放开一片打场。

　　这时郝珍望得分明，但见那来者三人，正是"一阵风"合两名官中的捕健。百忙中，郝珍瞧见"一阵风"时，业已焦头烂额，浑身浴血，手提一柄铁单刀，也自血渍模糊，刀锋半缺，虽是厮杀得十分狼狈，却还怒目横眉，气势虎虎。这一来，张得郝珍不由又暗忖："如今活该这两个捕健前来送死，待我且去给他个冷不防，再作道理。"想至此，正待拔刀，忽闻索鞭"哗啦"一抖，连忙望向两捕健时，不由又是一阵踌躇。原来那两名捕健并非寻常捕伙，却是本县著名的捕头，并且是同胞兄弟，一名朱祥，一名朱瑞。两人都习得一手九节攒花蜕龙软索鞭，十分了得。这不消说，是本县捕头特邀的硬头朋友，专办此案了。

郝珍因"一阵风"还被他两人追杀得十分狼狈，自己这些许本领，焉能得手，所以不由又自踌躇。但是郝珍这一踌躇之间，那冈下三人已自杀了个翻翻滚滚。慌得郝珍先瞧"一阵风"那片刀法时，倒也十分利害，正是：

翻飞上下势无前，阴阖阳开路数全。

钩剃劈拦风雨急，却凭一气紧回旋。

当时"一阵风"虽说是被朱氏兄弟追逼得十分狼狈，但是这时，已在困兽犹斗的情势之下，不觉把心一横，拼命冲锋，登时施展出一套看家的本领。看官，你道怎的？原来"一阵风"在江湖间颇为驰名，号称捷盗。便是因他生平有两手绝艺，一手是练得铁砂掌的掌工儿，一手便是这看家的本领，名为"一气混元刀"。这路刀法施展开，是一气回旋，变化多端，并且节节兜严，层层外拓。忽而贴地流走，忽而跃空取势，使到酣畅处，人影都无，但见一团封晕中，夹着条条刀光，掣来掣去，便似云中闪电一般。这其间，还夹着几手儿使敌人不备的冷毒巧着儿，如"三环套月""八翼排天""叶底藏花""云中闪电"等等。倘敌人稍一疏忽，便要吃亏。这时"一阵风"因被敌人逼逐得势在危急，所以便拼命之下，使出这混元刀法哩。但是这一来，却将个正在踌躇的郝珍望得心又沉吟下，不由暗忖道："怪不得人都说艺人性独，不传绝艺。俺久知他的两手绝艺，除铁砂掌外，便是这混元刀法。俺曾屡次请他传授掌工，并这刀法，他只是不肯。如今他着了老急，这才施展出这手刀法。料那朱氏兄弟虽然本领了得，也自难以得手，俺且趁此机会，偷学他这手刀法，岂不甚好？"

当时郝珍怙悷至此，那里还顾得下冈助战，正在目不转睛的只顾跟着"一阵风"的刀势游走，不料那朱祥、朱瑞两条索鞭，早已双双的由招架变成攻势，便如两条游龙般顷刻卷入一团刀晕之中。这一阵大力盘旋，那"手眼身法步"一一施展开，却与那短兵的刀法光景，又自不同，正是：

兜掠势如风雨急，层层外拓占先筹。
刚柔迭用须因势，研水抽刀水更流。

看官须知，若讲十八般兵器，惟有这软索鞭最为难用，也最为利害。因为这种兵器旋缠缭绕，用起来十分不利落。若用者的身法、手法、步法等稍为含糊，自己先缠绕不清，更不必说用以胜敌了。所以用这种兵器，必须气力深长，耸跃伶俐，然后方拓的开，敛的紧，再以"手眼身法步"，因势价相继而行，方能尽这索鞭的刚柔之用。您别瞧一条死蛇似的，十分施缠，但是到人家善用者手中，真是使发了赛如活龙。您瞧那鞭的软硬劲头，来得好不扎实，端的是上起如白虹亘天，下落如银蛇走地。再加以长兜大甩，巧掠猛击，诸般手法，便如一团风晕月岚之中，杂以明星闪烁，好不利害得紧。话虽如此说，但是倘遇善用单刀的对手，却须小心人家觑个破绽，猛的研近身旁，以致索鞭之失其用哩。

且说当时郝珍百忙中正想偷学"一阵风"的混元刀法，忽见朱祥、朱瑞两条索鞭忽取攻势，直卷入"一阵风"刀晕之中，三人登时搅作一团。这一来，闹得郝珍不但望不清刀法的路数，便连自己的眼睛也被这三般兵器都照花了。但见三人忽离忽合，在冈下走马灯似的，这阵团团大战，好不凶实，正是：

直入单刀伄虎跃，双飞鞭索赛龙骧，
当前胜负虽难定，二虎终须擒一狼。

当时朱祥、朱瑞使发这两条九节攒花蜕龙鞭，端的是呼呼风响，便如双龙夭矫般，登时将"一阵风"裹入纷飞的鞭影之中。但见双翻匹练，上蟠下扫，左旋右抽，入时如回风掣电，发时如堕石奔雷。那明晃晃的两点鞭头，便如繁星乱闪，没得顷刻间，已自将"一阵风"兜裹的一面跃身垫步，左趋右避。一面尽力子使发那刀，总想抵隙价鞭索走空，抢近敌人身旁，以便得手。

好笑这时郝珍业已瞧得眼花撩乱，休说是想瞧清甚么刀法，便连三人的身形进退，也都一片模糊。正闹的呆呆发怔，忽闻"一阵风"在索鞭围中大喝一声，刀光一闪，人随光起，"飕"一声，直跃起三四丈高，接着便用个"饥鹰抓兔"的式子，倒提单刀，就那朱祥头顶上喝声"着"，倏的向下便提。这里郝珍方替朱祥暗道不好，便见朱瑞从斜刺里单手甩鞭，便是个"棒打金钱"的式子，那鞭索飞蛇般破空直上，不但"拍"一声，那鞭头正中"一阵风"的提刀手腕，并且趁势价一抖那索，早已将"一阵风"掠跌在地。

这时朱祥忙抢去，抓起"一阵风"抛的单刀，"拍拍"两刀背，先将他脚踵骨砸折之间，这里随后赶来的捕伙们也便一拥齐上。于是要犯就缚，当由朱祥、朱瑞先自押解了，直奔县城。这里众捕健合兵丁们照例的剿了贼窝儿，须发点小财，于是一面连连串串，先将擒获的群贼缚向一旁，一面去扑灭了贼巢中火，然后将贼赃等物大抢一空，这才分驮马上，列队回城。从此，这贼巢那烧不尽房屋院落等，经官中查封，再也没人去踏脚。

不料过得旬余，寅夜之间，却有一人跃入其中，竟收拾了一个老大的包裹，负之而去。看官，你道此人是"一阵风"的余党，还舍不得老窝儿，来闹个回头看么？却又不然，原来此人正非别个，便是郝珍。因为当时郝珍既见"一阵风"被擒，便忽然想起他所窖藏的金资珍宝，惟有自己晓得那所在，捕健兵丁们是再也搜寻不着的。自己且藏匿几日，俟事体冷下来，悄悄的来发这注横财，好回老家，岂不甚好。

当时郝珍怙惙停当，便溜下冈来，就荒僻处藏了几日，如计行事。所以回到家后，便忽然十分阔绰。以上所述，便是郝仁夫妇询得郝珍所以阔绰的一段缘故。

交代既明，书接上文。且说郝仁夫妇本都是规矩老实人，辛苦作家，岂是容易？今既见积蓄都被郝珍抢光，又知他发了贼的横财，回家来如此胡为，自己将来是没得好日子过了。于是连气带忧愁，为日不久，竟自双双病殁，这一来，郝珍去了老厌物的终日絮聒，并咳声叹气，好不耳根清净。没有数月光景，他那爿屠坊中登时生意兴隆，热闹异常。

看官，你道他比郝仁还会作生意么？却又不然。原来他自郝仁没后，便公然创起字号，于是一面修理屠坊的店面，十分整齐辉煌，一面遍撒请酒的东帖，于西乡中的各村首事人，定期价便在本宅洁樽候教。那西乡一带，少说着也有百数十村庄，当时各首事人接到他这份突如其来的请帖，虽莫名其妙，但是大家都晓得他是个又臭又硬、无头光棍的脚色，谁也不肯辞酒，抹他的面孔，自找麻烦。大家以为他或者因本宅新修落成，想借请酒，夸耀于乡邻，亦未可知。于是大家便彼此齐合了，各携贺礼，届期价都赴郝宅。到得门前，抬头望时，但见好一片簇新的高大宅舍，正是：

门容驷马势轩昂，高峻围垣迤逦长。

彩画丹青多壮丽，暴发新户好辉光。

当时大家忽见郝珍新修的宅舍，竟如此气势，便知他把贼腥气的钱都施展出，方在彼此的相视而笑，那郝珍早已抗手出迎。一面谈过，大家的贺礼一面相逊入去。及至到得前厅内，只见丰腆酒膳，都已列席停当，于是主客相逊，即便就座。

不多时，酒过二巡，菜上五道，大家一面且谈且饮，一面见郝珍面容和谦。方在心下稍安，又是猜测他请酒之意的当儿，只见郝珍忽的起身来，笑吟吟的遍席敬酒，一面却慨然道："俺一向在乡里顽皮无状，多承诸位耽待，不加督责，所以草草具酒，敬申薄意。不料反蒙诸位礼贺，令人不安。乘明日，俺也有菲礼，尽赠诸位。但是那位若不赏脸，给俺璧回的话，却莫怪俺顽性发作。"说话间，哈哈大笑，接着便尖厉厉的目光一闪，望向厅壁间挂的一柄短刀。

大家见状，莫测其意，因见他双眉轩动，目注短刀，正在都为一怔，便见郝珍却又笑吟吟说出一席话来，正是：

杯酒言欢方洽意，短刀入望又尽心。

欲知后事如何，且听下回分解。

第五回

赴柳河忽逢酒友
奔北京却遇财星

且说当时各村的首事人们，见郝珍说了些场面客气话，却又忽的挑眉立眼，望着短刀，大家正在一怔，便见郝珍一面从容站起，将衣服略为扎搜，摘取短刀在手，一面拂拭着刀鞘凝尘，却笑吟吟的道："俺一向在外游玩，虽见不了长进，却也幸遇机会，学得几路刀棒。如今大家聚会，无以为乐，且待俺献丑一回，博诸位哈哈一笑，多吃两杯好了。"

大家听了，虽是莫测其意，但因他满脸生笑，眉飞色舞，不由都怙悯他是乍穿新鞋高抬脚，既发了臭财，又营了踢跳，自然要在人前卖弄了。大家怙悯至此，便都索性捧他个场儿，正在哄然站起，连称妙，那郝珍早已"呛啷"声抽刀出鞘，就这锋芒一闪，光照满座之间，这里大家早纷纷出厅，都聚拢在厅院的二门旁，单等观看。因为那所在既有一株老槐的树荫儿，又有些青花石块，可以垫脚瞧望。就是那两厢下也聚拢了些豪奴们，都在帮乱凑趣，有的挺胸腆肚，有的喷喷着嘴子，直竖大指，先给郝珍提起气来，就仿佛将要瞧名角登场，先准备叫挑帘好一般。百忙中又有两人，勒胳膊挽袖，端了两铜盆水，都站在两厢的廊柱下，也不知摆的甚么阵仗。

126

大家见了，正在不解其意，那郝珍早已倒提短刀，卖一个"燕子穿帘"式，"刷"一声飞临当场。接着便单足落地，卓如山立。就这个"金鸡独立"的亮相才亮出，早闹得两厢下众豪奴喝彩如雷，并有人高叫道："诸位上眼呐，您瞧这个千斤坠的脚跟柱，踏的多么结实！真的内炼一口气，外炼筋骨皮，真金不怕火炼，稀松才叫捣蛋。好武艺，不怕行家看，就这一手儿，便须好体面的水磨苦功。人家又说咧，是会看的看门道，不会看的看热闹。这套'八宝连环护身刀'，真是刀刀见血，层层变化，讲的是里三套，外三套，阳紧七，阴慢八，外挂着漫天落雨，滚地回风。一口气软硬俱全，八面锋虚实兼到。这其间的门道可多咧，您就属看西湖景的，往后瞧吧。"

当时大家听那人这阵胡吵，居然给他主人帮起江湖溜口，恰在暗笑"甚么主使甚么奴"的当儿，那郝珍早霍的移步换形，一摆短刀，使个旗鼓，先就当场前超后越，左挑右飕，加以徐步走边，拉了个四门斗。然后侣步超风，就场中飕飕的使发那刀，一时间，倒也好个火炽光景是：

走场飒飒赛风旋，钩剁劈挑着数全。
虽是花刀归海派，却凭气力占筹先。

要说郝珍虽是跟"一阵风"学了些寻常刀棒，没得甚么奇处，但是他天生的力大气盛，耸跃矫健，所以舞起那刀，也自有虎跃龙骧之势。又搭着各村的首事人们都是笨眼儿，今见他舞到酬畅处，一片刀光，滚滚流走，须臾人影都无，竟自满场中簇起一团刀光风晕，大家至此，自然都不由暗暗称奇。

正这当儿，恰好那团光晕滚至场心，大家方恍惚似见刀光起处，郝珍的人影一闪，忽见两廊下又是一声喝彩，接着便见那团光晕外，忽的水气霏霏，只顾跟着光晕乱转起来。大家忙一面就一块大青石旁簇拥着，跂脚而望，一面定睛瞧时，不由也自喝彩不迭。原来那两个端盆水的人，方在一面跟着光晕趋立，一面抄水价只顾泼洒，但是那水却都被光晕旋转的风势激向四外，端的是滴水不入。这一来不打紧，张得大家正在都竖起脚尖，伸长脖儿，忽闻郝珍在那团光晕中大喝一声，接着便一现身形，刀尖搭地，其疾如风，便如一条银蛇般直向大家奔来。

大家因躲闪不迭，方惊得哎呀一声，纷纷跌倒，说时迟，那时快，便见头顶上刀光一闪，接着便"唬嚓嚓"一声响亮，火星乱爆。大家正又惊得眼睛一眨，有的起而复倒之间，却闻郝珍哈哈大笑道："俺今天只顾献丑，却是惊了诸位。来来来，且罚我三杯，以后咱西乡中遇有事体，俺还求诸位帮忙并指教。但是他们外乡老哥们，如有不懂交情的，且叫他瞧这石块的榜样好了。"

大家听了，忙爬起瞧时，不由都面面相觑，心形打鼓。便料郝珍摆出这个阵仗，意在敲山震虎，想独霸西乡了。看官，你道怎的？因为那块老大的青花粗石，竟被郝珍一刀两断。这不消说，是他想借此立威，用以胁众了。按下当时宾主从新入座，一场欢饮，自吃至天色将晚，方才而散。

且说各村的首事人等一路怙惙，回到家下，虽料郝珍是想创个字号，独霸西乡，但因他接待大家，既十分和气，又说是还有甚么礼馈回敬大家。自来创字的朋友，总要先装个人样，往人里走，方才有人捧场。想他要礼馈大家，无非也是这等用意了。

大家胡猜乱想，过了两天，因不见郝珍有甚么礼馈送到，大家正又料他是只口说白话，嘴上的惠气之间，不料这一日早晨，才一开大门，大家门首都置着鲜肉一方，并有郝珍的传单一纸。上面的言词，便是吩咐大家，以后用肉，只许用本屠坊的，不许外买，并有"如敢故违，定惩不贷"字样。末尾，他的署名之下，还画着一把刀，就如花押一般。这一来，大家方才恍然于郝珍想创字号，先从垄断这卖肉起手。统计西乡中偌大地面，人烟稠密，一年到晚价大家小户，冠婚丧祭，请客会亲，并作生日、闹满月，还有过年过节，接闺女，犒劳作活的（俗谓佣工也）等等，用起肉来是多的，他这份专利的营生，也就可观得很了。

当时大家接到这传单，不由都皱起眉头。因为他既要胳膊，作起独行生意，一定是高抬肉价，没得准斤足两，巧咧，还不管肉的好歹，你拿了响当当的大钱去，他一不高兴，就许把那刀前刀后、筋断膜脑的烂污肉，胡乱丢给你算数。比其不妙者，一再者早早晚晚，人都有个闲忙，扬风下雨天，也有个变化，如今要用肉，无论天好歹，人闲忙，都须从老远巴巴的奔他那屠坊去磕头听赏，端的是十分不便，再别扭没有哩。当时大家彼此会见了，谈起此事，虽是都不乐之下，没作理会处，但是毕竟因用肉是小事一段，犯不着去掠老虎的逆毛儿，致生麻烦。于是不约而同的，从此便都用郝珍屠场的肉。

始而郝珍趁着高兴，见大家来买肉，真还和气应付，给的肉也都鲜亮，而且还真是准斤足两。后来厌烦了，便胡乱的丢给屠场人们，应付大家。俗语说得好，主多大，奴多大，那些抱刀的人们，仗了郝珍哇呀呀的威风，那里肯耐烦作生意，见人家拿钱来，他只估量着斤两，就是一刀。多也是这一刀，少也是这一刀，至于肉的精粗，是否新鲜，并皮骨多少，那就看你的当时交运如何。他屠场中的毛竹钱筒，虽是钱满便倾，至于摆的大秤，却永远不动。大家至此，未免忍气吞声，便给郝珍上了个绰号，叫"郝一刀"。虽是说他的行为，却也是暗寓强梁者不得其死，终须凉凉的吃一刀之意。便是如此光景，过得年余，因为没人去捋郝珍的虎须，倒也彼此相安无事。

不料为日不久，那郝珍却干出一桩骇人听闻的勾当。看官，你道为何？原来那西乡的村户中有个小康人家，此人姓甄。人家因他为人诚实和气，好说好笑，再也不会合人吵嘴打架，便都叫他作"甄老好"。他家有数十亩良田，膝下是一双儿女，儿名大拴，女名招弟，都有十八九岁的光景。人拴既生得精精壮壮，可以耕种刨锄，代乃翁之劳。那招弟也颇能操作家事，十分伶俐，并且生得一貌如花。只是头是头，脚是脚，从那里端相，也是浑身儿堆着娇俏，乍望去，竟似画中人，忽然得了口仙气儿，活跳起来。甄老好有这双儿女，膝下承欢，已然十分自在，偏又有个勤俭作家的老伴儿康氏，把家虎一般，每日价里里外外，一天跑到黑，操持起来，真是数过星星算月亮，滴水不漏。

俗语说得好，表壮不如里壮。那老好得此好内助，按理说，更该越法自在。那知偏又不然，两口儿却不免闹个小啾咕，有时还来个小别扭。往往老好斗不过她，只好退避三舍，由她一个人儿唠叨发落。看官，你道怎的？原来老好为人，百样都好，就是好喝盅儿。每逢去赶集进城，或是粜粮，或是卖家织大布，及至市罢得钱，必要解解嘴头馋，大吃八喝，尽醉而归。那集市上虽没得甚么精致吃喝，倒也有的是熟食切殽、烧黄二酒，还有烙饼切糕、大碗面、漏饸饹等等。老好本来和气，只要碰着三朋四友，或是对劲的酒友儿，他是非作东不可。大家便打地摊儿，团团一团，你去买殽，我去沽酒，那热腾腾的糕饼大面，只顾流水似端将来。大家嘻嘻哈哈，吃饱喝足，一溜歪斜，道声再会，唱起自在腔调儿，斜阳影里，各奔归途。虽也真是个乐子，但是那所得的钱未免去了一半。

老好素知康氏生属闷葫芦的（即扑满也），钱是许进不许出。因惟恐她碎嘴唠叨，每逢赶集回头，还必要大块割肉，归贻细君。不料他这位细君见去了钱，就赛如割她的肉，那里还见得响当当的大钱，换了吃到肚变大粪的肉？于是两口儿不免啾咕。还有康氏，虽是把持家好手，但是人要太精细了，就未免邻于啬刻。老好有时瞧不过，只要一插嘴相劝，您瞧吧，那康氏登时脖儿一梗，小篆一撅，扠开八字大脚，一面伸出老壮的指头，指点着老好的脸子，一面一张嘴便如翻花一般。从她入进门子起，直到现在，她怎的吃劳受苦，怎的兢兢业业，方才作起这份人家。"如今你要倒提钱串，甩大鞋，拍谱儿，非驴非马，愣装四不相的样儿，往穷里跑，老娘还不跟你去抱瓢拉棍，当花子老婆哩。好便好，不好，咱便马的朝东，驴的朝西，老娘有吃有穿，有儿有女，谁还稀罕你这醉鬼来摆样儿不成！"一席话，直闹得老好干瞪大眼。

便是如此光景，那老好虽是当听康氏的絮聒，但是有她持家，自己除合大拴勤劳农事外，毕竟自在得很。这时大拴才十八九岁，没娶媳妇，并不算迟。当时乡村习俗，当家主婆的，都讲究早使媳妇。那康氏更因自己操持太累，想给大拴娶妇，以便稍代自己之劳。于是不时的絮聒老好，去留心这份亲事。老好听了，却马马虎虎的，没甚在意。

也是合当遇有机会。这一日，老好向柳河村去赶集，市场将散，方才日色稍西，老好因时光尚早，正好从容觅醉，于是一路信步，便奔河岸。原来那柳河岸下一带，便是市场的尾梢，地既旷朗，又有些树荫儿并河下的烟波风景，因此饭棚茶摊并诸般卖食物的小贩们，都聚拢在那里作生意。当时老好一路散步，见有鲜鱼活虾并肥蒲嫩芹，诸般的下酒物，正待买些携归，忽闻背后有人拍掌呼唤道："喂，甄兄么？好巧，好巧！俺回家不久，正想看望您去，不想却在此幸会。您还是这样发福，真是心广体胖。咱们二十多年没见面，真该痛快喝一场子咧！"

说话间，得得的蹄声已近。这里老好听得语音，似乎厮熟，忙回身瞧时，只见不远的从柳荫中趸来个牵驴的汉子。遥望他约有四旬上下，生得高高身量，颇为魁梧，并且衣冠整洁，居然是长袍马褂，脚下还踹一双登云福履。乍望去，竟不像乡村人们。这时，他头戴青缎小便帽，当额的帽沿上还插一纸折叠的红柬帖，便作了遮阳的眼折儿。一手提鞭，一手却牵了头油光水滑的黑驴儿，甚是俊样。当时老好见状，那汉不像村人，却又认得自己，语言颇熟，忙在暗忖这是那个，那汉已自逛到面前，方一面取下那红柬，一面向老好哈哈一笑。

这里老好定睛一瞧，不由也大笑道："真的，咱们一晃二十多年没见面，真该喝一场子。自不消说，当时我怪煞你。自那年你赌输了，抓了我一件旧大褂，起了黑票（俗谓潜遁也），一向也没音信。怪道我方才听得语音厮熟，原来却是你老兄。如今咱闲话休提，快去吃酒，先较量一下好了。瞧你这一身荣耀，满面红光，想是在外面发财回头哩。"那汉笑道："别提咧，甚么发财，不过托您的福，还要个该喝两盅的命，没饿煞在外面罢了。"说话间，一面彼此的唱个无礼喏，一面便相与直奔酒肆。

看官，你道那汉子是那个？书中暗表，原来那汉名叫郭起，便是老好少年时所相契的一个酒友儿。当时两人每在集场上相遇，是不醉不散。郭起便在这柳河村左近住家儿，地名小屯。他本是孤身一口，跳墙挂不住耳朵的穷汉一条，却仗着口齿伶俐，心眼活动，先作小贩生意，弄了些本钱，便包捐牙税。虽是抓钱不少，却当不得他既有伯伦之风，复且盘龙之癖，又搭着马马虎虎，好交好顽，那钱是东手来，西手去，再也握不住一文。

一日，又在赌场中玩钱。不但把现钱一下输光，并且欠了那囊家几串钱的垫钱账。论说这点小意思，那囊家也不至于一抹面孔，马上就要账。不料事有凑巧，前两天，郭起却因起牙税，合那囊家吵了几句嘴子，于是那囊家趁此机会，便诚心塌郭起的台。当时竟自不容分说，动手剥衣作抵。这一来，郭起却吃不消咧，因为他好歹的也是个走外面耍人的朋友，虽然没钱，他却会拆东墙，补西寨，全仗着把式打的圆，不露穷相，所以能站街面，像个人儿似的。有时窘住手，在街上摘摘借借，还不为难。如今被人家这一剥衣服，一场羞辱倒是小事，惟有这一露穷相，那些账主们定然都来要账。不但马上这一挤兑，便似烂眼子攒蝇子，分拨不开，便是以后这份街面，也就没法再站哩。

当时郭起思忖至此，摸摸腰中，还剩了吊把钱，一路价垂头搭脑，踅出小屯。方想且去吃酒破闷，恰好劈头撞见甄老好赶集回头，手内还提着酒瓶食物等类，不容分说，一把拖住，向家下就拔步。两人见面就吃酒，虽是老对手，但是此次郭起却闷闷的不大高兴。及至老好询知其发闷之故，却笑道："玩钱勾当是当时交运，这次输，下次就许赢，不算回事，咱且去吃酒。"郭起听了，只好没精搭彩，跟了老好去一场痛饮。

俗语云，闷酒易醉。当晚郭起在老好的家室中倒头便睡，直至五更左右，方才醒来。不由蓦的想起心头之事，暗忖故乡既没法再混，只好且出外谋生。人家都说：出门何所图，胜如家里坐。虽无天上梯，一步高一步。自己虽没的显亲贵友可以投奔，但是刻下北京地面还有个族叔，现方在户部里当点小差事，何妨且去投他，碰碰时气。虽不能到那里抓好事，但是总有安身之处了。

当时郭起想的停当，便起挑残灯，取过文房四宝，刚要将自己投奔北京之意，写下小书一封，留给老好，忽的一阵将晓的凉风儿吹得自己打个寒噤。郭起这次猛想起，自己外衣被人剥去，只剩短衫，于是叹口气，随手将老好脱下的一件旧长衫穿在身上，即便写好留函，悄然而去。

在郭起之意，以为那族叔不过在户部里当个小差事，定然局面有限。不料到得那里，一瞧那局面好不阔绰。原来他那族叔现方在户部银库上当差事，手下管着许多库丁，单是库丁们每年价孝敬头儿的银两，就以十余万计。所以他那族叔住起高房大舍，出入价走马热车，奴仆成群。宅内是宾客常满，酒肉笙歌，连宵达旦。乍望去，就如甚么富商显官的大宅门一般。

当时郭起初到那里，也颇怪那些库丁们不过是奔走下役，单管由库里搬取银两，无非是卖气力的工作，虽工资颇丰，却也有限，怎的每年价就有许多银两，来孝敬头儿呢？后来听他族叔的家人们说起来，郭起方恍然于库丁们生财有道。看官，你道怎的？原来当这库丁并非尽人可为，必须是当地的豪猾之流。不但须略会武功，还须会些运气功夫，方够资格。因为只要一当上这库丁，那九城中的地痞光棍们，便都视他作财神爷。冷不防的，大家便齐合了，或狙伏于要路，或简直的闯入他家，不容分说，架起便走，一径的把他撮到秘密窝藏之处。这份优待真如供养活财神一般，不但饮食服用务极丰腆，并且声色顽好之娱，无所不备。却一面价撒黑信于其家属，定数价，令其以银来赎。银到时，大家便佛眼相看，那库丁毫毛无损，不然的话，便休想活命。当时口号，便叫作"抢库丁"。所以那当库丁的人，不但出入价须有打手保镖，还须自己会些武功，准备危险时不至于束手被擒。

至于还须会些运气功夫，说起来却恐财主们不大爱听。原来库丁们生财有道，他这份道，真可谓非常道也。不是胳膊长，也不是手把快，却愣仗着穀道内休休有容，大有日进斗金，面不改色之势。看官，你道奇也不奇？因为每当开库，搬取帑银时，那户部的官员们另防库丁舞弊，或有来带藏掖等情，是照例的叫他们脱得赤条条，一丝不挂，这才入库。及至出库，还须舞臂踢腿，或打个飞脚，以示无弊。那堂官们但都是雪亮的眼睛，明察秋毫，因见他们都光溜溜的，自然不疑会偷藏银两了。那知他们回到家中，居然会痾金拉银，其中能手，据说着，可以从屁股内累累然愣痾出十几锭银锞儿，不但并不皱眉，并且谈笑如常，仿若无事。看官，你道他们都作过龙阳，所以才有这般大量不成？却又不然，因为他们运用那口气功儿，所以臀内松活，收放自如，且能提的住那么大的重量，这便是他的生财大道哩。

且说郭起见库丁们发财甚易，虽是眼热，却苦于自己不会气功。过了些日，正想求他叔另觅一枝桠，暂且安身，那知人的时运来了，就有财星照命。他那族叔这时已年老气衰，本已虚弱不堪，偏又有些小婆子们都抢圆斧头，争伐枯树。一日，竟自得了个软腿半瘫之症，自己既行动不得，便派郭起去管理库丁。这一来，郭起不由大发财源。因为一时的用舍库丁之权，已归郭起掌握，那库丁们自然都来奉承了。刚过得数月光景，郭起业已坐致万数千金。自己在家乡本作过小贩营生，很懂得操奇计赢的门道，如今既有了资本，自然便弄说多财善贾，于是便择相宜之地，寻了伙友，开起个小小杂货铺儿。

过得数月光景，十分得利。郭起大悦，正待再添资本，开拓门面，索性大作，不好了。正是：

快意当前忽小挫，会看树倒散猢狲。

欲知后事如何，且听下回分解。

第六回

柳河村换盅定姻事
甄老好得意戏闺房

　　且说郭起正待再添资本，拓大局面，不料他那族叔油干灯灭，一旦归天去了。管理库丁的这份优差，那司库的官员，自然是派别人。从此郭起便在北京专营商业，连年价甚是兴隆发财。人既有了钱，虽是光棍一条，自然就会成家立业，于是郭起一面央媒，娶了老婆，一面安居乐业。过得两年，还添了个女孩，便取名金子。光阴迅速，转眼间便是二十来年。一日郭起忽起乡思，暗忖："自己抓了人家一件旧长衫，跑到北京，混到如此局面，总算罢了。当时若非那囊家一场逼迫，焉有今日？看起来，俺不当怨他，还该引以为德才是。如今他却不知是何光景。便是俺酒友儿甄老好，也自多年睽违，殊令人思，怎的合他痛饮一回，畅叙契阔才好。"

　　当时郭起怙惚如此，竟自尊鲈兴大作，正待便整归鞭，连妻女也带了，且自回乡瞧望上一趟，恰好事有凑巧。一日，杂货铺的伙友们因应付生意，却得罪了一个无头光棍，此人生得傻大黑粗，十分凶恶，刀子不离身，专讲杀打砸割，自不消说，并且专好羞辱人，如剥光屁股栽川蜡等事。当时那光棍大怒之下，抡起拳头，将得罪他的人暴打一顿还不算，并且迁怒于郭起，便扬风卖嚷，定要

136

冷不防来寻晦气。

郭起一想，此等人不可理喻，他说的出，就作的出，自己朝夕出入，又防不胜防，倒不如且避他的风头，索性携了家小，到家乡住上两年，一来整理门户，预为归老之计，二来望了故乡朋好，岂不甚好。当时郭起想得停当，更不怠慢，便一面略为料理铺事，并嘱咐伙友们好好营业，一面向妻子一说暂避那光棍之意。妻子笑道："如此也好。只是咱金子，前些日吴家央媒，来给她说亲事，连乾造八字都开来。吴家合你是朋友，那男孩子的年龄相貌，也都配咱金子，只差着还没给他们批算八字，不知合用与否。俺想且把八字请人批算了，合用，咱就许这份亲，不合用，咱就回覆人家。料理毕此事，咱再走不好么？"郭起道："不必耽搁，等我到家乡，央人批算了。咱许亲与否，只消回覆吴家一封书信就是。"当时夫妇商议停当，即便收拾一切，择日登程。

及抵家乡，那小屯的人们忽见郭起发财还乡，自然是冷亲疏友都来钻这份热灶门。于是郭起一面整理门庭，安置家事，一面连日置酒，款给亲朋。直闹过个把月，方才稍为消停。郭起略为定神，正待向柳河村赶个小集，一来瞧瞧故乡风景，二来集场上有的是批八字合婚的摆摊先生，且去批算过这份男女的命运，以便覆书于吴家的当儿，不料紧接着，又上来些地牙子、房牙子等人。今日你来说田地，明日我来说房产，既已闹得郭起迎张送李，昏头搭脑，偏又有些穷亲友并帮闲的人们，都瞧郭起是块肥肥大肉，大家只愿川流不息的来闲谈起腻，总想揩点油水才是意思。大家屁股上都似坠了千斤闸，一坐便是半日，那里肯动。

好容易又乱过几日，郭起这才抽空儿，来至柳河村。及至批算命运毕，却不合用，郭起只好取了那批命的红柬，又自在集场上游逛一回，便奔归途。不意却在这河岸间，恰遇甄老好哩。以上所述，便是这郭起的一段来历。

且说当时两人行抵那酒肆门前，一面就肆旁柳树上系了驴儿，一面步入肆内，早有酒保就临窗一处座位上安置杯箸。两人故友忽逢，更不客气，方相与随便落坐，彼此的略述别后光景毕，都各欣然之间，早由酒保端上酒菜。

　　老好便笑道："你我相别，忽已二十余年，彼此都苍老了许多。还亏得酒兴不减，咱且惯叙家常，先干他壶如何？"郭起拍手道："好！好！不瞒您说，俺在北京，甚么好酒菜都吃到，只是合人家吃起酒菜，总觉不如故乡风味，又觉不如合您吃酒有趣。今天咱酒场重开，端的可贺，来来来，咱且碰个盅儿，便当贺喜好了。"老好笑道："人家作亲家是换盅儿，咱们会朋友却碰盅儿，倒也有趣。"说笑间，即便各自斟杯，端的是：

　　　　旧朋忽逢各举杯，相看莫慨鬓毛摧。
　　　　当年豪兴依然在，莫惜十千沽酒来。

　　当时两人谈笑之下，杯来盏去，不觉各叙家常。那郭起及知老好膝下有大拴、招弟，不由笑道："看起来，还是甄兄有福，业已儿女双全。俺跟前虽有金子那妮子，合大拴同岁，但是却还缺个子嗣，总觉是件事儿似的。今天俺来赶集，就因有人给金子提亲，俺方才请人，将男女命造八字批算了一下，却不合用。"说着，将那案上置的红柬一指，道："您瞧这就是人家给批的命造帖儿，像这些批算命造的事，都是婆婆妈妈子的勾当，满可不必。给儿女定亲，只要本乡本土，门当户对，两亲家对脾胃，男女的年龄相宜，这就很好。如今俺家金子正合您家大拴同岁，咱们多年的酒友儿，对劲儿更不消说。那么，咱们也不用央媒说合，也不用批算命造，干脆换个盅儿，给孩子们定了这份亲事，咱们也旧友变为新亲，今天这场酒，才吃的有趣哩。"

说话间，哈哈大笑，一面先将自己的杯子斟满，正在将那红枣一把撕掉，不料老好也顾不得答话，先斟满杯子，然后大笑道："您怎么想来，方才俺正怙悇到这里。这套话还没出口，您倒替我先说咧。那么，咱就一言为定，二句话没有，好咧！"说着，便彼此换盅，双双的一饮而尽。方相与一照杯底，响亮亮的喝声"干"，恰好酒保来添热酒，倒闹的一愣。按下当时两人一场欢饮，直吃至日色将落，方才各散。

且说老好吃得酒有八成醉，因见郭起骑了驴儿，得得而去，也便算付酒钱，一溜歪斜，出得酒肆。又买了些食物馓饼等下酒物，用荷叶包了，便奔归途。因为康氏终日絮聒着给大拴定亲，如今无意中居然成功，心下好生畅快。于是一路行歌，只顾两脚如飞，纳头奔去。不料正唱到："手提银壶把酒筛，叫声小郎才……"忽闻背后有人吵道："你这天杀的，实邪咧！这会子，黑天没日头，才撞回来。又不知在集上撞见那个王八，吃得这样醉猫似的，索性连家门口都不认识咧，还哼甚么'把酒筛'，你这老杀才，还不给我住步！"老好听了，忙觉好笑，原来康氏业方倚着门儿，用手指点着自己哩。"

老好忙一面转步，一面暗忖道："这老婆讨厌得很，每逢俺一端盅儿，她那套讨厌话马上就来，不是没柴，就是少米，再不然，提起甚么老账，只顾疙疸啰唆，麻烦不清。再高兴，便怨天恨地，夸起她的十大功劳，又是怎的起早睡晚，怎的数米量柴，怎的拆洗缝补，怎的下场（谓勤农事）上炕（谓勤女红）。夸到起劲处，简直的连生儿育女，都是她一个人的功劳，不算我的数，瞧我是个提起一嘟噜，摞下一块的活废物。及至吵得人盅儿一墩，去犯别扭，她也很得意的，搭拉着个丑脸子，也不知是冷笑是好笑，一撇黄板牙的臭嘴子，壕着屁股，夹着那个，舒开八字大脚，百忙中还来个一扭三道弯，给你瞧瞧，这才算完事一宗。你若有事高兴兴的，买些时新食物，叫她整治，想把来下酒，这个麻烦自找的又大咧。她是先脸子一沉，抢风使火，先给你个下马威，然后提高小宫调的尖嗓子，你瞧这阵数落，又是拿她当驴使咧，不知她闲忙，不知她辛苦日苦咧。这套完毕，便绕八个弯，便如秀才作文章一般，一路价因话逗话，起承转合，总要绕到她嫁我抱着八份委曲的话头上，这才为止。这一来，虽是香喷喷的食物，可以叫人嚼出苦辣酸甜咸，外带着还有些不可说的滋味。至于我吃酒，想教她欢天喜地的服事一回，那更休想。如今且趁这大拴定亲的大喜事，待我且摆摆架子，先叫他听个喜信头儿，心头发痒，然后再支使她，服事我吃回痛快酒，岂不甚安！"

当时老好想的停当，更不怠慢，便笑道："你不要胡吵，这次俺赶集，可真真没吃酒。不信时，你瞧俺把这消夜的食物都买来咧，就为的是少时找补一下。俺皆因这次去赶集，办了一件大喜事，心下一痛快，所以连家门口都马虎过去。少时你听了这件大喜事，保管连屁股都乐的颠两半。没别的，今天咱有这么大的喜事，可谁也不许闹别扭，你就快去整治这食物，服事我且吃喜酒吧。"说着，凑向康氏，还未及将所携的诸物递过，却被康氏劈手夺去，一面唾道："人家说你是个瞎撞，不知人辛苦甘苦，你还似乎抱委曲。人家在家里筛米簸面，劈火柴挑水担，忙早食作晚饭，抽空儿还须缝缝绽绽，穿针纳线，堵鸡窝扫猪圈，关后门扫前院，盖酱缸搽油罐，一天给你忙到黑。咱们这个且不算，如今黑天没日头，你弄些食物，瞎撞四头，亏你不羞，还好意思的支使人，又去刷锅攮灶。人家是嫁汉嫁汉，穿衣吃饭，外挂着茶来伸手，饭来张口，都是身不动，膀不抬，四平八稳，坐在炕头上当老太太。俺这可不错，倒成了你花钱买到的骨头肉，当起奴才来咧！那喜神难道瞎了眼，就会撞到你身上？你会办甚么喜事，如果你把大拴的亲事办成了，算件喜事，倒也罢了。只怕你又没这本事，如今却来胡说白道，想支使人，老娘还不耐烦弄这份鬼吃的倒头饭哩。"

说着，一梗脖儿，刚要赌气子抛物于地，老好早哈哈的笑道："你且别忙，这份喜事真还叫你吵对咧！咱家大拴不但定了亲，并且咱家这位亲家是个响当当的大财主，人家新从北京回家，嚇，那阔绰法就不用提咧！如今细情儿且慢说，如在当街走了喜气儿，可了不得。你快去整治殽菜，把酒烫热热的，待我歇歇腿子，细说于你。但是这等喜酒必须吃得舒齐，谁也不许说闲话闹别扭哩。"

说话间，刚大摇大摆，含笑入门，那康氏早眉欢眼笑，一面跟在背后，一面用袖掸掸老好背后衣上的土，便笑道："真有这样喜事么？你若说谎，俺可不依。你瞧，你真是乍穿新鞋高抬脚，才攀了个阔亲家，就摇摆起来咧！你快说，这个大财主是那个，俺早听早欢喜。"老好微嗔道："你忙甚么，谁还抢你的阔亲家不成。"康氏忙笑道："唔，你不要发大爷脾气，嫌人唠叨。但是你不说，俺也猜个八九不离十。咱村南里有个大舌头，在北京开着好几处米粮店，莫非是他？"老好道："不是。"康氏道："莫非是石臼窝的李大袴么？他是山东人，推车贩布出身，如今却在北京大作布庄生意哩。"

老好听了，好笑之下，一面迈起鸭子步，一面哼了声道："李大袴么，他往那里摆呀！"康氏惊喜道："唔，咱这亲家比李大袴还阔么？这可真了不得！东也不是，西也不是，这可是那个呢？"说着，一面又伸手去舒舒老好后衣襟的皱纹儿，一面哈哈的笑道："这回俺可猜着咧，准是咱西乡报首户的王大麻子，他在北京虽不作生意，那乌榖儿（俗谓气派也）可大咧，全仗着结交官吏，走动衙门，并包捐放债。每日价真是大把抓钱，流水似的往家里淌，真要是他，俺还发了愁咧！你说俺这褪毛鸡似的穷老婆样儿，怎的去会亲家，吃人家的果子茶并金碟银碗满汉全席呢？"

一阵胡吵，招得老好正在忍笑不迭，不料康氏高兴之下，又见老好一声不哼，便俏摆春风，一面扭了两步，一面就老好屁股上轻轻一掌，嗤的一笑道："你不言语，准是叫我猜对咧！你时常说我屁股胖，有点后福，如今俺得了这样阔亲家，简直的连带你这瘦屁股也有福了。怪道俺今早爬起穿裤，直觉屁股发酸发胀，原来是这股子喜气冲的。不信你来摸摸，还又软又热，似腾腾的冒蒸气哩。"

老好听了，也不理她，一径的踅入室内，却又闻得康氏一面向灶下走，一面嘟念道："喜鹊吱吱叫，必有喜气到。怪道今早鹊只顾叫，便连那灶王爷老两口儿，也似朋了我直龇嘴儿。如今没别的，待我先给他老人家多烧香，多磕头，然后我也吃杯喜酒儿，冲冲我跟着人家苦了半辈子的穷气好了。"说着，刚咳了一声，这里老好料她又发毛病，要上照老例的那一套，便忙喝道："你不耐烦吃喜酒，就罢，把物儿丢在那里，待我歇够了，自去整治就是。难道没屠户，还连毛吃猪不成！"说着，索性的"拍"一声，一拍桌子，正在又复忍笑，便闻康氏又嘟念着笑道："真是人有了阔亲戚也气壮，俺也没说不耐烦，人家就拍了桌子咧。说不得，快些弄起来，且讨人家个欢喜脸吧。少时，索性连俺老草鸡下的蛋也煮上两个，来吃喜酒。俺为甚么想不开，有了俺大拴的阔丈人，难道还愁挨饿不成？"老好听了，虽是还不理她，但是却不由暗笑不已，又暗忖道："少时，俺索性叫她高兴个大的，然后再戏弄她一回，也出出我连年价受她许多的絮聒气。"

怙惚间，就榻歪倒。本想略为歇息，不料酒力已过，发起困倦，头才着枕，早已朦胧睡去。恰在恍惚中，还似合郭起吃酒一般，忽闻浓浓的一阵脂香粉气，直钻鼻儿，接着便有只软软的小手儿，就自己肩头轻轻一拍，便笑道："人家都是人逢喜事精神爽，你怎的打瞌睡，莫非被喜气冲大发了么？如今喜酒停当，待我搀你起来，快去一面吃，一面细说咱那阔亲家到底是那个好了。"老好听了，忙睁眼一瞧，只见满室中明烛辉煌，案上是碟碟碗碗，都已摆列停当。不但酒酒肉肉，汤汤饼饼，一概俱全，并且还有盘鲜红的喜蛋。对面的座位上，也拂拭得净无点尘，而且加了椅披红垫。榻前是笑嘻嘻娇滴滴花绿绿香喷喷叮咚乱响的站定一人，非别个，便是康氏。老好不瞧她时便罢，一瞧时，不由浑身肉麻，便起来大笑道："你这可不对，俺还没死，难道你就想再走　家子么？"正是：

且喜良朋结姻好，不妨游戏闹闺房。

欲知后事如何，且听下回分解。

第七回

良宵小宴忽喜忽嗔
冷被昏灯疑云疑雨

　　上回书交代到老好一见康氏，不由浑身肉麻，便跳起来大笑道：
"俺还没死，你就想再走一家子么？"看官，你道如何？原来康氏因
高兴之下，早已从新晚妆，扎括得花朵儿一般。那张冻鸡似的容长
脸、鸡窝似的小篆，都已搽脂抹粉、插花戴朵，自不消说。并且把
她作娘时的老箱底儿都施展出，虽没得甚么珠翠锦绣，倒也是银钏
金钗、红裙绿袄，并且满身上都是零碎，如汗巾、怀镜等类。既已
花花绿绿，行动间叮叮当当，偏又踏起一双翘尖小鞋儿。想当年，
她穿这双小小莲船，虽是增半天风韵，但是而今，穿起来却未免有
些凿枘，只好借重于重台（俗谓鞋子高底曰重台），好歹的将纤纤
玉趾搂别在里面。这一来。虽也略增清波微步、若往若还的姿态，
但是却未免眉心频蹙，瓠犀微龀。虽是似添了些又是想他又是恨他
的闺情媚态，然而老好乍见之下，又焉能不浑身肉麻。原来这浓妆
艳抹，是美者增其美，丑者增其丑哩。

　　当时康氏见老好笑她，便笑道："你别嚼蛆，咱既吃喜酒，就该
扎括得人儿似的。依我说，你也扎括上作新郎的那一套，咱索性趁
这喜酒，演演旧礼，从新的先吃个交杯盏儿，然后再……哈哈，岂

144

不是有趣？难道你瞧咱大栓不久的就娶阔媳妇，不眼热么？"说着，笑迷迷一眯缝眼儿，刚要用手来搀，慌得老好忙握手道："我的妈，你饶了我，叫我多吃两杯喜酒吧！"

说笑间，两人就座，即便斟杯。这里老好方要举箸，那康氏早剥了两个喜蛋，递将过来。一时间彼此说笑，盏去杯来，这场喜酒倒也吃得十分舒齐。正是：

红台烛影泛金波，喜气今宵特地多。
昔有傲妻常峙节，今看老好戏康婆。

当时老好一面吃酒，一面瞧康氏，是眉欢眼笑，一会儿给自己斟酒，一会儿布菜，一会儿问汤问水，一会儿问咸问淡。不但殷勤无可无不可，并且柔声和气，乔乔画画，蝎蝎螫螫，不知怎样熨贴自己才好，竟把每见自己吃酒的搭拉脸、碎嘴子一概收起。康氏本不会吃酒，这时是三杯入肚，脸泛红霞，居然眉梢眼角间宕漾出三分春色。俗语云，人是衣衫，马是鞍子。她这样一搭抹扎括，从影绰绰的烛光下猛望去，加以观其大观，无须纤求，谁说不像个半老佳人呢。

老好见状，不由一面瞟了她两眼，一面沉吟道："这个碎嘴婆，今天可被我拿下马来。待我再凑趣她两句，然后再说给她定亲的正事好了。"怙惚间，正要开口，不料康氏忽见老好笑嘻嘻的连瞟了她两眼，便头儿一扭，略乜起好几道皱纹的俏眼皮，低唾道："呸！你别害邪咧，难道你还真想温旧礼么？你快说给俺咱那阔亲家是那个是正经。"

老好笑道："正经，正经，保管你喜气冲冲。待我说给你吧，也是活该咱婚事有定，今天俺赶集去，忽然撞见个二十多年没见面的老朋友。嚇，那阔绰法就提不得了。人家新从北京发财回头，俺两

145

个在二十年前便是见了面，非吃喝不可，当时便吃将起来。话来话去，谈起家常，他说他有个女孩儿，名叫金子，现方有人提亲，只是合起命造，使不得。俺虽想给咱大栓把金子说了来，但是人家那么阔绰，咱也不便开口。哈哈，你猜怎么着？反倒是人家愿意作这份亲事。所以俺两个彼此一换盅儿，登时便两亲家咧！家里的，你瞧这不是天作之合么？"

说话间，方要斟酒，康氏早笑道："你瞧瞧，如今我又要说你二百五了。你说了半天，咱这亲家还是个无名氏哩。"老好笑道："咱也不必提名道姓，但提一事，你就明白。二十年前，有一老客宿在咱家，抓了我一件旧长衫，起了黑票。咱这亲家，便是此公，你瞧不含糊吧？"一句话不打紧，只见康氏"拍"的声墩杯于案，登时又是一番光景。正是：

眉梢倒竖眼圆睁，变相忽成夜叉容。
是喜是嗔全不辨，但余冷笑势汹汹。

当时老好见此光景，正在摸头不着，那康氏早咬牙切齿，倏的站起，先伸一指，就老好脑门上尽力子一戳，然后道："你说甚么，说的那王八，不就是那赌博鬼郭起么？他一向没把流星似的，东撞西骗，撩天刮地，谁不晓得？凭他叫人剥了衣，夹着个屁股眼子撞到北京，就会发财？难道北京人都是他爸爸么？你这瞎撞，血迷心窍，在集上不知怎的吃了他两杯便宜酒，便忘了生日，凭空的合他换盅还不算，又回家中装大爷。还吃甚么臭喜酒，难道这事就罢了不成？再者你知他家金子是怎的个黄毛丫头，倘若丑八怪似的，外带着拐腿瞎眼，这不坑煞人么？你不要慌，反正是这酒把你支使昏咧，换盅，换盅，我且叫你拉出屎坐入腔！你不乖乖的快去给我退亲，咱马上就是饥荒！"说着，"刷"一声一勒袖儿，现出老壮的一段黑粗的胳膊。因为劲头儿十足，那腕上戴的两副三两重的大铜镯儿，碰撞之下，只顾乱响。就要去抓老好之间，这里老好忙抬手道："你且消停，他发了财回家，是他亲口对我说的，难道人家还说谎不成？你不愿意，也是活事，待俺明日去看望他，便打退此亲。你也不用生气着急，只当听闲话儿，待我细说了他发财的缘故，此亲不作，以后你可不要后悔。"

康氏听了，一面怒气稍息，一面道："你没的说，郭老起嘴里准有舌头么？他说发财，你见来？"老好听了，也不理她，便一面自斟自饮，一面将郭起在北京的一切际遇，细细说毕。又笑道："反正这是闲话，他谎不谎的，都不打紧，横竖明日俺去退亲。就是如今话既说开，又难得你今晚这么一扎括，咱且吃酒、换盅儿，虽不算数，咱这演旧礼的交杯盏可得算数。来来来，咱且演过这套旧礼，少时，咱还要演那套旧礼哩。"说着，举杯呷了一口，还未及递向康氏，但见她好个光景。正是：

耳倾目转态沉吟，似是踌躇此项亲。
慕富怕贫交战处，悬旌一片此时心。

且说康氏听老好说罢，这位阔亲家在北京一切际遇，不由却心下犯起含糊。因为此亲若作，又恐郭起自家表富的话，或是撒谎大吉；若是不作，若是郭起真这么阔，岂不是悔煞人的勾当？并且老好赌气子，明日就去退婚，此亲作与不作，到底怎么办呢？当时康氏怙惬至此，正在一面思潮起落，一面低头沉吟，恰好老好笑嘻嘻的站起身来，一面就康氏肩头轻轻一捏，道声旧礼，竟自递过那喝剩的酒杯。

这一来，闹得康氏不由噗哧一笑，便唾道："没人样的，人都叫你闹昏了。待我到灶下一面料理，一面清清头脑，回头再合你算账。"说着，竟自趑去。按下这里老好见状，情知康氏是听了自己的一席话，暗暗挠不得。对于此项亲事，是属舔热油的，又要吃，又怕烫。不由好笑之下，直吃至半醉光景，这才解衣就寝。

且说康氏一径的趑到厨下，一面将锅头灶脑、盆儿碗儿料理清爽，一面剔净壁灯，又给灶王爷上了晚香，这才坐向安榻，只顾伏头沉吟此项亲事是作与否，但是两个念头在肚内越打越凶，却总没个解决。正在燥汗淫淫十分难受之间，忽闻微风吹灶，"忐忐"作响，接着便灶下鸡窝内的鸡子"扑拉"一阵打鸣，"喔喔"一声。康氏忙抬头瞧时，那壁灯已昏沉沉的，其光如豆，有枝香儿却倒在灶王爷的大黑脸上，烧了个挺大的窟窿。倾耳村柝，业已连敲四记，差不多将近五更，所以鸡子竟打头鸣儿哩。这一来，康氏不由越法的着了老急。因为天明在迩，老好赌气子，云去辞婚，自己这会子还没拿定主意，此亲毕竟作不作呢？

当时康氏怗惔至此，还在抹抹额汗，恰好那壁灯"拍"的一爆，满室大亮。这一来倒提醒康氏，不由合掌，暗忖道："灯光菩萨，倒是你老人不白受人家香火，遇事真提醒人。不像那灶王爷，只知拿人糖瓜，活该烧他那黑脸子。俺与其叫他去辞婚，何如俺去跑上一趟，再定此亲。不但瞧出郭老起发财与否，便连金子也就势相相，岂不甚好！"

康氏怗惔至此，连忙下榻，方想去合老好商议，不料因忽的得了好主意，心下一喜，下榻慌忙，一下子蹶了脚尖子。就这略一攒眉，刹那之间，忽又暗道："慢着，那天杀的也是属牛性的，他只定了主意，是棒打不回。他既被我摆布的赌气子要去退婚，这会子一定没好气，若平白的合他商量，是非吵架不可。如今说不得，只好先给他消消气，等他到无可无不可的当儿，再提俺的主意，管保成功哩。"按下康氏想的停当，便不怠慢，便一面剔竟壁灯，拢头整鬓的做作一回，一面又笑嘻嘻望望灶王爷两口儿，这才悄悄的趑向

148

内室。

　　且说老好甜甜的一觉，睡到五更头上，忽的醒来。只见昏暗暗的残灯一穗，酒桌上杯盘狼藉，连自己坐的凳儿也倒在地下。想是自己半醉后，起身就寝，所撞歪的。老好见状，正在一面的好笑，一面想翻身向里，再找补一霎儿回头觉，忽闻院中隐隐的有人走动。老好料是康氏，不由暗忖道："这不消说，准是那老婆惦念着那亲事的匀当，不知怎的，一夜也没睡觉，如今却又来合我捣蛋。少时她进来，见我吃醉的样儿，不消说，又是一阵雷头风，还夹着唠叨不清。我且给她个大麻木，装睡大觉，看她怎的。"

　　老好想至此，因酒力发作之下，下部有些发热，便一面蹬开被窝，又揪揪背后的被头，出出热气，一面眯合了眼，小作鼾声，从残灯光中偷觇去。方料康氏一定是风娘娘似的，一面嘟哝咸咸淡淡，一面闯然而入，不料康氏的脚步到门忽驻，接着便轻轻的略揪门帘儿，这才嗤的一笑，悄手蹑脚的扭将进来，竟仿佛怕惊醒自己一般。并且一面剔竟残灯，扶起凳儿，更不出去料理酒菜，就榻脚头的便空间坐了，一面望望自己，一面先轻轻的卸下簪环等物。这一来，老好不由又是一阵怙慑道："这老婆对于我，一向不会这么小心过。如今不知因那亲事，别出甚么馊主意，却来如此蝎螫。不要管她，俺还是装睡大觉，给她大麻木就是。"思忖间，偷瞅康氏，已自脱得光溜溜，很不雅相。

　　这里老好方在一面的好笑，一面紧合两眼，鼾声大作，忽觉自己背后的被幅间，凉渗渗的一股风儿，接着便热温温的两只胖乳先偎将来。老好料是康氏由榻脚头爬向自己背后，竟自启衾而入，真个的想温旧礼。"但是这当儿，因亲事彼此方犯别扭，她却如此高兴，这其间未免事有可疑。说不定，她别出的馊主意，是想向郭家瞧上一趟，然后再定此亲。因恐我赌气之下，不叫她去，所以才如此的小心。怪道她忽的把夜叉似的嘴脸子收起哩。"

老好怙惚至此，正在连忙忍笑，不好了，忽觉自己身后偎到一只胖牛一般。不但热唿唿的一只大腿先搭向自己的腿子，挟着一股五味俱全的裆风儿，中人欲哕，并且上面一只胖胳膊挟着腋臭弯过来，不容分说，搂紧自己脖儿，就要扳转面孔。在康氏不暇温存，便来个开门见山，双管齐下，本是急于消了老好的气，以便商量正经。不料老好早以瞧透她这份神机妙算的阴阳八卦，一时间一阵肉麻，并且被她扳的"咯喽"一声，倒抽一口凉气，那里还吃得消。于是登时来了个鲤鱼打挺势子，一面甩开康氏那只胖胳膊，仰面朝上，刚喊得声"且慢动手"，下面的脚一使劲，还未摆脱康氏那只大腿之间，那知康氏更来得干脆，便就势抬身，一面将搭的腿虚拱着向前一挪，接着这面的一只腿子，也取半跑之势，顷刻间，就要跨马临阵，据鞍头顾盼，重温旧礼起来。

就这阴阳颠倒、若即若离间，慌得老好不由一面尽力子挟住她，"吭哧"声推向枕畔，一面引衾盖了，却大笑道："你不要胡闹，你无非是想亲自向郭家走上一趟，先唱出《瞧亲家》（即昆剧中之探亲相骂，俗呼瞧亲家）。横竖我不拦你这份高兴就是，没别的，你且给我免礼，咱且谈正经。若论郭老起发财，那是一百个没含糊，只是那金子的容貌何如，俺却不晓得。你自去相相，倒也甚好。但是有一件，你去不打紧，却不许穿你这份花花行头，扎括得不老婆婆似的，没的倒叫人家见笑。"

康氏听了，不由一面乐的眉欢眼笑，一面引手摸索着老好的胸腹，却笑道："瞧你不出，你这个只知装酒哝饭的屎瓜大肚皮内，倒也有心眼，会钻人心缝，猜人心事。俺不曾向你说，你怎的便知俺要向郭家走一趟呢？"

老好笑道："那不用问，你自家也该明白。你每逢来困觉，因嫌我不济事之故，必要沫沫渍渍，来一套磕搭腔，给我听听，又是我食亲财黑咧，不知人甘苦咧，又是你嫁我一百个不值咧。一天到晚，家里人们彼此碟大碗小，碰着撞着的，许多琐琐碎碎，你一个不高兴，这份不是便登时派在我身上。总要治的人牙掉了肚内咽，胖膊折了袖里揣，这才算数。再不然，便装傻装愣，就仿佛自己受了天大的委曲，死活都难受。搭拉着脸子，向着炉壁，不哼不哈，死木头一般，一坐便是半晌，并且还要眼泪汪汪，只顾挤拉。如今这套整治人的刑法，一概都免还不算，并且还向我这么殷勤，这是日头从西出的事。所以我便料到你必然是有求于我，是要向郭家走一趟哩。"

康氏笑道："你没的胡嚼蛆，给你点脸，你就样儿上来，这就是求着你么？那么，我便真个求……"说话间，倏的引手向下，慌得老好忙扭身道："慢着，咱还是免礼吧。一霎儿天就亮，你如真个去唱《瞧亲家》的话，还须梳头裹脚，找蓝布衫，寻大花鞋。新亲登门，还须不村不俏的给人家拿点礼物，可是唱《瞧亲家》的话咧，是想来想去，没有甚么拿。一头扁豆角，一头大倭瓜，炊帚笤帚拿上十来把。一切啰唆完，还须备咱的毛驴儿。你还不趁这时歇歇儿哩？"康氏笑道："那么，你就跟去，当傻小子好了。"按下当时两人说笑之下，即便各自找补一觉。

且说老好昨夜因困到五更头的甜觉儿上，被康氏来搅了一阵，睡梦沉酣，直至次日巳牌时分，方才醒来。刚下榻结束，忽闻院中驴声大叫，接着康氏已叫道："驴儿刮刮叫，准有喜来到。但是你若走到半道上闻骚儿，卧泥洼，污了我的新鞋了，我可要打折你的腿子。今天出门准舒适，待我给你搭上褡套，咱就走吧。"老好听了，忙去瞧时，但见康氏已自扎括得光头净脸。虽是钗荆裙布，却还穿着昨晚那双花鞋子。一个鼓蓬蓬的褡套，里面也不知装的甚么礼物，已自搭向驴背。

于是老好一面上前,合她备好驴子，一面笑道："依我说，你这双古董样的花鞋子，还是收起是正经。因为你到人家财主家吃醉

酒，回头走路不便哩。"康氏听了，不由笑嘻嘻又谈出一席话来，正
是：

演礼昨宵方打落，探亲今日又逡巡。

欲知后事如何，且听下回分解。

第八回

相媳妇丑婆绝驴儿
议嘉礼老好谈恶霸

且说康氏笑道:"你不要胡嚼念,咱且说正经。如今俺去是去,却又有些不得主意起来,因为此亲还在未定,俺到那里怎样说话呢?"老好笑道:"你百样自觉能干,怎的肚里这点抽展都没有呢?那郭老起先时节常来和我吃酒,你本见过,你不会说,因闻他家从北京携眷回家,特来看望么?好在人家也不是傻子,野鸟进宅,无事不来,一见你这双大花鞋踏上门,便知是来相媳妇哩。"康氏笑道:"你不要只顾胡嚼念,我相不中媳妇,白搭冤腿时,咱再算账。"慢表康氏说罢,含笑价拉了驴儿,匆匆趱去。

且说老好见康氏去后,情知她是一双嫌贫的势利眼睛,一见郭家的阔绰光景,此亲无有不成。因为既合人家换了盅儿,就须准备聘礼,以便诹吉过聘,于是趁着康氏不来琐碎的当儿,便携了银两,匆匆进城。先央人写了过聘的龙凤喜帖并全红礼单,然后到各店肆中选购聘礼,无非是簪环钗钏并衣裙尺头之类。至于外面的水礼,如鸡鸭酒坛并所谓斗米斗面等等,家中皆有,便不去买,只买了些喜饼喜果并荔枝、枣儿、栗子等等,一切都毕。又料康氏回头,必然乐得甚么似的,不如趁这时,索性叫她欢喜个大的,省得合她商量起随后办喜事等事，只顾搋在里面，拉开叫驴嗓子，胡叫没够。于是又到各食物铺，随便买了些酒殽黑饼等物。因知康氏是属猪八戒的，你给她人参果，她也是囫囵吞掉，就欢喜可口的大块肥肉，开一咬流油的肉丸馒头、两面搽油的大烙饼。只要见了这类的食物，便如饿虎扑食，照例的是大把抓来，张嘴便塞，并且拿出武将加封的架式。你看她下面八字脚站稳，上身不动，两手齐忙，一面展开血盆口，甩开后槽牙，这阵狠吃，好不快活。

当时老好为讨她喜欢起见，便又到殽肉店内买了诸般肥腻等物，却才日色落西。于是一面将聘礼喜帖等物原色儿置向榻头，恐落尘土，随手用被单盖了，一面将消夜的食物等类都归入厨房的食作中。因料知康氏不差甚么，也该回头，便索性等她到来，同用晚饭。及至一切料理停当，业已日色傍晚。老好因康氏还没回头，便信步的向大门外望时，但见好一片村居晚景，是：

近霭逢烟野外斜，呼鸡唤豕几人家。
牧童归去横牛背，一带疏林噪暮鸦。

当时老好就自家门首，徙倚眺望了半响，又向康氏的去路上凝望一回，但见苍然暮色，自远而至，却不见康氏的影儿。不由暗忖道："这老婆想是被人留了过夜咧。郭老起人本活动，那吴氏娘子又是个京油子，岂有见了新亲家到门，不会客气留住之理？那么活该俺耳根清净，今晚且吃个快活酒哩。"思忖间，正待回步，忽闻宅门首西边一条小巷口内，蹄声得得，接着便闻康氏吵道："你这王八再也不作好了！俺受了一天罪，这会子肚里咕呱乱叫，你不说是说我省点力气，反倒摔的人屁股生痛，你还仰着脸子耍驴，等我到家再算账！"

老好听了，因为自己回步之间，恰在仰首回望，便以为康氏已

154

在巷口内望见自己，听他吵受了一天罪的话，正在一面不解其故，一面又疑惑或者此亲不威，所以她没好气，又来找寻自己的当儿，便闻巷口内驴声大鸣。"飓"的声，听出那仰头天叫的驴子，那康氏为勒他不住，业已在上面前仰后合，人尾股溜到驴屁股上，两只花绿绿的莲船也便卖了个至上舒钳的式子，直蹬向驴脖儿，眼睁睁就要如陈老祖掉下驴来。

老好见状，一面好笑，一面跑去。还未及去抓溜的缰绳，说时迟，那时快，便见那驴忽的将仰的头向下一低，紧跟着后蹄双起，一个撒欢的炮蹶，突然"咯噔"声竟自站住，那康氏早已一背着地，两脚朝天，实胚胚仰跌于地。慌得老好忙去扶起瞧时，但见好个光景，是：

尘头土脸两模糊，鞋褪发歪豕负途。

绝似探亲相骂剧，乡婆狼狈奔归途。

哈哈，这一笑不打紧，笑得老好虽然一愣，但是略一瞧康氏的嘴脸，却不觉哈哈大笑。看官，你道如何？因为康氏这时虽然尘头土脸，满屁股上都是重迭污尘，却满面是笑，喜气洋洋。这不消说，是所行不虚，亲事已成，并知她在巷口内胡吵，却是骂驴子。大概是先已跌了她，却不料一骂之下，那驴子也会凑趣，却又实胚胚的奉敲一下子。所以康氏竟如此狼狈哩。

且说老好一面笑着扶起康氏，一面去拉了驴来。那康氏还在笑嘻嘻，龇牙裂嘴，一面一拐一点的摸索着屁股，还未开口，老好却笑道："跌喜，跌喜，大吉大利！俺瞧你这喜气洋洋的光景，便知是相中媳妇，亲事已成。不消说，你说亲家太太到门，人家一定是满汉全席，外挂着烧黄二酒，大家来款待新亲。可是唱《瞧亲家》的话咧，是'亲家太太要吃肉，猪肉，羊肉，牛肉，驴肉，还有死孩子肉；亲家太太要吃面，切面，拉面，合罗面。打荤卤，炸酱拌，切口蘑，甩鸡蛋，王瓜丝，青豆皮，咕唧咕唧捣烂蒜。'（此系《瞧亲家》剧中之科浑。）你这样的大吃八喝回头，怎还吵肚里乱叫？又是甚么受了一天罪，难道这么些样儿的肉，你还没吃饱不成？"

康氏笑道："你不要耍贫嘴，俺真挨了饥来咧！待我能歇了，咱再说。没别的，你且去赶紧弄饭，待我吃饱了，才不依你哩。"老好笑道："这个现成，俺料你此一去，亲事准成，所以连咱们消夜的喜酒都准备下咧！"说笑间，拉了驴子，先自进门。一面拴了喂好，一面自到厨下整治晚饭。却还闻得康氏自在内室里，一会儿听听瞧瞧，一会儿唧唧哝哝，自说自笑，仿佛是十分高兴。老好听了，好笑之下，也不理她。

不多时，晚饭停当，便一手提了食盒，一手拾了酒壶，趸入内室瞧时，只见案上灯光明亮，杯箸已具。那康氏却并不曾歇坐，也不曾擦拭尘土，方在泥母猪似的扠开两脚，斜靠在榻床上，笑吟吟的，一面连连点头，一面又似呻吟似的，只顾发怔。百忙中，一只手还插入襟底小肚间，也不知揉搓的是甚么。见自己就案上放下酒壶，从食盒中取出许多可口的殽物，虽是欣然色喜，却又蹙额攒眉。

当时老好见状，一面好笑，一面又以为她被驴子颠顿的肚内压住寒气。及至放下食盒，斟上两杯热酒，不由笑道："人家是人逢喜事精神爽，你却喜得只顾发怔，怎的却又说受了一天罪呢？这不消说，准是在路上跑的压住了风气。且吃杯热酒暖暖肚，再到茅厕中走动一下子，管保就好。"说着，刚要去取酒杯，不料康氏"呵呀"一声，机伶了一个寒战，接着便一面解裤，一面向厕茅撒腿便跑。闹得老好方在一怔，便闻茅厕中"噗噗哗哗"，一阵乱响，便如连珠炮并倒水桶一般。

这一来，老好方才悦然于她好受了一天罪，并挨饿回头之故。"这不消说，准是一到郭家，一瞧人家那阔绰局面，并待以新亲之礼，一下子便把她给拘住咧。又搭着人家久在北京的，自然都能说会道，满会周旋，她那一面锣似的响嘴子，虽是咶叫起我来满够用，但是搁在周旋谈论上却满用不着。被人家这一拘束，大概是木雕泥塑，就赛如绳捆索缚一般。及至被人家举弄到筵席客位上，一定是屁股上起刺，如坐针毡了。搭着大家客气，你来敬酒，我来布菜，已经闹得她昏头搭脑。百忙中，人家再来两句客气话，她又不知怎的应对才好，所以虽有盛筵，只觉吃也不好，不吃也不好。她既被人拘束的连溺都忘掉，直至这会子才被我提醒，又焉有不挨饿回头之理！那么她吵'受了一天的罪'的话，倒也委实不虚。这老婆一向对我扎煞过分，今天叫她受受，也算个小报应哩。"

老好怡悦至此，方在哈哈一笑，便闻康氏也笑道："你还笑哩，你要一问不似醉鬼，说话有准，叫人信的及，这头亲事说作就作，俺为甚么亲自出头，向郭家跑这么一趟？挨饿还不算，连撒溺都忘掉。待我吃饱了再说，今天受的这份罪可就大咧！"说着，一面系裤，一面踅入。老好望她时，却已舒眉展眼，喜笑盈腮。老好一面好笑，一面装憨，便笑道："你瞧瞧，这又是我的不是咧！但是你到这里，人家一定是贵宾相待，吃吃喝喝，谈谈笑笑，怎的你只顾吵挨饿受罪呢？这却叫人闷煞。"

康氏笑道："别提咧，你既发闷，俺偏叫你闷一煞。如今咱且吃酒。"老好大笑道："你不说，俺也晓得。你不信时，咱就打个赌，你那里一面吃，俺这里一面替你说说。对时，你敬我三杯，如不对，我敬你三块大肥肉如何？"康氏笑道："真的么？那么你就算输，俺先扰你的肉好了。"

说笑间，两人落坐，各自斟杯举箸。那康氏果然似挨了一天饿，狼吞虎咽，风卷残雾，顷刻间，案上诸物去了一半。这才一面斟上三杯敬酒，一面笑道："你快说罢，说不对时，咱再算账。"说话间，仍然是两眼望肉，杯箸齐忙。及至听老好一气儿说罢她挨饿受罪的光景，不由乐得前仰后合。

康氏本不能吃酒，这时却因定了亲事，一来心中高兴，二来又因挨了一天饿至此，多贪了两杯。恰好老好说罢，她嘴内还含了半杯酒，于是噗哧一笑之下，那半杯酒竟自激筒似直奔老好面门。还亏老好躲闪伶俐，这才没闹个满脸花。于是老好大笑道："你这样敬我三杯，请你免了吧。你听我的对也不对？"康氏笑道："对对对，这个且由你说嘴。但是俺还有一件顶受罪的事，你却没猜着。是他家一伙子人们，虽在北京开过大店，却都似没见过大花鞋一般。俺行行步步，他们便如瞧甚么稀稀罕一般，大家都笑么的，只顾瞧我这两只脚。闹得我没处安，没处放，伸出去也不好，缩回来也不好。当时俺真恨不得脱下鞋，揣起来才好。你说这份叔伯（俗谓没来由也）罪，受得好不冤枉！"

老好大笑道："咄咄，这是你心里悚，自作自受。你去时，俺就叫你脱下那古董顽意，你偏不听，人家没抄起你的脚来顽古董，就不错哩。但是咱说是说，笑是笑，白扯了半晌，也该谈正经咧。今天你跑了一趟驴子，亲也定咧，罪也受咧，饿也挨咧，那么你相的媳妇，毕竟是像丑八怪，或是丑七怪呢？"

一句话问得康氏不由一愕，便笑道："你瞧瞧，你也会磕搭人咧！不瞒你说，俺是属王婆子拜年的，只顾说话，忘了拜年。你也不替人家想想，俺当时叫人家拘束的，只顾难受不迭，谁还想起相媳妇？再者俺心里早定了谱儿，人家那样阔绰法，是不会有丑丫头的。如今俺也来谈正经，咱这份亲事既定，接着便该过聘礼，择婚期，会亲友，吃喜酒，一样样的都须操办。今晚咱趁着吃喜酒，又彼此没犯别扭，先商量好大谱儿如何？"

老好笑道："说了半天，就是你这两句，俺还佩服。既没犯别扭，商量起来，可不许驴的朝东马的朝西，彼此的一说一拧。这是他小两口儿的大喜事，咱老两口儿也须和和气气的，取个顺适。不瞒你说，自你上了驴子，俺就早料此亲必成。所以俺便进城去，买下聘的聘礼等物，连喜帖都求人写停当。你先瞧瞧这份聘礼，咱再商量别的。"说着，就榻头一掀那表单，随手将诸物的包儿一一打开。这里康氏忙了瞧时，但见好个光景，是：

衣料镯环一概全，金银光闪起丝绵。

金红喜帖描龙凤，果饼成封枣栗圆。

康氏笑道："难为你这份聘礼真还都不错，这倒要敬你一杯。"

说话间，两人归座。及至老好受宠若惊的吃过敬酒，因康氏这次竟没嫌好道歹，絮叨自己，正待也给她斟个盅儿，不料康氏若有所感，忽的低头瞧瞧那花鞋子，啧了两声，却微叹道："真是呀，人怎么会不回想当初。俺作新媳妇，穿这鞋子时才几年，不料俺也要当婆婆咧！人家说'多年大道熬成河，多年媳妇熬成婆'，真是不错。有道是'早养儿子早得济，早娶媳妇早生气'。话虽如此说，但是俺因前世不烧香，嫁了你这醉鬼，这些年也实在操持够咧。早娶媳妇，毕竟有个人替手换脚，俺但盼媳妇到咱家，不要像我似的命苦就好了。"

老好听了，料她又要毛病发作，便索性打消敬酒，忙笑道："谁说不是呢，咱早给大拴娶媳妇，先完一件心事。咱郭亲家眼皮宽，俺再托他给招弟找个好婆家，咱就心事都毕。那时，你也可以歇歇心，补补累乏。过两天，咱下了聘礼，俺便寻张铁嘴，请他给择个天月二德的吉日良辰，一顶花花绿轿，吹吹打打，把媳妇娶过门，便大事完毕。这些事都好办，只是说到待新亲、会亲友上，咱还须先商量个谱儿才好。便为郭亲家，虽是合我是酒友，一切没讲究，但是人家是在北京见惯了大脸面的，所烦请的男女陪亲客，必然也都是体面阔人物。你说咱这款待人家的筵席，怎样斟酌个不村不俏的局面才相宜呢？"

康氏道："单是款待新亲的筵席倒好办，无非是内外两桌。你忍个肚子痛，到城里百货店并糕点铺，买些参筋翅骨肚，并干鲜蜜饯的果品，咱准备两桌咱乡下时兴的全席，也就用得着。好在咱的至亲好友也没多少，届时咱请他们陪陪新亲，见见面，就很相宜。惟有讲到款待男女庄客，却有点不大好办。咱西乡中的乡风，你还不晓得么？凡是本村中一家有喜事，全村的庄户都来塞着二斤点心，前来道喜。是来道喜的，不分男女，全算主人家内外执客。其实那里是执客，简直的是吃客，早午晚三顿酒饭，都是填操饱了，抹抹油嘴子便走。主人家喜事正日的前一天，便须开始请他们，叫作'请执'。正日的后一天，还须请他们全班都来，叫作'酬执'。一气的很吃三天，真能使主人瞪眼，厨司摔勺。男客还好些，惟有女客遇着这种机会，那肯轻轻饶过，惟恐自己一张嘴便宜了主人。于是铃铛寿星，所有的孩子爪子尽数儿都带来。不是俺嘴挖苦，她们都吃得顶到嗓子眼还不算，临去时，都将席上的中饭点心划拉着，给孩子兜了才走。其中，再下作的，还有恶恶狠狠，趁着值席的不在跟前，居然抓了炸丸子、冷荤碟等物，装向胯兜儿。这班庄客狠吃三天的席面，俺粗估着，就须百数十桌，你说咱该怎么预备呢？"

老好笑道："你好胡涂！这庄客的席面，叫作'广席'，无非是肉挡头阵，以多为盛。咱只高搭客棚，多预备大肉好了。"康氏笑道："你好明白！谁还不知道预备肉，但是我就因这泡肉发愁哩。"老好突道："这又奇咧，现放着郝一刀那里开着很大肉坊，难道还愁没肉用不成？"

康氏一愕道："你说甚么？咱用好多的肉，若用他肉坊磕头赏的

160

货，那还了得？他也没个准斤足两，那肉是香臭不管，好歹就是那么一来，这份横亏咱吃的起么？"

老好笑道："那可没法儿。咱就得认吃亏，求个顺适，谁叫人家是响当当的大字号呢。休要说咱们惹不起太岁，你不信，就去问人家，自他知会乡众，独霸西乡以来，那个用肉的人家敢违他的知会，用别家的肉？并且那厮近来越法的横行霸道，无法无天，家中养了许多恶奴打手，成日价向三瓦两舍生些是非。如打降砸门，并强占人的田房，放债盘剥，鞭死人命等事，不一而足。不过就差着还没抢男霸女。像这样的无头光棍，咱躲之还不迭，咱为甚么用猪肉吃亏的小事，大喜事上自找别扭呢？"

康氏道："唷，照你说来，他就成了咱西乡的皇帝老官了。俺就不信谁不用他的肉，他就敢咬谁的鸟。如今俺倒想了个好主意，咱不用他的肉，也不用别家的肉，咱自家圈里有猪，杀了用肉。这总不算不遵他的知会，料他也没话说，不至于来没缝下蛆。这一来，咱就便宜多咧。你想杀翻一口猪，除正经肉之外，还有头底下水挂油等物，席面上正用得着。并且鬃毛骨头都卖好钱，连泡猪洗下水的肥水，放在灰土粪内，种起地来，也是好体面肥料。咱有多大便宜，为何怕他来咬鸟，去用他的肉呢？你别瞧那姓郝的小子吹气冒泡，扬风卖嚷，老娘就是不怕硬的，咱们是海来着干！"说着，便哈哈一笑，晃悠悠的直站起来。老好以为她是酒有八分，胡吵的是些醉话，于是也没在意，当即扶她登榻就寝，自去料理了酒菜。一宿晚景休题。

次日，因见康氏只顾喜气洋洋，催促自己派人向郭家下聘礼，却不提用肉之事，便更放下心来。过了两天，派人去下聘礼，即便寻人择定婚期，两下里各自忙碌一切。郭起那里，是给金子置备嫁妆，并订请男女送亲客等。虽也都忙的手脚扎煞，却喜吴氏，惟郭起之命是从。两口儿和和气气，商量着忙过几日，早早一切停当。

161

惟有老好，一面忙碌，一面还须应付康氏，暗含着这份别扭，可就大咧。正是：

只为悍婆来作梗，却教娇女去当灾。

欲知后事如何，且听下回分解。

第九回

庆响门伏祸牢主豚
会嘉宾贩兴来恶客

上回书说到老好因准备婚事，十分别扭。你道为何？原来这时康氏虽不曾又自发毛病，单合老好死抬硬杠，但是却又念起她的"妈妈经"，俗语儿就叫作"老太太例儿"。从择定婚期起，一直到洞房吃交杯盅，并子孙饽饽长寿面。这其间，层层步步，那小过节细而且多，端的是赛如牛毛。闹得老好昏头搭脑，一面料理正事，一面还须应付康氏，其别扭可想而知。还亏得招弟乖觉，每见两人说岔了，彼此乌眼鸡似的，势将用武，她便一面笑嘻嘻的拿话岔开，一面拖了康氏便走。

便是如此光景，过得几日，如洞房礼堂、客厅饭棚，以及里场儿款待堂客之所，一切都备。接着便料理厨房，便在跨院内搭棚筑灶。厨师等虽还没来，早有些本村的街坊人们都来落忙（俗谓帮工曰落忙）。又过得两日，已是响门（婚期之前一日，动鼓乐，俗谓响门）之前一日，老好因厨师等就要上班，正要亲自领入，向郝家屠坊去买肉，只见康氏小篆儿上卧摆着一枝旧绒花儿，笑吟吟的扭来道："亏得我来的巧，不然，你这瞎撞，又不知溜向那里去咧！方才我蓦的想起一件大的事，没别的，你快向城里跑一趟吧。"老好竖

163

眉道："这又是甚么事，便这般要紧？等我回头再说吧，俺正待向郝家去取肉哩。"康氏笑道："那倒不忙，横竖你御驾亲征，那小子也不会多给你肉，少时我派人去取好了。俺这件事可不能耽搁，因为菩萨奶奶止是今天生日，所以急等此物上供哩。"

老好听了，料她不知闹甚么花样的妈妈例儿，正在连连搔首，只见康氏一面从发上取下那旧绒花儿，一面笑道："你到城里，便寻那挑京货箱的刘老广，照这绒花样儿买两对儿好了。"老好一面好笑，一面道："偏你的蝎螯事儿多。戴个绒花，也拉上菩萨奶奶，并且城里有花粉铺，又曾寻那串街坊的货郎儿怎的？他哗啦着一串铜片子（即惊闺叶），东走西溜，那里去寻他呀？"康氏笑道："俺可不上这份俊样，这花是预备给新人戴的，所以须先供在菩萨面前，取个吉利。你只寻向刘老广家去买就是。你先瞧瞧这花，不要买错了花样儿。"说着，递过那旧花儿，竟自趔去。

这里老好一瞧那花样，却是"五福捧寿"，没奈何，只好且奔城里。本想是快快买毕回头，还是自己去取郝家屠坊之肉，那知在城内街坊上问来问去，谁也不晓得刘老广在那里。末后，还是从一家花粉铺买到两对绒花儿，却是"蝙蝠戏双桃"的花样。当时老好因天色不早，快揣了花匣儿，匆匆趔回。

刚一步踏到那跨院的角门边，恰好闻得那院内一阵价猪子乱叫。老好一怔，忙入去瞧时，不由连连顿足，方知自己竟中了康氏调虎离山之计。因为这时那厨房院中，正有一班打杂的人们合烧汤的二汉，大家正嘻嘻哈哈，挥拳动袖，开剥得好猪子。有的熏洗，有的刮磨，并且已挂起七八片白条子，好不鲜亮。不但地灶大锅内，已自热腾腾煮起白肉合杂碎等物，几个厨师们正在分肌擘理，鸾刀缕切，正忙着落那蒸锅的大作。便连康氏也搀在里面，只顾瞎抓并乱吵，一会儿捋把猪鬃，一会儿捡两个尿泡，招得大家都笑道："你老别帮忙咧，你老在这里抓来吵去，俺们倒不得干活儿哩。"原来康氏早已打定主意，是自己杀猪用肉，又惟恐老好作梗，所以借买绒花调开老好，却不道不肯吃小亏，竟至吃大亏哩。

且说当时老好见事已至此，无可如何，怔惙了半晌，终恐因此得罪了郝珍，不得要处，于是一面瞒着康氏，派人向他屠坊中买些肉，一面且自忙碌明日响门的热闹儿。原来响门这日不但悬灯结彩，门首亮起花轿，并且须大排宴筵，先请男女执客。及至次日早晨，那老好宅门前，端的好个光景，是：

> 灯彩辉煌喜气飘，乐工鼓手坐分曹。
> 花舆绣锦描鸾凤，烂其盈门气象豪。

当时鼓乐们鼓吹三通，奏过一套《鸾凤和鸣》的喜曲，交代过响门的场面。接着便男女执客人等，都一色的衣冠整齐，花枝招展，次第都来。正快得本宅执事人接应不迭，偏又三三两两，陆陆续续，踅到一班男男女女的不速之客。大家嘻嘻哈哈，也不用人接待，便属溜边鱼的，相与散向门墙左右，有的便凑向迎门的照壁之下。大家便登时各安其位，有的箕踞而坐，有的负墙而立。其中还有稳不住屁股，一面溜瞅着宅内，一面循墙来往的。至于这班客的模样结束，却与出入的客人们大不相同，是：

> 肌瘦面黄露菜色，踵决肘见半鹑衣。
> 蓬头垢面相望处，好似流民作队归。

哈哈，这班男女与其说是客，不如说是乞丐较为贴切。因为当时西乡中的俗例儿，凡是人家有甚么庆吊的红白事，那远近村庄的乞丐们，便趁势儿都来乞讨。其中人类，还分软硬两帮。软帮都是些老弱男女，其来乞讨，无非是希望主人宴罢宾客，由本宅人们打发些残殽剩饭，于愿已足。他们虽然容易打发，却死蛇缠腿，起腻不过，不但一来接连着就是三天，并且那道路较远的人们，干脆便就主人宅外各择地势，打起公馆，以便明日乞讨。至于那硬帮人们却不然了。他们都是些远近村中横眉瞪眼、杀打不怕、滚刀肉似的大花子，不但挂着偷鸡摸狗，到手是货，并且谁要惹了他，他到半夜里，小则向人家院内抛砖丢瓦，大则向人家篱笆或柴草垛上放上一把火。这般又臭又硬的穷爷，平日向大家去乞讨，端的是说一不二，要三个不敢给两个。那主人家还须喜笑相迎，陪着小心，他方扬扬走去。这班人们虽是不好打发，但是他们趁人家红白事上去乞讨，却又是一个路数。譬如主人家有喜事，他们便大家凑而合了，就街坊上借份贺礼，居然是喜烛成对，喜果成盒，一般的写了贺帖，前去贺喜。他们扎括得虽不像金松似的那么整齐，但是那当头领众的，还必把丐头那顶红毡帽儿扣在头上，以昭郑重。这时，那主人家早已把款待他们的一桌酒饭并各人的赏钱，都已端正停当。他们一到，便坐下来，大吃八喝毕，各携赏钱，这才欣然而去。至于那份贺礼，事过之后，主人家还须派人给他们送去，并致谢意。俗例相沿，由来已久。当时，老好宅外趸来的这班乞丐，却是软帮的人们哩。

　　按下这里宅门前形形色色，且自十分热闹。且说老好这日里清晨爬起，端的是前厅跑到后院，后院跑到前厅，忙了个不亦乐乎。但是因许久不闻康氏吱吱乱吵，忙抽空儿到内院中瞧时，但见客堂中并新房内，都已铺设得簇簇一新，便连院中一株老槐树上，也都挂了一元红布，上面还写着"槐仙神位"字样。树根下有个瓦香炉，里面的香已半烬，这时树上面的鸦巢中，正有两个鸦雏儿在那里探头探脑。老好素知康氏妈妈调儿多，凡是宅中偶见个黄鼬、小蛇儿，她都认为是财神爷。这老槐本是古物，她自然一例的认作财神，当此喜事上，所以也给他披红挂绿哩。

当时老好见状，也没在意，于是一面向内室走，一面暗笑道："这老婆不消说，一定是还在巧梳妆哩。她那秃头皮上毛儿虽不多，但是摆布起来，就须足足的两个时辰。因为毛疏且硬，既须用油腻之物粘附停当那秃头皮，还须满抹乌膏。这套完毕，又须俟其稍干，加以梳拢。虽是头上扣个乌漆盔似的，放光耀彩，十分难看，但是她却美得甚么似的。接着便对镜徘徊，或前后两面镜，打阵闪儿，这才算梳妆完毕。如今忙忙的，人家贺客们都要到来，待我去催她快些摆布好了。"

怡悒间，方要声唤，忽闻康氏在茅厕中笑道："你不要只顾催促我，我是不会误场的。俺因今天人来客往，没空儿出脱，所以预先到这里。不想却是忙碌的大肠干燥，越着急，越觉挺硬的一条子只顾往里去哩。"老好听了，正在噗哧一笑，便觉眼前一亮，忙望时，早见康氏一面龇牙裂嘴，一面从厕中趑出。想是因用力出脱之故，已累得面红筋胀，脸上似乎挂些没好气。虽是新摆布得漆亮的头皮，上面却略沾尘土，不消说，想是出厕慌张，不知怎的却触了厕壁上的蛛网凝尘。老好见状，正在好笑，康氏早唾道："你还瞎撞，再也不作好事！既是连日价叫人们打扫院子，怎的这茅厕中就不着个眼儿？那陈年古代的老尘土却动也没动，如今闹了人一头土，好不晦气！"老好听了，料她又要拿自己煞气，于是一面趔趄着脚子向外走，一面笑道："这又是我的不是了！如今不差甚么，人客将到，俺也该向前院瞧瞧去哩。"

按下这里康氏哼了一声，自向客堂中，且等着接待女客。且说老好一路逡巡，到得前院，又向各处里照料一回，业已将近巳分时光。及至趑入前厅，只见众执客都已到齐。于是老好一面招呼宾客，一面却闻得内院中众女客，夹着康氏，大家吱吱喳喳，说笑成一片。这不消说，是内场的人客们也自到齐。乡中习俗，这日照例的是早面晚席。用罢早膳，众执客方才各执其事，替主人家忙碌一

167

切。这日虽没得甚么别的事体，却有女家派人来送嫁妆的过场。

当时老好怙惬至此，恰待向饭锅中去瞧瞧，以便早膳毕，大家专候嫁妆到来的当儿，不料众客忽的都一个个含笑倾耳，似乎是听向内院。这一来，闹得老好一怔，连忙也倾耳时，不过是众女客们越法吱喳说笑的热闹，并且一片喧喧，只顾在院中流动。老好听了，以为是大家在各堂中呆坐久了，所以到院中疏散疏散，于是也没在意。不料刚一步趑出厅门，不好了，忽闻康氏"哞"的声长出一口粗气，接着便"拍"一声，也不知是甚么物件砸在地下。老好听了，正又在一怔，便闻康氏大吵道："你们不要拉着我，快都闪开，今天我非杀掉他不可！甚么大好喜事，俺倒闹了一头烂污哩！"这里老好听了，不由暗道不好。方以为她是因那会子头沾尘土，气还没出，百忙中又要找寻自己，正待奔去瞧瞧，便闻众女客哄然道："这是您合甄大叔白头到老的吉兆，您不说是谢谢他，怎还要毁掉他呢。"喧笑间，又夹着康氏只顾乱吵。

这一来，老好诧异之下，连忙悄悄的趑向内院的二门边，先探头向院中瞅时，不由忙忍笑不迭。原来这时众女客方由那大槐树下你推我挽的，簇拥了康氏，向客堂中趑去。康氏虽是光头净脸，遍体新衣，那乌黑漆亮的发子上，却现出白渣渣的几点鸦粪，这时还在气吼吼的，手中拉着一条老壮的门闩。这不消说，她是由内室趑出，经过树下，可巧落一头鸦粪。便在平日，谁都认为晦气，何况这大喜日上呢。所以康氏登时大怒，便抓了条门闩，一面叫，一面想毁掉那鸦巢哩。

且说当时老好见事不干己，这才放心来，连忙回步之下，刚要趑向前院的客棚内瞧瞧，以便早开早饭，忽闻前厅内，也只顾阵阵喧闹，略为倾耳听去，除众客的说笑语音外，其中还似乎有侉声侉气的语音，一时间，七嘴八舌，好不热闹。老好不由暗恼道："今天来的贺客们不差甚么，都已到齐，这又是那个呢？难道还有远客不成？如今就开早饭，只须添杯增箸好了。"

怙惚间，刚一脚踏到前院，便闻室内众客哄然笑道："您不要如此，咱们都是本地娃娃。在街坊上厮冲厮撞，朝朝见面，彼此都有个耽待。虽是主人家因事体忙碌，一时疏忽，没请您前来帮忙，但这小过节儿还望您高抬贵手。如今闲话休提，便请您快快更衣，咱且吃酒。虽是你老兄爽性儿，好逗有趣儿，但是少时倘有生客到场，未免闹得大家都不雅相。再者，主人家今天大喜事，未免也有官面上的不方便。"

老好听了，正在一面摸头不着，一面前行几步，踏上厅阶，便闻有人娇声嫩气的咳了一声，接着便笑道："俺合主人不分彼此，简直的是一个人儿。主人的事就是我的事，他还讲甚耽待？俺这里正帮他的忙。俗语说的好，表壮不如里壮，难道这样大喜事上，俺只袖着手当太太不成？今天人来客往，谁不扎括扎括，何况俺当家主婆的。便是有甚么官面上的人到来，他也清官难断家务事，管俺不着。如今俺那口子既不照面，想是认俺没到里边去，给他操持内场，那么，诸位且自便坐，俺且向里边寻他来，给诸位道谢好了。"说话间，踢跶踢跶，似乎是脚步挪动。这里老好听了，大诧之下，紧行两步，还未及去掀厅帘之间，便闻众客又复哄然道："您这就不对咧！俺们话已点明，是请您高抬贵手，喜事过后，人家主人家也是走外面的朋友，自然有您的一分敬意。如今没别的，快请您更衣，咱且吃酒就是。"说话间，一阵步履走动，又夹着那人的怪声怪气，既已热闹异常，偏偏百忙中又复闻得康氏还在内院中，一面吵着人放树，一面用门闩捣的地嘭嘭乱响。又搭着众女客纷纷笑闹之声，竟自闹了个锅滚豆烂。一时间，内外两下里一片喧哗，锣鼓大作，竟似对台价唱起全武行的大轴子一般。这一来，闹得老好愣愣怔怔，百忙中一掀帘儿，踅入厅去，定睛一瞧，却不觉又气又笑之下，只剩了连连跺脚。

看官，你道怎的？原来这时厅内众客方在闪屏前，各各屯聚，互相背向，其中却围拢着一人，大家正在高拱手低作揖的，劝那人更衣就坐。至于那人的这副小模样，端的是难画难描，是：头挽钻天椎髻，上插一朵红纸花儿，并且套一顶纸糊彩画的串珠凤冠。一张黑漆大麻脸满涂白粉，虽是两道低梢眉，一张蛤蟆嘴，却偏重重的描黛，厚厚的涂脂，更趁着一个撩孔鼻、两眶烂边眼，乍望去，便如丧门吊客一般。上穿一件打花鼓的破女衫，下系一方搭膝的旧花布，便算作裙儿。那人本生得傻大黑粗，穿了这两件小小裙衫，只好露着漆黑的胳膊并两段黑毛精腿。再望到足下，却踏一双稀烂的草鞋子。你看他一面向众客嘻皮笑脸，一面扭捏作态，好个怪相。这一来，不但闹得老好只顾跺脚，没作理会处，便连众客也一面拦他向内院跑，一面相顾不知所为起来。

说了半天，你道此人是那个呢？原来此人便是西乡中一个小小地痞，名叫牛金，混名儿恶老狗。他本是外乡的一名恶丐，初到西乡，自然是搅扰乡村，除恃强恶讨外，还挂着偷偷摸摸。有一天却招恼了村众们，大家便一面齐合了缚他来，一面鸣钟聚众，相与在社庙中，会议处置之法。当时西乡中处置恶丐的俗例儿，是重则培柴烧杀，轻则挖其目，或刖其双足。但是此等刑罚必须本人有害人放火的行为，大家因其有害及公众的治安，所以才如此处置。不然，便暴打一顿，驱出境而已。当时牛金自恃没有害人放火的行为，从被缚起，便一路破口大骂，村众们七嘴八舌，越会议的没结果。牛金这小子越骂得起劲，

这一来，村众都怒，便有人提议道："此等贼骨头倒不怕打，咱莫如给他个不痛不痒、不死不活的小刑罚，只须叫他上不着天，下不着地，一面打秋千，一面喝西北风儿，隔三天，喂他大饱，不消个把月，管保小子叫妈，不赶自走哩。"说着，便一面望着社庙外的旗竿，一面向大家一说所以。大家听了，不由连连称善，于是不容

分说，登时将牛金牵向庙外。大家先望向那老高的旗竿顶上时，但见它悠悠的系着一物，看来好个光景，是：

粗绠滑车在上头，下垂卧具布囊伴。

悠悠颇有凌云势，嘉号人称好汉兜。

哈哈，你道甚么叫"好汉兜"呢？原来却是旗竿顶上，设有长绳滑车，系着一具堪容人卧的粗布兜儿，牵动那绳儿，便起落自如。此兜所以好汉名者，却不是单为强横之徒设此刑罚，却是专为给色哥儿们受用的。因为乡村间每逢香火庙会，照例是演戏酬神，或出全会，届时是男男女女，游人如蚁，十分热闹。这其间，必然有许多的油腔滑调轻薄少年，但向娘儿们群中乱钻乱蹭，外挂着飞眉溜眼，丑态百出。这时会首们便暗含着留上他的神，先瞧他是怎的个路数。如其人只是个初出茅庐，不知自爱的滑头少年，大家不过海骂两句，或是趁他伸长脖儿，目注娘儿们之时间，便冷不防的过去，双手扳住他的头，连脖子猛的一拧，一面却笑道："喂，那娘儿们里面没你妈妈，戏台还在这边哩！"一句话，招得游人哈哈一笑，那少年自然是满面通红，撒脚便跑。如其人是个积年的恶少，专以趁庙会上抖飘卖俏，不但耍得好贱骨头，并且趁机会有无赖行为，或是相与一起哄挤的人家跌跌滚滚，或是横冲直撞之下，顺手儿拔人簪子，脱人鞋子，他不惟毫不知耻，而且洋洋得意，便不客气的施展那好汉兜儿，一径的把他高高悬起，一任他喊破喉咙罢，也没人答腔。因此被兜者虽不痛不痒，却十分难受，便是金刚似的好汉，也须哀鸣告饶。当时那村众们被牛金气极，所以想用此兜处置他哩。

话虽如此说，但是牛金那小子本是个软硬都有的脚色，当时见事不妙，自然是随风转舵，不肯吃这眼前亏了。正在一面极口告饶，一面向村众们只顾磕头之间，偏偏事有凑巧，却恰值郝珍手下一个得意的恶奴，名叫贾四的，从社庙前经过。当时牛金虽是恶丐，但是他每逢到郝宅去乞讨，不但不敢强横，并且殷勤异常，狗颠似的，夹着箕帚跑将去，先将郝宅门首打扫个一干二净，然后靠墙根一蹲，哼也不哼，并不登门去喊叫讨厌。一来二去，那郝宅的人们都喜他殷勤。惟有贾四，是单管把宅门儿，牛金去了便打扫门首，他自然省了许多事。因此，贾四常想叫牛金在宅中当一名打杂儿的三小子，岂不胜于沿村乞讨。无奈牛金自由自在，过惯了乞讨生活，恐入宅去，受不得拘束，因此也便一径的耽搁下来。不料这时却巧遇贾四哩。正是：

　　　　无赖被捉正无赖，恶人偏巧遇恶人。

　　欲知后事如何，且听下回分解。

第十回

闯前厅怒打恶老狗
摆礼堂噬吵满堂红

　　且说当时贾四见村众们摆出如此阵仗，并牛金情急叩首之状，早料知他是因恶讨之故，犯了众怒，于是上前去，一面向村众解劝，一面喝牛金道："你这小厮，真是天生的挨饿胚子！我那么叫你在郝爷宅中去打杂儿，吃碗现成饭，你偏来搅扰村坊。如今还不谢谢诸位，快跟我走，难道你真个想上旗竿顶露高眼不成？"一句话招得村众们哈哈一笑，怒气全消，这里贾四也便趁势儿领了牛金，匆匆便走。原来当时村众们一来被牛金哀告的都已心软，二来因郝宅的人们出头说情，所以趁势儿作个人情，放掉牛金。

　　不料，为日不久，那西乡一带虽少了个讨厌的恶丐，却又多了个可恶的地痞。看官，你道为何？原来当时贾四领得牛金去后，虽不曾真个叫他在郝宅打杂，但是宅内偶用短工，却必把他叫去，给他开一份大些的工钱。那郝宅人们既都喜他殷勤，便任其在宅内出入随便。那牛金自以为是郝宅的人，便如披上虎皮一般，登时摇身一变，竟自命为小小光棍。仗了郝宅威风，如倡门赌肆等处，常去敲诈，自不消说，便连各乡户，他也不断的前去借贷，并借端起发。人家虽明知他不是郝宅的地道货，但是因他出入随便，恐他向

173

恶奴们搬弄是非，所以只好给他个好鞋不沾臭狗屎，大家花钱了愿，随时的应酬于他。大家这一含糊不打紧，却不道暗含着把小子闹的姥姥家都忘掉咧。于是牛金得意之下，居然自以为是个人物山水，从此各乡户谁家有喜庆宴会等事，必须请他去作执客，不然的话，他不是自去问罪，便是嗾使恶丐们，把主人家搅个昏头搭脑。当时老好因一时疏忽，不曾请他，所以牛金单趁响门这日，拿出无赖神气，前来胡闹哩。

且说当时众客正围拢着牛金，没作道理处，忽见老好趑入，愣愣忪忪的，只顾跺脚，便以为他是怒气发作，倘或得罪牛金，彼此的便越法缠个不清。于是大家一面闪开牛金，一面哄然道："牛爷快快更衣，如今主人前来道歉，少时吃酒，多敬您三杯好了。"说话间，方向老好一使眼色，不料牛金一扭身段，却笑道："诸位如此说，便言重了，俺们夫妻还讲甚么道歉。如今他只酒未尽，想是嗔我妇人家，不该在此场头露面。本来俺当家族婆的人，应该在内院里，给他照料家务，如今却是我的不是了。那么，诸位不要见笑，俺便快些回避就是。"

说话间，一面俏摆春风，向大家深深万福，一面似笑非笑的向老好一飞眼儿，刚用手一掩嘴子，喝了一声，正待回身便奔闪屏之后，不好了，便闻屏后奔马似的一阵脚步乱响，接着便有人骂道："姓牛的小子，你是好些的，接着太太的，跑的不算好汉！你跑这里来耍骨头，老娘要不揭掉你的皮，就不算人！"老好听得是康氏语言，料她因头落鸦粪，正在气头儿上，这一来，其势滔滔，非同小可。百忙中不管好歹，正待去拖走牛金，再作道理，那知还未及迈步，便闻门闩一响，那康氏一个箭步，早从屏后如飞抢出。那牛金见事不妙，也顾不得扭捏作态，方扠开大步，"飕"一声，蹿出宅门，说时迟，那时快，背后康氏自已如飞赶到，便两手端平那门闩，仿佛使枪一般，正待向他后腰眼尽刀戳去，恰好牛金因下阶慌忙，一面前探身形，一面略撅屁股，这一来，"拍"的声，屁股着镖，连人带闩，一齐滚落阶下。因屁股上发烧火燎，正痛得挣扎不起，不料康氏既发出撒手锏，随后便是个"张飞骗马"，一下子骑牢牛金，先是高耸尊臀，实胚胚的三起三落，然后便揪头拽发，连抓带咬。及至老好合众客大家齐上，一面将康氏掇弄到屁后，一面忙去扶起牛金，但见好个狼狈光景，是：

脸肿鼻青长血流，披头散发似牢囚。
这回光棍吃亏去，会看乘机起祸由。

当时这阵大乱，不但街邻人们，大家都聚集在老好门首，只顾观瞧，便连响门的鼓乐也一时暂停。那老好合众客因康氏一下子得罪了邪神歪鬼，大家正在一同围拢了牛金，高举手低作揖的只顾赔礼，一面想拖他吃酒，然后再悄悄的由袖儿内递过所以然去，以平其气，免生是非的当儿，忽闻得街坊上一阵吹吹打打，那郭家的仆从人等早已押了新人的妆奁，一过到门，便有本宅的仆人们高擎新婚的全红喜帖，如飞报来。慌得老好一面将牛金交给众客，一面忙向门外去迎接之间，这里牛金却一跳丈八高，攘臂大叫道："好打！好打！姓甄的，咱们今天这过招儿，才算有在这里咧！泰山石不烂，黄河水不清，搁着你的，放着我的，咱们是骑驴看唱本，走着瞧。朋友，改日见吧。"说话间，便奔宅门。

这时老好虽隐隐闻得牛金吵叫，以为有众客周旋，他自然不会去掉。逡巡之间，早见郭宅的两名仆人当头价并骑趱来，两人都一色的青衣大帽，十字披红，骑了罗鞍丝辔的高头大马，十分阔绰。随后是跟定抬夫，大家共算了二十四副妆奁桌儿，上面一色的猩红桌帐，上陈各样食品，就街坊上略为一驻之间，早已灿烂辉煌，光彩四溢。那靠甄宅的半条街坊，好不花团锦簇，慌得街邻人们都跑去瞧时，但见好一堂阔绰装盒，是：

锦绣绫罗既灿陈，金珠翠玉亦相因。
堂皇富丽多珍品，想见新娘似玉人。

哈哈，这一来不打紧，不但街邻人们都瞧得眼花撩乱，相与赞羡，并且许多妇女也都跑来。乡村娘儿们那里见过如此的整齐食品，大家便聚拢着，一面啧啧，一面随说新人有福，一定生得如花似玉，天仙一般。其中那倚老卖老的婆子们便笑哈哈的，又微叹道："真是有福不用忙，你瞧甄家大拴，才几时没在街坊上，傻忒儿厮似的只顾乱跑，如今就红鸾星照命，得了这样的又阔又俊的媳妇儿。"

大家听了，正在哈哈都笑，恰好那牛金也从人丛中一面溜瞅着各食品，一面扠步趑过，慌得众婆娘"唔"了一声，正在躲闪不迭，那郭宅的一行人众早已人骑纷纭之下，由老好合值门的执客们迎接入宅。那押奁的仆人自有本宅的仆人陪了，去款待酒饭，又由本宅账房中照例的放赏，并开发过抬夫们的喜钱。那老好真是越忙越抓瞎，因为他还不知牛金业已去掉，本想是趁空儿自去留住他，一面赔礼，请他吃喜酒，一面用钱钞点缀一下，以免他着恼成怒，或生是非。不料却又被康氏一把抓住，只顾念起她的"妈妈经"来。

看官，你道怎的？原来乡中俗例儿，新人的妆奁既到，就须刻不容缓的登时纳福，不然据说着跑了福气，便大大不吉。何为"纳福"呢？便是由女主人领本宅的妇女人等，将所来的食品立时都摆列在新房中，就仿佛把新人的福气都纳在房中一般。按说这例儿是女主人的勾当，本没老好的事，但是康氏"妈妈经"上的条例却规定细密，不肯草草了事。她愣说婚姻大喜事上，必须成双，最忌单儿，便是拜帖礼单上的字数还是双儿，何况这纳福的大典，岂有只女主人独身举行之理？所以必须老好陪她。不但必须待将许多的物件摆设都毕，并且事竣后，还须关门片时，这份福气方才算纳得结实，一丝不动。这一来，虽是把个急欲去周旋恶客的老好，急得火星钻天，但是却又恐有违阃令，大喜事上，那康氏准要发毛病，非合自己别扭上不可。

当时老好没奈何，只好陪她到新房中。本想是快快了事，以便脱身，那知康氏一见如此的阔绰奁品，不但将摆布牛金的一腔怒气化为乌有，并且乐得不可开交。你看她对了众妇女，便如老妈开唠一般，一面夸说这位阔亲家，一面逐件价只顾赏鉴，半晌摆一件还不算，却又不差甚么便歇歇儿，百忙中，还饶上两句喜欢。这一耽延，时光就大咧。末后，好容易等她关的门居然大开，那老好便赛如囚犯出牢一般，如飞跑到前厅里时，休说是牛金影儿没得，便连众客也一个不见。惟见厅中如筵席上杯盘狼藉，并有本宅的仆人们在那里收拾一切而已。

原来众客因久待主人不出，一来大家都馋，二来因送妆奁的人已去，今天也就没事可办了，所以大家便吩咐仆人开筵，竟自吃喝毕，当即各散哩。当时老好问起仆人来，方知牛金当妆奁到门时，众客拦他不住，已自怒吼吼的叫骂而去。老好听了，虽不免心下怙惙，但事已至此，只好俟过得这喜事的忙碌，再设法儿去周旋他了。当时老好打算停当，也便将此事抛在脑后。

慢表当日的一宿晚景，且说次日里，那甄宅中还未及巳分时，那男女贺客已自纷纷都到，那内外两场也都安置停当。外场还简单些儿，无非是前厅上铺设整齐，作为客堂并吃喜酒之所。惟有内场却较为复杂，因为既有新房、礼堂，又有女客的客堂，这三处里收拾铺设，好不忙碌。亏得昨日已将新房、客堂都料理停当，今天只有拜堂成亲的礼堂尚须摆设。那康氏老早的便爬起来，先打扮得老妖精一般，里里外外，只顾乱跑。一面吱吱喳喳，嘴子不闲，便如阵阵都有穆桂英一般。及至女客们都到，她方合大家都聚拢到礼堂上，瞧着人铺设一切。她因众客都在，正在越法的卖弄精神，忽闻门外有人娇滴滴的道："娘，还不歇歇儿么？您瞧俺这样儿，少时就可以递宝瓶么？"说话间，婷婷袅袅，款步价趔入一人，大家望时，端的好个光景，是：

芳年如月貌如花，正是香闺娇小娃。
素面蛾眉本艳质，更增丰韵是铅华。

当时来者非别个，却是康氏的爱女招弟。原来乡中习俗，那新人的花轿到门驻了，还有与新人递宝瓶、添胭脂的说法。照例是由男家选择两个美貌少女承办此事。便是宝瓶内装了五谷，胭脂饼儿上系以五色彩线，由这两少女递进轿去，新人抱了宝瓶合胭脂，两少女退后。紧接着，还须有个儿女双全、老头子健在、老太太资格的人，手持一面古铜镜，就轿中打上一照，以被除不祥。这套仪注完毕，新人这才由喜娘挽了下轿。此之谓"递宝瓶"。当时招弟合一邻女承办此事，所以也便靓妆而来哩。

且说当时众女客虽一向闻得招弟一貌如花，但因招弟等闲不出大门，女客中多有不曾见过的。今见她靓妆如仙，果然名不虚传。又见她云鬓边只簪一朵淡白月季花儿，越显得明眸皓齿，十分雅艳。当时大家见了，不由都围拢去，一面瞧着招弟，只顾啧啧，一面向康氏道："瞧你不出，竟会有这样玉娃娃似的女孩儿。人家都说阔人家的女孩都俊，少时递宝瓶，还恐把新人比下去哩。"招弟见大家都笑嘻嘻的目注自己，正在羞晕之下，要搭趁着去料理礼堂，那康氏早一面笑哈哈的拖过招弟，一面道："我的宝宝，你这会子就出来忙碌怎的？倒是少时新人坐福时，你替我在新房中照料一下好了。"

招弟听了，正要一转身，康氏却又笑道："你瞧我也忙胡涂咧！怪道我总觉你鬓边白哗哗的，原来是朵白月季花儿。今天大家都该闹个满堂红才是，你快把我这支双喜字的红绒花儿戴上好了。"说着，便由髻子上拔下，方赶过去递与招弟，不料有个熟读"妈妈经"、多嘴的女客忽的拍手道："唷唷，甄大嫂，你真是忙胡涂咧！你说话最有讲究，怎的今天大喜日上，反倒失神走嘴，说丧气话呢？人家都是打起架，闹个头破血出，才叫作'满堂红'，你昨日摆布牛金那小子，业已闹了个'满堂红'，怎的今天还想找补一下，莫非还有人来找岔儿么？"

康氏听了，不由大怒，便登时唾了一口，一面指着那婆娘吵道："你没的嚼蛆放屁！谁不知你是个休八家子不下驴的妨家货，惯会夹塞着那个，歪声邪气的扯谈没够！你既是百事通，说'满堂红'是打架，咱就干一下子，我先叫你露露红好了。"说着，一个虎势扑过去，正待一面揪住那婆娘的小篡儿，一面去撕裤，那婆娘早飞红了脸儿，一溜烟似的跑去。这一来，招得众女客不由哄堂大笑。因康氏胡骂乱吵之下，一句话正说的对了景咧。原来那婆娘正是个累次再醮的后老婆儿哩。

当时康氏还要追去，忽闻街坊上远远鼓乐喧天，接着便闻前院的人众传呼："新人轿到。"慌得康氏也顾不得逞性儿，正在一面请两位女客去接送亲的女眷，一面去唤招弟并那邻女之间，这里宅门前早鼓乐大作，一阵价批批巴巴，喜鞭响动。就这声中，由外及内，重门洞开，望将去，一溜胡同。这里照料礼堂的诸女客，早见前厅上的众客，大家衣冠齐整，先将送亲的男客迎将进来，随后那两位女客也便导引了送亲的女眷，直入客堂。这里大家正在目不暇接，百忙中却又见招弟合邻女一个捧了五谷宝瓶，一个擎彩线胭脂，随后跟了个福胎福相的老太婆，一手拄了龙头拐杖，一手擎了一面柄系红绸的青铜古镜，由两个花枝招展的喜娘儿簇拥了，大家直奔宅门之间，早又见门前花炮已住。这时那门前观者如堵，自不消说，偏又有些后到贺客们，只顾临门，闹得众女客正在觇望不清，便闻康氏吵道："　个娶媳妇，害甚幺臊？你快站在这里，等候拜堂好了。你瞧，你妹儿都转来咧！"

大家听了，忙望时，早见康氏笑嘻嘻，由那礼堂旁的厢房中，拖出一人，正是：

　　本知佳儿占喜日，谁知娇女过恶风。

欲知后事如何，且听下回分解。

第十一回

甄老好酬宾开喜筵
郝一刀踏福抢娇娃

且说众女客忽见康氏一面吵，一面由礼堂旁的厢室中拖出一人，非别个，便是新郎大拴。这时不但是靴乎其帽，袍乎其套，并且帽插金花、戴了黄澄澄的秀才顶儿。虽然有些怯头怯脑，但是这一扎括，倒也添了八分人才。因为当时习俗，后生家娶妇，谓之"小登科"，所以无论有无功名，必须贯上个顶儿，是没人说闲话的哩。

当时众女客正见康氏一面乐得眼睛没缝，一面将大拴拖进礼堂的天地桌前，向左边一站，众女客见了，料得新夫妇就要拜堂成礼了，忙合康氏都闪向栏屏门两旁之间，早见老好也一般的整冠束带，陪了两个身穿蓝衫、靴帽郎当、十字披红的赞礼生，大家步入礼堂。老好是合大拴对面站定，单等上天地纸马前的那股香。两礼生是就天地桌前，分左右各就其位。

正这当儿，早又闻得新人下轿的喜鞭响动，就这鼓吹大作声中，那招弟等一班人也便事毕�赶转。这里大家正见她穿过闪屏门，便奔新房，单等着照料新人坐福的当儿，忽见宅门前光华一闪，却有两个仆人各挟红毡，就花轿两旁伺候。这一来，招得大家眼光都各注去。因为新人下轿进宅，照例的足不踏地，须用红毡承足，一直的进了新房为止。其名儿就叫"飞红毡"，是两仆在新人前后，先由前仆置毡，新人甫踏上，后仆之毡已由新人头上飞过，前仆接了，仍置如前，后仆即以新人所踏之毡仍飞置如前。虽是以两毡循环替换，但是那仆人却须有伶俐手法，倒也十分有趣儿哩。

当时大家正在目不转睛，早见两喜娘由轿中搀出新人，凤冠霞帔，绣襦红裙，自不消说。并且身段儿不高不矮，不胖不瘦，端的是纤秾得中，修短合度。大家正恨不得去揭蒙巾之间，早又见新人红裙款蹙，踏上新毡。及至两仆一路价如法飞毡，这里老好早又将高香点得焰腾腾，准备停当。

不多时，新人踏进礼堂中。喜娘扶了，合新郎就天地桌前双双站定。先由老好上过香，退后，这里礼生也便一递一声的赞礼如仪。新夫妇交拜礼成，早有执事人一面请下天地纸焚化，一面撤去桌儿。这时女客们还有照料新人坐福的，便相与趱向新房，方见招弟合康氏都在那里，含笑而待。那康氏还手系一根尺余长、红绒缠就的揭巾喜棒之间，便又见两喜娘左右价扶了新人，由新郎手执绒花，前行引路，大家步入新房。

这时，那坐福的床榻间，早已准备停当，便是于锦帐绣褥间，不当不正的设了一具红缎坐垫。因为新人登榻坐福，必须面向有喜事的方向，那喜神不一定端端正正的在东西南北，所以必须由诹选吉日的先生，预先定出喜神的方向，开具红帖，贴在新房，以便新人坐福时面向红帖，便是对了方向，一见大喜哩。

当时新人这一登榻，如法坐稳，大家都围去，要瞧新郎照例的亲揭蒙巾。不料大拴丢下绒花，回头便跑，慌得康氏一面将喜棒递与招弟，一面赶去。百忙中却被门限绊了一歪，急忙扶住门限之间，这里招弟早手起棒到，轻轻的挑去蒙巾。这里大家忙瞧新人，端的好个光景，是：

体态丰腴多厚重，面容平正欠丰姿。

敛眉凝目低头坐，正是含羞无限时。

原来那新娘金子只不过姿色平平，算是不丑，殊非如大家意念中之所期，阔绰家的女儿必就美貌。

当时大家一面端相新娘，一面再瞧招弟，彼此相形之下，越显得绰绰如仙。大家正在暗暗称奇，便见康氏一面望着大拴跑去的后影儿，一面吵道："你这怯小子，这新房中也没来老虎，你跑怎的？倒绊的我脚尖子生痛。你也不配娶俊媳妇，待我与你娶个丑巴怪来好了。"大家听了，以为康氏百忙中已自觑见新娘，正在相视微笑，便见康氏一面放下握脚的手，一面低着头，笑迷迷踅来。及至望见新娘，又望望招弟，不由一愣之下，"噫"的声，似乎是十分失望。恰在脸子一搭拉，还没言语，便有个巧嘴子女客忙笑道："俺们先给您道喜呀，您瞧这新娘多么福相，不过合招姑娘比起来，另是俊样法罢了。"

康氏听了，正在哼了一声，似笑非笑，便又有个常合康氏闹个小唏嗵的快嘴子女客道："我说甄大嫂，你就别不知足，这只怪你没好模子，却会脱好坏。因为有你这似天仙的女儿，便显得人家不甚俊样了。再者，俗语说娶媳，说的好来，是'丑是家中宝，俊的招祸害'。你没见说书唱戏，那强梁恶霸，都抢俊的么？我可不会说恭维你的话，人家便算是丑，总还一百个对得起你这份俊样婆婆哩。"大家听了，不由哈哈都笑，那康氏也便笑逐颜开。正这当儿，恰好前厅合内院的客室中喜筵都开，于是康氏一面叫招弟合喜娘等且在新房，照料坐福，一面陪大家且去赴筵。

按下内外两下里宾主就坐，欢呼畅饮，十分热闹。且说那宅门前，因喜事已毕，观者渐散，却又有一班软帮乞丐，大家都聚拢在照壁门墙间。大家虽不敢登门乞讨，大呼小叫，却都此唱彼和的，小声价直乱叩喜。这时，有两个应门的仆人，因打发他们还须待天晚客散，正在合他们分说不清，便闻街坊上远远的泼刺刺马蹄响动，接着尘影开处，趱来一班人。须臾将近，望得分明，但见前后五六骑高头大马，雕鞍丝辔，甚是整齐。上面都坐定青衣大帽、似乎是大家仆人模样的人，居中却现出一乘二人抬的精致小轿，垂着轿帘儿，却望不见里面的人。轿前左右却还有三个仆人，夹舆而趋，是一个手持全红拜帖，一个却手擎小小的红袖包裹。那一人却结束得雄赳赳的，似乎是马夫模样，不但短衣劲装，胁下佩刀，并且牵了一骑油光水滑的枣骝马，更趁着鞍辔鲜明，好不气势。

那甄宅两仆见状，以为是过往的人客，于是也没在意。因见众乞丐有些碍路，正在一面合他们分说，一面叫他们且自闪路之间，便见那一班人众经过门首，忽的都驻。轿驻门首，自不消说，连那一班仆人们也自纷纷下马，竟就门首列队价捵拳而待。这一来，甄宅两仆虽是料得来人们是向本宅来的贺客，但因老好乡居，自过他的庄农日月，一向不合甚么阔绰人们往来，如今怎的会有如此的贺客呢？正在愣愣，一面观望，一面怙惚，便见那持帖的仆人拔步上前，高呼"接帖"。接着那擎包裹的也便趁向前，送上贺礼。按下两仆分头接了，诧异之下，连忙回身，向前厅如飞便跑。

且说当时老好陪众客入得前厅，只见列席酒筵都已摆设停当，是厅正中闪屏前一席，东西靠堂下却分列四席。照例的是正中一席，送亲客首座，主人居末座相陪，还须烦四位贺客相陪。至于那旁列的四席，又由其余的贺客们随便就坐。当时老好照例的先奉了送亲客的酒，安了座位，本想是早些儿都痛快快大家吃酒，不料烦请起那四位陪客，却费了大事。因为大家惦记着大吃八喝，狠嚼主人，若陪起新亲，未免老大的吃亏。因为当新亲的人，自然客气不过，都是酒只湿唇，肉仅知味，再客气些的，筵席已罢，本人还许暗含着饿着半个肚子。那陪客们见人家拘拘束束，只顾闹彬彬有礼，自然也不便酒到杯干，骰核上来，就叫他碗底出现。至于伸长胳膊挫桌子，学净坛使者，那便休想。眼睁睁见人家旁席上无拘无束，大杯酒大块肉，只顾流水似的向嘴内送，自己吃的这份亏，可就大咧！因此之故，那老好未免费了许多嘴子并气力，方才生拖死劝的，烦到四位陪客。及至中席的座位已定，大家既然同堂，自然须一齐就坐。这时老好忙望旁列的四席时，只见众客好个光景是：

　　　　论交序岁正纷纭，拱手哈腰谦让频。
　　　　我却你推逊首座，嚣嚣哗笑起飞尘。

　　哈哈，说也好笑，越是老好急欲酒罢客去，以使自己去忙他别事，那知旁席上众客又复互让起这份首座。捣乱良久，好容易有了次序，由老好向大家长揖作谢，正待一齐落坐之间，忽闻厅外伺候的仆人，高报客到。大家将落坐的屁股恰在又复一起，便见有两个应门的仆人匆匆趱入，是一个手持全红客帖，一人擎着红绸包裹的贺礼。大家见了，正在怗懆这后到之客却是那个，便见那两仆人一面将客帖、包裹都呈到主人面前，一面回话道："如今这位贺客的小轿已驻门外，便请主人前去迎接好了。"说着，便一说那人骑阔绰的光景。大家听了，正在一面越法怗懆，一面都围拢去，争瞧客帖，并要瞧这份润礼之间，只见老好一面命仆人打开那贺礼包裹，一面急瞧那客帖时，不由"噫"了一声，连道奇怪。

　　原来那帖上并没有客人的姓名，只写着"谨具拜礼四百金，奉申奁敬"的字样。那仆人抖手打开那包裹内的四封桑皮纸包，谁说不是白哗哗的八支整宝呢。这一来，不但老好一怔之下，越法的连道奇怪，便连众客也不由都各怗懆。因为凡送拜礼奁敬的贺客，一定是主人的至亲好友，方来这份靠近。所谓拜礼奁敬者，便是特给新妇拜见的见面礼。按习俗说，此等贺客，吃罢喜酒，照例的必须向新房中略为小坐，名为"踏福"。新妇便趁势拜见。当时众客因老好一向不曾有这样出手便是四百金阔绰的至亲好友，并且帖儿上不具姓名，尤为奇怪，所以亻兌都为怙惯。

正这当儿，便有一客忽笑道："甄兄不必迟疑，您就一礼全收，快去迎接这位阔客吧。俺想此客一定是您一位多年不见的好酒友儿。您想，您亲家多年不见，便忽然发财还乡，又焉知您这位酒友，不似您亲家一般，也自阔绰回头，忽来贺喜呢。如今酒筵都备，快请来一同吃酒就是。"

老好听了，还在迟疑，却当不得大家都道此话有理，老好沉吟之下，正待拔步出厅，便闻院中一阵像脚步乱响，接着便有人哈哈大笑道："甄兄，你也特煞小气，不用俺屠场的肉，本是小事一端，怎的今天有这样喜事，也不叫俺来吃杯喜呢？如今俺贺者一步来迟，来来，且罚我三杯，俺的贱足还要踏新房福地哩。"老好合众客听得竟是郝珍的语音，正在都各一惊，尤其是老好，一时间愣愣怔怔，竟不知怎样才好的当儿，早见厅帘扬处，大叚步趸进三人，是郝珍当头，后跟两个雄赳赳的恶奴，都一色的头戴甩帽，身穿打衣，护膝腿绷间披着明晃晃的牛耳短攘。那郝珍却笑吟吟的，只不过衣冠华焕，倒似个贺客模样。但是他那脸子上一种神气，一时间却又叫人不测来意：

虽然喜笑并和颜，眼角眉梢狡恶攒。

闪灼变睛多锐厉，来情巨测一时间。

这一来不打紧，不但老好是蛇钻窟窿蛇知道，料郝珍来意非善，定是因自己没用他的肉，所以特地来找岔儿，说不定，他凶性发作，少时竟打个满堂红，也未可知。便连众客，其中晓得这段过

186

节的，也都如此怙惙。

　　大家正在相视发怔，仓皇失度，连那位居中首座的送亲客，也慌的连忙避席之间，便见郝珍一面向老好拱手致贺，一面大笑道："俺听说今天，您这里有天仙下降，所以俺特来踏福，一求瞻仰。且待俺领过罚酒，便烦您引路，就去踏福好了。"说话间，向两恶奴一使眼色。那老好听他的语气轻薄，大骇之下，正要先跑入内院，叫新娘且由后门向邻家去藏躲，那两恶奴早扠手价，向自己左右凶神似的一站。老好至此，只好盼众客前来解纷。那知众客见事不妙，早已趁乱中溜掉大半。正这当儿，那郝珍也便就中席上狂饮数杯，掷杯而起。按下这里老好没奈何，只好引了郝珍等，便奔新房。

　　且说康氏那会子陪了女客们，都赴客室，即便开筵。这班女客都是左近乡邻有名的吃客，大家入座，自然就不会客气。便连康氏，也因媳妇儿入新房，老小子成家，大事完毕，心下一畅快，肚皮一松，不觉把连日忙碌的饿都泛上来，于是也便陪了大家，一面说笑，一面大吃。登时满室中杯箸乱响，欢笑如潮，好不热闹。大家百忙中，虽也闻得前厅上隐隐有喧哗之声，但是以为众客们豁拳行令，大家不但没在意，反倒招得康氏酒兴大发，连举大杯之下，未免身上发热，便索性的脱去裙衫，只穿短衣。大家见她雄赳赳的，又有八分酒意，便都凑趣道："甄大嫂，你真是女中英雄。若讲起支持门户来，甄大哥一百个不及你。即如昨日，牛金那小子无端来搅，甄大哥急的跺脚，干没法儿，却被你出马一条枪，登时打个满堂红哩。"

　　康氏听了，得意之下，还未言语，恰好由左右端上一盘东坡肉，端的是喷香稀烂，好不鲜亮。大家见了，"咽"的声，正想一齐动手，却当不得康氏手急眼快，早抖手价，一面抄起连肥夹精的一大块，一面哈哈的笑道："休说是牛金那小子，便是他的硬靠山，甚么郝一刀，俺也不怕。即如这家宰的肉，多么出息，又鲜亮。可笑俺那口子提起郝一刀，便吓得猢狲似的。如今俺偏不用他的肉，也没见他敢来抢俺的新媳妇哩。"说着，"咽"的声，块肉入肚。正在眉飞色舞，还要大夸威风，忽闻新房中也自略有喧哗。这里大家正在倾耳，便有伺候新房的仆妇趃来，向康氏道："您不快瞧瞧去么？如今咱主领了郝珍，还有两个恶奴，入新房去踏福，两个喜娘都拦他不住。这会子，正吓得咱招姑娘只顾哭哩。"

　　大家听了，正在都惊，不料康氏一来有了酒意，二来正在要夸威风的高兴头上，于是喝那仆妇道："你没的大惊小怪，一个到新房去踏福，甚么稀罕？既是咱主人领了他，想是也来贺喜。"说话间，恰好望见昨天打牛金的那门闩还倚在客室檐下，于是越法得意，便一面一勒老壮的胳膊，一面向众女客大笑道："你瞧怎样，俺就料郝珍那小子是个纸糊的老虎的假光棍，软的欺，硬的怕。如今果然，俺不用他的肉，他一般狗顾似的来贺喜，并且拿靠近，去踏福。那松王八怕他怎的，还吓得俺招儿只硬哭。待俺赏他点脸，去瞧瞧他，他好便好，不好时，又活该俺门闩开市哩。"说着，就要抓脱下身裙衫。

　　不好了！忽闻新房中一阵大乱，接着便闻老好大叫，并招弟直声怪哭，百忙中还夹着郝珍哈哈大笑。一时间，势如鼎沸，已自由新房乱到院中。康氏合大家听了，正在一怔，早又有个仆妇如飞报来。正是：

　　　　阿母威风方抖擞，娇娃踪迹已仓惶。

　　欲知后事如何，且听下回分解。

第十二回

混风尘市廛恶化
显内功月夜飞刀

　　且说康氏合众女客听得新房中一阵大乱，直到院中，大家正在一怔，早有仆妇来报道："不好了！如今郝珍将咱主人推倒，竟抢得招姑娘去了。"

　　众客听了，"呵呀"一声，又恐郝珍闯进客室，见了俊人就抢，大家正在花枝乱颤的向室外乱跑，早见康氏吼一声，一个虎势抢出去，一面抄起门闩，一面便奔那内院的二门，意在迎头拦打。因为吃得醉眼迷离，百忙中，似乎是寻郝珍不见的当儿，这里众女客一面纷纷乱躲，一面早见郝珍大扠步提拳在后，前面两恶奴是一个背负招弟，一个手挟短攮，当先开路，径从新房前直奔二门。恰好康氏因乱望郝珍之下，略一转身，随恶奴早大喝一声，一径的冲出二门。康氏急忙转身，方似乎见招弟的衣襟一扬，恰好郝珍一步抢到，便就飞步之势，略一挫身，一面闪开康氏拦腰便打的来闩，一面"飕"的一声趱出。

　　这里康氏一下打空，闩头着地，浮尘乱飞，连康氏也身形一晃，抛掉闩，险些栽倒之间，这里众女客忽闻老好大喝道："姓郝的慢走，今天咱是死死活活。难道平白的抢人妇女，就罢了不成！"说

189

着，莽熊似由新房内追出，但见好个骇人的光景，是：

脸肿鼻青长血流，势如疯汉瞪双眸。
一腔急煞从何见，面色铁青气促咻。

看官，你道老好既被郝珍推倒，为何当时不爬起合他拼命，直待人已抢走，才追出呢？原来老好虽见郝珍来意非善，但是以为他不过来找那没用他的肉的过节儿，还没料到他便敢动手抢人。那知事有凑巧，前日郝珍因自己宅中死掉一个爱妾，便吩咐贾四等人去物色美貌女子，以补其缺。贾四因自己事忙，便随口告诉牛金，也帮着物色。牛金听了，也没在意。及至老好家响门的那一日，牛金吃了康氏的横话，怒吼吼的跑到街坊上，本想去寻贾四，来给自己出气，不料却闻得街坊亲众纷纷讲论，都说阔绰人家的女儿，一定美貌，牛金听了，不由心中一动。因为他本知老好合郝珍有那不用肉的过节儿，倘若引得郝珍来抢新娘，自己这口恶气，方出得写意。于是如飞的报向郝宅。

那郝珍正因老郝违其用肉的命令，有些着恼，今既闻新娘貌美，自然是正中下怀，所以便径自领了人，哄向甄宅。本意是抢新娘，不料及入新房，上眼之下，那新娘却姿色平平。除两个喜娘之外，却还有个妙龄少女，端的一貌如花，见自己跫入，正吓得抖衣而泣，便如梨花带雨，摇曳团风一般。及至问及喜娘，又知是老好的女儿招弟。所以郝珍登时变计，丢掉新娘，便抢招弟。当时老好既急气交攻，又一跤跌的颇重，一时间竟委顿不起，所以人已抢走，他才拼命挣起，随后赶出哩。

交代既明，书接上文。且说当时一场大乱，老好夫妇合众客赶出宅门望时，但见郝珍骑马跑后，竟自拥了一班人轿，匆匆而去。按下这里老好夫妇只好相对大哭一场，情知自己势力不敌，只好忍气吞声，且自料理过自己喜事。且说郝珍，自抢得招弟之后，越法的独霸一乡，横行无忌。但是他这时的武功，虽说是在那"一阵风"处学习了不少，却终以不会铁砂掌并混元刀法为恨。虽是时时留意，物色能人，想学会那掌法、刀法，却也不得其人。

也是恶人该当武功大进，如虎傅翼，竟自无意中遇着一位混迹风尘的能人。看官，你道怎的？原来郝珍既独霸一乡，自然有些混账人们都来趋附，为的是仗了郝珍的威风，自己也可以创个小光棍，以便鱼肉乡里。一时间，市侩无赖群集其门，自不消说，其中却还有一个奸商，姓宋名奎。此人生得干筋瘦骨，身长不满三尺，一颗木瓜脑袋，冻梨似的一张两腮无肉的哭丧脸，偏趁着两道低梢眉、两支烂边白蛤眼。雷公尖嘴上，安着疏疏的几根黄梢鼠须。行步低头，仿佛合老二算账。见了阔人，登时嘻开臭嘴子，满脸是笑，恨不得自居孙子辈。见了穷朋友，您瞧吧，他不但狗脸一腆，理也不理，并且人家走过老远，他还要浑身抖擞，酽酽的唾上一口，为的是去去穷气。

您别瞧这小子其貌不扬，势利眼睛，他却在谷亭铺地面开着一片老大的粮行，挂着杂货店。五间大门面收拾得金碧辉煌，十分齐整。单是跑外并站柜台的商伙们就有数十人，每日交易，其门如市，端的生意兴隆财茂盛。商店的字号就叫"日兴昌"，在谷亭镇号称第一的大商号。您道宋奎是资本雄厚，多财善贾，遂成大商么？却又不然。原来宋奎阴险无比，最工心计。起初，他作生意，本领有财东，他只掌柜。仗着"溜哄奉承敬"，并出其心计，作了两宗投机的卖买，竟自大得其利，哄得那财东深信不疑，他这才伸长胳膊，一路狠搂。那财东生意亏折，倾家赔账，宋奎却暗含着暴浚大财，从此便自开这"日兴昌"的商店。于是又大出心计，除投机得利外，并专以屯积米粮，并百谋千计的操纵行市，垄断其利。所以那"日兴昌"越来越盛。

宋奎虽然暴发，但是人家都知他那坑人起家的臭根子，不但没人去敬他，并且赠他个"火蝎子"的徽号，以喻其毒辣。更有那左近的无赖人们，往往拿刀动杖，或是开山带彩，凶凶的走向他商店，抡起拳头要钱。宋奎若一沉吟，不但被人家骂个狗血喷头，还须乖乖的出钱了事。因此之故，宋奎思量这班难缠的小鬼，必须用阎王来降服。于是便备了一份厚礼，夤缘纳交于郝珍。郝珍也因他是谷亭的富户，保他这份镖，自己自然没有亏吃，从此两人你兄我弟，往来甚密。这一来，果然是姜太公在此，诸神退位，宋奎这才免却许多麻烦。

　　这日，郝珍思量趁宋奎的寿辰在即，自己又适用一笔款项，正好去合他商量，于是一面准备寿礼，一面带了仆人，直奔谷亭镇而来。不多时，已入镇聚。可巧这日恰是镇中的集期，端的是熙熙价十分热闹。但见：

　　　　列道夹廛百货镇，市声浩浩杂黄尘。
　　　　街头巷尾多摊贩，酒肆茶坊喧笑频。

　　当时郝珍一面缓缓前进，一面觇望市景，不一时，早已远远的望见那"日兴昌"。冲天招牌之下，坐北朝南，现出了彩画丹青的大门面，很有许多人在那里围拢的黑压压，风雨不透。郝珍因今天是集期，"日兴昌"又是大商号，自然是往来交易时人多，于是也没在意。及至将近店门，方下马由仆人带了，忽闻人围里面缓缓的木鱼响声，其声訇訇然，却不是寻常木鱼。

　　这里郝珍一面略拂行尘，一面正在倾耳，忽闻围的人们哄笑道："你这位老师父不要贪得无厌，只想一拳头掏个井，一口吞个猛张飞。化缘化缘，本是十方布施，万家结缘的勾当，聚少成多，自然会功德圆满。您愣想抓住一家儿，叫人家把出千金，给你修庙，这不是说梦话，愣来搅么？你不要撒赖不去，找没意思。人家东家宋爷可不是弱岔儿，人家若不看你老迈可怜，还不给你这些钱钞哩。"郝珍料是甚么僧人化缘，但因大家说他要化千金，不觉诧异之下，又是好笑。正在赶行几步，想去瞧瞧，便闻那木鱼越敲越响，一片訇訇，恍如春潮涌动。这时那门首围观的人越来越多，大家纷纷乱吵，既已十分热闹，百忙中有人吵道："你这老师傅，还不趁宋爷没在这里，取了钱钞快走，你不见人家都抄起大马棒么？"

郝珍听了，方又前行两步，便见那围圈儿忽的向外一拥，接着便闻店人们都喝："打！打！"就这声中，郝珍掉臂挤入去瞧时，不觉好笑之下，又暗忖道："俺以为是甚么凶恶僧人来此恶化，原来是个穷老和尚哩。"看官，你道为何？原来那店门首阶下，正堵着门，面西向，四平八稳坐定个年老僧人，方正在垂眉闭目，力敲他坐前置的木鱼，身旁还置着四贯老钱。那僧人年约六旬余，生得长躯伟膊，紫渗面皮，长眉大耳，颔下一部花白须儿，根根见肉，胎貌儿颇为不俗。但是却穷困之状可掬，是光着亮澄澄的秃头，只穿一件又肥又大的破衲衣，趺坐之下却现出一双行脚芒鞋。

这时，他身旁业已围定几个小店伙，都各手提棍棒，一面勒胳膊挽袖，一面喝道："你这秃厮，但看你这老大的木鱼，便是个无赖胚子。你想这里来讹钱，却是作梦，给你四贯钱不走，却单等挨打哩！"说话间，一阵抢攘。这里郝珍忙望那木鱼，不由好笑之下，又暗忖道："这个穷僧人果然有些无赖。又古怪，这个老人的木鱼，不消说，定是纸糊的，外加黑漆，但是又訇訇怪响，却也可怪。"看官，你道郝珍为何如此怙惚？原来那木鱼又黑又亮，有似铁鱼，足有巴斗大小，所以声音訇訇，甚是可怪哩。

当时郝珍因见店人们各提棍棒，就要动手，因怜那僧人无非为穷困之故，来此恶化，于是一面止住众店人不要打，一面走近那僧人坐前，笑道："你这老师傅不必作闹。你若嫌布施少些，待我再布施十千，结个善缘。如今大集场上，你这木鱼碍人出入交易，待我给你挪远些好了。"说着，便迈步撩衣，凑向木鱼，"拍"的声，左足踏牢脚柱，接着便右足运足气力，略一蹲裆提身，喝声"起"，猛的一个进尖儿，迸向木鱼。在郝珍之意，本想是迸起那老大的纸木鱼，取个笑儿，不料一迸之下，那木鱼只滚出数十步，恰撞在木石上，"拍"的声，火星直爆。

众观者因见那木鱼竟是铁制，少说着也有数百斤重，大家正在称奇道怪，连郝珍也困屈了脚尖，奇痛非常。身形一晃，向斜刺里抢出数步，几乎栽倒之间，便见那僧人双目一张，赛如闪电，微微一笑之下，即便用手向那木鱼轻轻一招。说也奇怪，但见那木鱼竟如有线牵一般，唧碌碌仍滚到那僧人坐前。这一来，郝珍大惊，料那僧人有异，恐店人们得罪于他，定然有祸。恰待忍痛入店，寻宋奎说话的当儿，恰好宋奎闻哄，也便跑出。于是彼此厮见之下，郝珍却附耳数语。

宋奎听了，即便匆匆入店。不多时，竟由店伙们真个取出千金，白哗哗二十只翘边细纹的大整宝，都堆在那僧人坐前。这一来，张得众观者正在都目定口呆，郝珍却只命那仆人牵马入店，自己却趁乱中闪向一旁人丛中，一面留神那僧人的去路，一面却见那僧人向店人们合掌当胸，道声打搅，又向着店内微微一笑，即便从容站起。先将千金都装入那垂橐似的大袖，然后轻轻的一手提了那木鱼，竟自缓步价直奔野外。

说了半天，你道郝珍附宋奎之耳，说了甚么言语，宋奎竟自脱手千金呢？原来郝珍正在物色能人，以便学那铁砂掌、混元刀。今忽见那僧人，不但化缘有异，并且能手招那偌大的铁木鱼。这分明是内功家运用罡气之法，那罡气由招手发出，直达木鱼，一下吸回。既有此等内功，定是能人。所以登时好奇心胜，便从宋奎暂假千金，看他得金之后，走向何处，且先探明他落脚的所在，再作道理。

按下这里众观者方见那僧人居然化去千金，啧啧称奇之下，即便纷纷各散。且说当时郝珍既见那僧人从容直奔野外，于是遮遮掩掩，远远的尾随于后。但见他装金的大袖翩翩然轻若无物。须臾，趋向偏北的一条小径。又约行三四里之远，却经过一小村落。这时，日色偏西，街坊上人家有的呼鸡唤豕，有的关门掩篱，甚是静悄。那村西头上，还有几个侍门妇女，一个个搽脂抹粉，乔乔画画，都在那里相与笑语。

这里郝珍见状，正在暗忖这等小村也有土娼之间，便见她们望见那僧人拢着大袖趑来，便呼一声围拢来道："你这贼秃，今天化缘甚么大钱钞，快快给老娘些儿，不然，你那破庙内却没人高兴去踏脚哩。"郝珍听了，正在一面好笑，一面就人家门檐下一隐身儿，便见那僧人一面笑嘻嘻趑出村头，一面却回头笑道："你们今晚但多准备酒肉饭食，不但你们都有重赏，俺还许请佳客哩。"

这里郝珍因见他目光如电，直注门檐，方慌得一伏身儿，便闻众土娼一阵欢笑，须臾便静。及至自己赶出村头，却见那僧人的衲衣影儿，已自闪入一处野庙中。郝珍略为定神，料那野庙便是他落脚处了。逡巡间，蹭向那庙前瞧时，原来却是座门墙不整、久无香火的山神庙。倒也好个野趣光景，是：

　　僻壤颓檐茂草丛，山门不销待云封。
　　斋厨冷落无香火，时有饥鸦噪晚风。

当时郝珍因见那僧人离离奇奇，行踪古怪，既有那等的内功，又不忌酒肉，却要狎昵土娼，不觉越法想觇其异。及至回向"日兴昌"，一面合宋奎晚膳款谈，一面说起潜觇那僧人的光景，宋奎却笑道："郝兄虽是学艺心切，但也须仔细一二。如今江湖间，往往有会邪术的人们，他那手招木鱼合袖装千金，轻若无物，还许并非内功，或是甚么邪术哩。"郝珍听了，也不理他。按下当时膳毕，宋奎又款谈了一会儿，自去料理店事。

且说郝珍当时听了宋奎的话，虽没在意，但是宋奎去后，郝珍又独坐之下，忖惕宋奎的话却也近理。那僧人倘是邪僻一流人，却也不可不防备一二。思忖间，望望客室内，可巧壁上挂着一柄尺余长的匕首短刀，绿鲨鱼皮小鞘，甚是精致。于是一面取下那匕首刀，佩在腰间，一面听街柝时，业已连敲二记。及至一径的奔向山神庙，早远远的便望见庙内有灯光耿然，上浮树梢，并隐隐闻土娼们笑语之声。郝珍至此，不由又暗忖道："这僧人果然离奇，令人莫测。不要管他，俺只先在庙外面听听动静，再作道理。"

这时月色大上，望得分明，郝珍一面悄悄奔去，一面望那灯光上浮处，想似乎是在那大殿前。及至奔到山门间，一推那门，却已关牢。郝珍至此，正退后两步，用个"旱地拔葱"式子一跃，用手扳墙头，先自探头内望。忽觉身后似有一股凉风，从腰间一掠，吹得那匕首鞘儿轻轻一宕。接着便闻墙头上的短草飒然有声，似乎是那风儿吹入院内。当时郝珍也没在意，及至退后两步，还未及作势跃起，却闻土娼们哄然笑道："你这秃厮，惯会瞎三话四。你说你会唱，赚得俺们都唱了小曲，你却三不知的溜出去，又撅弄这刀儿来吓人。还不快唱来，难道还等俺们揪了耳朵灌酒么？"郝珍听了，正在好笑之下，略一逡巡，便闻那僧人顿开响亮亮的喉咙，高唱道：

二十年前草上飞，夜行衣尽换僧衣。
隐身混俗原游戏，四海风尘识者稀。

一片歌声虽是调高声道，中气回宕，无奈哑着个喉咙，磔磔然便如老鸦一般。郝珍听了，一面好笑，一面忙跃身扳墙，探头望时，顿然眼前大奇。原来那大殿前月台上，铺着地毡，澄烛辉煌之

196

下，现出一席酒膳，端的是大块肉、大碗酒，并蒸馒大饼之类，十分丰腴。那僧人合四五个土娼方在团团围坐，杯箸交错。那庙虽是破落，却是一敞旷处。那山门内破钟楼旁，却还有一株老槐，枝柯攫拏，有似虬龙飞舞。那月光穿叶隙而下，便如筛银簸玉，凑乱满地。

当时郝珍因见那槐有枝平挺的横柯，正当自己手扳的墙头，并且那分柯的柯槎间足可隐身觇望，于是悄悄的略一耸身，用个"鹞子翻山"式，"刷"一声跃上横柯。接着便一路蛇行，方就柯槎间枝叶密处隐住身体，便见那僧人一面按着老大一块豚肘，用短刀只顾腐割，一面却笑道："如今佳客将到，所以俺去取此刀儿，割肉供客。你等既嫌俺唱的不好，咱且作飞刀之戏好了。"郝珍听了，一面恐他下月台来舞刀，望见自己，忙一伏身，一面又见那短刀亮晶晶的，很像自己所佩的匕首之间，便闻咚然一声，恍如裂帛，接着便眼前刀光乱闪，纵横大矫，其疾如风。顷刻间，满院中都是刀光，只显翻飞上下，并且飒飒有声，寒风四起。

郝珍因见那刀平空飞舞，却不见人，正在诧异之下，眼花撩乱，忽闻土娼们乱吵道："你这秃厮，弄甚么法吓人。快收起刀儿，且吃酒吧。"郝珍听了，忙望向月台，不由且惊且笑。因为那僧人正端然坐在那里，丝毫没动，只戟手价舒出中指，作纵横上下之势，似乎是指挥那刀，那刀便真个的随其指势，只顾飞舞，所以闹得土娼们只顾惊吵哩。

当时郝珍因见那刀暗暗飞近月台，吓得土娼们都站起来，挤向殿廊下，互相拥抱，正在好笑之下，便见那僧人霍的站起，一面指不停挥，一面却大笑道："如今佳客来临，你等不说是小心伺候，反倒乱吵。且待俺去迎佳客好了。"说话间，目光一闪，直往老槐。这里郝珍料他已望见自己，因不测他的来意善恶，赶忙的回手拔刀，想作准备，不料却只余其鞘。

郝珍一面大惊，一面又恍然于飞舞的那刀，便是自己的匕首之间，说时迟，那时快，便见那刀如一道电光般，直奔自己而来。慌得郝珍不及躲闪，忙一闭目，便闻"咣嚓嚓"一声响亮，横柯立断，连郝珍也跌晕于地。正是：

　　　　学艺有心觅有者，探奇无意得名师。

　　欲知后事如何，且听下回分解。

第十三回

海豹子盗珠遭女侠
罡风指射柱说奇工

且说当时郝珍正伏在庙树上，潜觇那僧人，忽见那刀明晃晃的飞来，不由吃惊之下，跌落在地。当由那僧人趋来扶起，那郝珍正因不曾学得"一阵风"的铁砂掌并混元刀法，甚以为憾，今见那僧人竟有如此武功，料是异人，不由大悦之下，一面纳头便拜，一面请那僧人来家下，便拜求传授武艺。那僧人本是闲云野鹤的行踪，既见郝珍诚意相留，也便点头应允。

及至次日，郝珍置酒拜师毕，两人饮宴，郝珍便问道："师父既有如此武功，为何却混迹风尘，又如此光景落魄呢？"那僧人笑道："你不晓得，俺惟其有此武功，所以才当了和尚。"说着，便斟杯漫饮，一面从容价说出一席话来。

看官，你道怎的？原来那僧人当在壮年时，本是辽东地的一名捷盗，混号儿"海豹子"。手下也聚集着数十名盗伙，也都是些飞檐走壁、高去高来的脚色。

这一日，海豹子领了众家兄弟，都扮作小贩、商人模样，落在千山脚下一处村店中。本想是入夜后，去劫山脚下羊角沟的一家大粮户（关外俗称富户也）。不料日西时分，大家饭毕，海豹子忽起游兴，想瞧瞧千山内的风景。因为这千山，一名莲花山，为辽阳的著名大山。据说着，山中寺观以数百计，说不尽的峰岩洞壑之美。

当时海豹子独自出店，一路望山喝彩。刚行抵那山口边，忽闻车声装装，却由对面林影间，暨来一簇车马人众。须臾将近山口，海豹子望得分明，但见前后价是四骑高头大马，都一色的雕鞍丝辔，甚是俊样。上面却跨着青衣大帽的仆人，不但衣冠鲜明，并且马上都驮着衣色行箧之类。居中是两轿安车，端的锦绣华毂，照眼生辉，一色的菊花青对儿骏骡，车帘高卷。后面车上，斜跨着个十六岁的丑婢女，生的黑渗渗的，挂些顽皮憨态，却结束的窄袖短衣，十分伶俐。前面那车上却端端坐着个年可六旬的老太婆。

当时海豹子一见老太婆，不由诧异之下，登时暗忖道："俺久闻辽阳地面多有巨富之家，果然不虚。待俺且尾缀他们一程，再作道理。如系附近的住户，正好今夜劫那羊角沟的大粮户，趁势儿去劫她家哩。"

看官，你道海豹子为何如此怙惚呢？原来那老太婆生得慈眉善目，白胖胖的，十分福相。不但衣饰阔绰非常，并且襟怀上佩着一挂念佛的念珠，都是老大的珍珠串成，端的是颗颗匀圆，豪光射目。尤其是串上下的两颗记捻东珠，足有龙眼大小，价值连城。既如此阔绰，不消说，定是巨富之家，所以海豹子如此怙惚。正这当儿，那一行人众业已车马纷纭，一径的蹓入山口。于是海豹子连忙悄悄的尾缀在后。

天色将晚时分，却见一处山田野地间，孤丢丢的，现出一所老大宅院。门首是雕花照壁，广亮大门，围墙迤逦，好不气势。望向宅内，但见楼阁参差，花木扶疏，真像个富家光景。这里海豹子见状，正暗忖如此阔绰宅院，却修筑在这四无居邻的野地里，那一行人众已自行抵那宅门后。即便由那丑婢扶侍着老太婆，下得车来。一时间，大家纷纷都入，当即闭了宅门。

当时海豹子见此光景，不由暗忖道："这家儿既如此阔绰，单是她这挂珍珠就是无价之宝，那宅中还不定有多少金银珍宝。料那羊角沟的大粮户，绝不能如此阔绰，俺与其去劫他，何如就近处就劫她呢。"

怙悷间，一面信步儿绕至宅后，但见距宅后墙不远偏西向，却有一带高林，那偏东向却是一片野菜园，间以坡院回互。靠院的后墙间，还有几间小草房儿，大概是种院人所居。并且那宅的后墙并不怎的高峻，正好夜间由此入去，给他个暗入明出。

当时海豹子端相好入宅的道路，当即匆匆趱回村店，向盗伙们一说所见，并自己改劫此家的主意。大家听了，都各欢喜。及至晚饭已罢，大家又歇坐了一刹儿，早已二更大后的时光。这夜是个云遮月的朦胧天儿，于是大家结束停当，都暗藏器械，当由海豹子引路，到得店来，一径的便奔山口。

那班盗伙们有甚么正经，既闻得有那珍贵念珠，便都兴高彩烈，刚进山口，早已七嘴八舌，乱吵起得彩后，怎的分赃起来。这一来，海豹子不由心中一动，想自己先入宅去，独得那念珠。但是当时也不言语。

及至行至那宅后墙间，盗伙们方在都揎拳勒袖，做出跃跃欲试的光景，海豹子却笑道："诸位且慢动手，你想如此富家，焉有没得护院人之理？并且深宅广院，道路曲折，你们冒然都进去，却不老好的。你等须在外面稍候，待俺先进去，路探明白，拍掌为号，你等再进去，方才妥当。"说着，便将大家引入那偏西的高林中，暂为隐身。

按下这里盗伙等且自坐地歇息，一面拉长兔子耳朵，呆等掌声发作。且说海豹子将大家安置停当，即便一面扑奔那宅后墙，一面留神那偏东向的草房中。见没得动静，又无灯光，料种园人都已睡熟，这才施展出高来高去的本领，用一个"平地升雷"的式子，双足略踮，"飕"一声跃上墙头。先来个"羚羊挂角"，用双手扳住墙檐，探头内望。见没甚么动静，然后一耸身形，用个"顺水投鱼"，翻落墙内。就驻足之所，以背靠墙，略为闭目定神，这才四望那宅内。

但见除正院外，还有东西两院，都静悄悄、黑黢黢，朦胧于一团月色之中。倾耳一霎儿，悄无声息，也不见灯火并巡更之人。自己这驻足处却是正院的后院儿，前面约有百余步之远，却现出一道矮矮的"亚"字界墙之四边。有个角门儿却虚掩在那里，因为界墙矮，却望见正房的后窗，有灯光外射。

当时海豹子一面观望，一面却闻正房内有妇女笑语之声。及至由那角门入界墙内，先穴那后窗，向那里面瞧时，不由大悦之下，暗忖自己的财运来临，来得正是机会。原来一眼便张见那念珠光闪闪的，置在临窗的案上，简直的由窗外探手可得。靠东壁下有一钿榻，锦帐半揭，那老太婆业已高枕而卧，就寝停当。那丑婢方在榻前，给她安置枕边的痰盂。再瞧那靠西壁下，也没有矮榻，却帐儿弥垂，似乎是那丑婢的卧处。这时房门已自关了，那临前窗案上的红烛，业已结了个秃秃的烛花儿。那丑婢这时只穿着紧身短衣，趿着鞋子，似乎也要就寝的光景。

当时海豹子见状，因为得珠心切，也不暇望那房中的箱箧陈设等物，正在目注念珠的当儿，便见那丑婢给老太婆掩好帐儿，又剪剪烛花，即便就矮榻钻入帐内，一霎时，即便略起鼾声。但是那老太婆却还在咯咯微嗽了一阵，这才悄无声息。海豹子至此，料两人都已熟睡，倾耳满宅中，又没动静，正待由窗外探手取珠之间，忽闻老太婆转侧有声，一面微嗽，一面对那丑婢道："香儿呀，你且起来，把那念珠给我再困觉。"

海豹子听了，刚要伸的手方在猛一停顿，闻那丑婢一面醒来呵息，一面没好气道："在那里搁着罢，横竖你老人家清晨起来才念佛，这会子要他作甚？难道咱家还有贼王八来偷摸不成？"海豹子听了，恰在好笑之下，悄悄屏息，便闻老太婆笑道："你这傻妮子晓得甚么，你没见今天咱行到山口边时，有个贼王八翻眼撩睛，只顾端相咱们么？"海豹子听了，不由大惊。

按理说那海豹子也是久走江湖的人，既见那老太婆如此眼亮，又仿佛已知自己就在窗外，但是却不惊慌，反倒从容笑语，就应当晓得此人必然有异，快些知难而退才是。那知那海豹子利令智昏，竟不暇寻思至此。当时海豹子因那后窗的机密，不便探手，方在拔出短刀，"咣嚓"声斫向棂窗，招得老太婆哈哈一笑之间，这里海豹子不管好歹，恰待用刀挑取念珠，不好了，便闻号然一声，有如裂帛。顷刻间，满房中如白昼，一股冷森森的劲风，只顾射得人气息都噤。

海豹子忙望时，这才慌了手脚。因为这时那房内却有一道尺许长的白光，由那矮榻的帐内飞出，虽是细裁如箸，却奇光晔晔，不可正视，方在帐帷内，如白蛇吐信般倏的一现哩。这一来不打紧，那海豹子料得是遇了劲敌，人家的剑气出现，于是急转身形，一气儿跃出院后墙。

仓皇中，也顾不得去招呼盗伙，自己方乱闯到那菜园草房后面之间，忽闻那高林内的盗伙们一阵大乱，鬼哭神号，闹得很不像好汉的局面。这里海豹子料事不妙，一面模糊的见眼前现出一个大坑，一面正待回头望去，忽觉背后便如电光一闪，忙回望时，恰见那道白光由林中飞出，直奔自己，真个比闪电还疾。

于是海豹子大惊，回头便跑，一个箭步，方尽力子蹦出三四丈远，不料"扑通"一声，恰巧跌入那坑，不但几乎灭顶，并且奇臭儿难闻。海豹子料是跌入野厕的粪坑中，百忙中向上一耸身，刚露头儿，便觉眼光一眩，脑门上奇痛彻骨。及至跳出那坑，却见那道白光倏的飞回那宅后墙内。当时海豹子惊定，先摸脑门，业已被削去一块肉皮，尚自鲜血直流。及至忙去瞧那林中盗伙时，不由大骇之下，却又侥幸自己跌入粪坑，这才不至于死。因为林中盗伙都已身首异处，想是那剑气最忌污秽，倏的飞回，自己方幸保住性命哩。

当时海豹子既经此大创，方知强中更有强中手，这世界上真有异人。这强盗生活终久不得其死，须得及早回头。于是在那千山左近盘桓数日，一面入山去落发披缁，一面向山中居民一探那老太婆是何人物。方知她是辽东地面的著名女侠，家资富有，弥通剑术，自不消说，并且行侠尚义，施慧一方。当往年时，这千山中本为盗穴，亏的她来，诛除都尽，居民才得安生。从此她便居住山中，广置山田，越法豪富。她宅中家人、奴婢等都会武艺，颇谙剑术。人家因她福惠一方，便都尊之曰"杜老娘"哩。

当时海豹子听了此话，不由摸摸脑门，悚然汗下。从此便折节改行，作了僧人，云游各处。又颇思忏悔作强盗时的罪恶，所到之处，便仗了自己的身手，遇有为富不仁的人家，便取其不义之财，以济贫乏。有时也在街坊上游戏强化，无非是混迹风尘，免得或有人识破自己的真面目罢了。以上所述，便是那僧人的一段来历。

且说当时郝珍听海豹子说罢来历，不由喜得心头怪痒，因为自己正想物色能人，学习那铁砂掌并混元刀法，如今却幸遇明师哩。于是一面给海豹子斟杯，一面笑道："师父既有如此武艺，不知可也曾会那铁砂掌并混元刀法的功夫么？"

海豹子笑道："此等粗浅外工，焉能不会？那铁砂掌，虽是以打熬气力、磨练皮肤为主，却还须略用运气的内工，方可掌如铁铸，中人必死。习练起来，须略费时日，俟其火候成熟，才可应用。至于那混元刀法，只须记牢了诸般路数，并出奇的许多变化，再精熟了那套刀法的'手眼身法步'，不消旬余，便可成功。待俺先教给你这刀法，然后再慢学掌工好了。"

郝珍听了，不由越法欢喜，忙又道："可见师父的本领无穷，俺连年的寻求能人，想学这掌工并刀法，都未遇到。不料师父都会还不算，并且视为浅近外工，那么，师父的内工定然是越法的神奇厉害。不知师父此时，可高兴见示一二？"

海豹子听了，不由哈哈一笑，目闪精光。趁着一时酒气，于是一面微微点头，一面徐伸中指，略为向厅外廊柱一指。那柱上正挂着一条手巾，当即果然坠地。当时郝珍虽见状，也没理会。因为海豹子听了自己请示内工的话，不曾言语，也就不便再请。

及至两人饭罢，便坐闲谈，那郝珍满腔高兴，恨不得一时间，把海豹子所能的武功都学会，好去大出风头。于是忍不住又请示内工，海豹子却大笑道："俺用指指柱，早已略示内工，你还只顾来问怎的？"

郝珍听了，不解所谓。及至海豹子领他去瞧那柱上挂巾的铁钉时，不由惊喜之下，向海豹子纳头便拜。看官，你道为何？原来那蘑菇头的大铁钉，经海豹子一指，愣会钻入柱内，只剩钉头，嵌向柱皮哩。

当时海豹子一面扶起郝珍，一面笑道："此不足为奇，此名'罡风指'，便是内工家所练的那股至大至刚的罡气。由指端射出，端的无坚不摧，十分厉害。敌人中此，立受内伤，不过旬日，定然咳血而死。但是习学内工，必须外工可观，方可依次而进。这时俺便说起来，你也领略不得，且先学这掌工刀法就是。"

郝珍听了，一面唯唯，一面将海豹子敬之如神。不但请他住在跨院中，款待丰腆，并且将招弟打扮的花枝招展，拜见过师父。从此郝珍便专心致志，每日按时跟了海豹子，先学起混元刀法。郝珍既专心，海豹子又循循善诱，果然旬余光景，一套混元刀法已自完全学会。每当施展起来，端的是层层变化，出奇无穷，自觉比"一阵风"还奇出一筹。

郝珍大悦之下，以为学那铁砂掌虽说较难，料有月余光景，必然也可以学会。那知学习起来，竟自费了数月功夫，方才学会。因为学此掌工，必须内外工兼修并进。外工便是磨练掌上的皮肤并指上的锐力。其法是用一高可数尺的布囊，内中满装铁沙粒，却攒骈起五指，向囊底戳探，直至一下子戳到囊底，方为成功。端的是下斫可断牛项，平戳可穿牛腹。虽是外工，练时节却大受其苦。至于内工，便是运气力于掌指间的诸般火候，并凝神导息诸法。虽不甚受苦楚，却须俟火候成熟，所以竟费了数月功夫哩。

当时郝珍既学会这刀法掌工，不由越法的趾高气昂，十分得意。在乡里间作威作福，益发横行，更不消说。海豹子见此光景，方知郝珍竟是土豪恶霸之流，其专心学艺，却为的是益济其恶。此等人，只顾教给他武功，岂非自己作孽。

海豹子怙悔至此，正待托故辞去，恰好郝珍又要学那内工"罡风指"的功夫，于是海豹子便趁势笑道："你要学那罡风指，因是练气的内工，少谈着，也须一年余的工夫。你虽不嫌为日太长，但是俺却耐不得这长期的寂寞，不瞒你说，俺虽作了出家人，却未能忘却色欲，所以游历所到之处，多有眷所。如今俗念既起，不可再留，只明日便行，且待俺去了却俗缘，回头再教你罡风指如何？"

在海豹子之意，本是托词要去，不料郝珍却大笑道："原来师父还是个趣人，既嫌此间寂寞，何不早说。您快不要去，俺保管你今晚便不寂寞好了。"按下郝珍说罢，匆匆趄去。

且说当晚，海豹子自在那跨院客室中怙悔一回，去志已决，即便一面拾束好行李，一面登榻趺坐，用起了导息的静工儿。正在垂眉闭目，鼻息弥弥之间，忽闻室门略响，接着便一股香风已到榻前，忙张目时，便见榻前且前且却，若往若远，趄到一人，端的好个光景。是：

含羞饮泣态轻盈，美貌天成画石成。

鞞袖低鬟禅榻畔，恍如魔女现摩登。

正是：

跌坐方温内工术，揭帘忽见美人来。

欲知后事如何，且听下回分解。

第十四回

铁砂掌逞凶毙命
李双姑狭路逢仇

哈哈，说也好笑，那来人非别个，便是招弟。原来郝珍既学艺心切，又唯恐海豹子去掉，所以竟不惜招弟，遣来献媚，想由此留住海豹子，免失却学艺的机会。那招弟虽不欲来，却当不得他持刀威逼，所以这会子还含羞饮泣哩。

当时海豹子一面大诧之下，一面询知招弟的来意，不由暗忖道："原来郝珍竟非人类，俺此时不走，还待何时？"于是一面屏退招弟，竟自连夜价飘然而去。及至次晨，郝珍晓得了，忙跑入那客室中瞧时，那里还有海豹子的身影儿。当时郝珍大恨之下，虽将招弟打骂一顿，却也无可如何。从此便自恃武功，越法的横行无忌，独霸一方。

也是那李秀才大复合该晦气，这时领了东乡的村众们，向龙母宫去进香祈雨，却适值郝珍也领了西乡的村众，前来祈雨。那前驱的恶奴们方行到龙母宫前道旁林间，忽见李大复手执会旗，提了取水的宝瓶，领了东乡村众，也来祈雨，业已行到山坡前，势将入庙，去焚香祈祷。那恶奴们一向价仗了郝珍的威风，本来就好无事生非，兴风作浪，又搭着习俗相传，凡是祈雨、烧头香、取头水者，必得神佑，所以众恶奴不容分说，便登时从林间跳出，一面喝阻，一面先搬弄出郝珍来。以上所述，便是这西乡恶霸郝珍的来历。

插叙既明，书接上文。且说当时李大复既见众恶奴恶模恶样，又乱吵"郝爷"，横来喝阻，虽不免气往上撞，但因祈雨在即，不欲多事。恰在一面举旗，暂止村众，一面紧走两步，想去合众恶奴打话，但见从林那面尘头大起，泼剌剌马蹄响动。须臾，林影开处，早乱哄哄趸到一班祈雨的人众。当头现出一骑高头大马，上面斜跨一人，生得魁梧长大，青匜脸子横然内趁着两道吊梢眉，一双迭暴眼。好个恶相，非别个，正是郝珍。他虽是来祈雨，因为一路游玩，还依然结束伶俐，衣冠华美，休说是诚心斋戒，居然面色上酒气醺醺，似有八分酒意。你看他在马上扬眉吐气，好不得意。这时，因见前驱的恶奴们都在那里，一面拦住了大复的人众，一面乱吵之下，势将用武，方在跳下马来，要去询问，那恶奴们早如飞跑去两人，向他一说缘故。

当时郝珍听了，将眼一瞪，捻起拳头，一面东张西望，一面方喝："那鸟秀才现在那里？"恰好大复也一步抢到，因为见郝珍的面色不善，百忙中一面高举会旗，只顾乱展，一面又紧行两步。在大复举旗乱展，本是叫对方且慢动手之意，不料那般狐假虎威、仗势欺人的恶奴们却大叫道："郝爷还不动手，你瞧人家，都下了把咧！"说着便喊一声，蜂拥而上。

这里大复势难回避，因恐他们乱抓之下，弄坏宝瓶，恰在丢下会旗，飞起一脚，一面踢翻那当头的恶奴，一面置瓶于道旁。还未及喊"不要动手"之间，说时迟，那时快，那郝珍早大喝一声，一个箭步，便抢将来。不容分说，用一个"黑虎掏心"的式子，向大复当胸便掏。还亏得大复急转身形，虽然避开，却当不得郝珍矫捷如飞，只脚下略一拧根垫步，早已翻转身形，"刷刷刷"向大复一连又是几拳。还亏得大复往年时，曾跟郭武举学过些寻常拳脚，晓得些闪腾挪，这才躲过郝珍的这阵雷头风。但是事已至此，虽明知自己难敌郝珍，也只好施展所能，给他个火烧眉毛，且顾眼下，当时两人这一交手，倒也相映成趣，是：

攻拳猛似下山虎，躲闪忙如溜水鱼。
强弱相悬成斗局，会看肇祸在须臾。

当时郝珍一面抖擞起威风，喝令恶奴们快去打东乡的村众，一面施展开手脚，向大复只顾纵拳。端的是脚似飞风，拳如密雨，两条铁臂纵横上下，趁着身形捷疾，真个是赛如猿猱，风鸣雷掣。那大复只走了几个照面，早已闹得眼花撩乱，手忙脚乱，只有招架之功，并无还手之力。及至此时，休说是招架，便是躲闪，都有些来不及咧。

看官，你道怎的？原来大复所能的拳法，本不高明，又因久已不弹此调，未免生疏，偏又搭着从烈日之下，两脚打地，一气儿跑了这么远的路，单是气力就不成功，怎当得郝珍招招紧，步步逼，这么一路狠打呢。当时大复又勉强躲闪了两个照面，本已汗喘之下，势已不支，偏又见众恶奴将东乡村众打得纷纷乱跑，所上的祭品等物都毁掉，自不消说，便连会旗宝瓶也被人家践踏了一世界。当时大复见状，一股急气，再也忍耐不得，便猛的向后倒退几步，觑郝珍的当胸，一低头儿，如飞撞去。方要以生死相拼，恰好郝珍大喝一声，一面连环进步，一面平挺铁砂掌，也便如飞戳来。这一来不打紧，拳合头碰个正着，但闻大复惨叫一声，当即横尸在地。按下这里郝珍哈哈大笑之下，遂即领了众恶奴，进庙去祈雨毕，匆匆踅去。

且说当时那东乡的村众们，被众恶奴赶打得纷纷乱跑，大家都藏得远远的，暗听动静。直至郝珍已去，大家这才一面聚拢来，一面去寻大复。及至赶到那打场，大家不由一声惊呼，当即面面相觑之下，都呆在那里，方知大复已命丧郝珍之手。因为大复的头颅被郝珍戳裂，方在脑浆四溢，鲜血模糊，死得好不惨哩。当时大家呆了一会子，只好一面先遣人，去向大复家报此凶信，一面就在近村中寻来人夫，就大复横尸之地，搭起席棚，覆了尸身。又留了两个人看守，以备事主报官后，官来相验。一切草草料理毕，大家这才垂头丧气的，便奔归路。这且慢表。

且说那种菜园的蔡大娘，既见大复去祈雨，便来陪伴双姑。瞎三话四了老半晌，又领双姑到菜园中，一面玩耍，一面挑了些嫩菠菜。双姑便笑道："这菠菜又淡又没味，您只顾挑他怎的？"蔡大娘笑道："你真没吃过好东西。这菜连皇帝都爱吃，回头我弄个'红嘴鹦哥抱白石'，给你尝尝，好不得味哩。"

双姑听了，不解所谓。蔡大娘笑道："你不晓得么，待我告诉你吧。便是老年间，有一位马上皇帝，南征北讨，东荡西杀，虽是打成了一统江山，但是这位老王的圣寿也将六旬。这日，他老人家正在高官宴做，忽得边庭警报，那西番国王特遣大元帅吗木儿，领十万雄兵，犯边弭人，势甚猖獗。老王得信，不由龙颜震怒，自恃当年的英雄，便领大军御驾亲征。及至合敌人两阵对圆，那老王全身披挂，坐下逍遥马，手中斩将刀。出得阵来，慢闪龙睛，瞧那吗木儿时，果然人高马大，八面威风，但是老王却满不在意。不料两下里一交手，不好了，那老王方知自己年迈，非复当年英雄。只一阵，早被吗木儿杀得丢盔弃甲。

"当时那老王匹马单刀，落荒而逃。堪勘日落时光，却行抵一片荒村。这时老王又饥又渴，且幸后无追兵，便下马来，慢步入村，想寻宿处。恰好望见一家豆腐坊门首，斜挑出一挂酒帘。老王见状，正待去沽饮三杯，再寻店道，急闻'吱呕'一声，豆腐坊门一开，却由里面趱出个挑担的村妇。那担筐中不但有一壶老酒，粗粝粟饭，其中还有一大碗菜汤。老王只认得汤中有些大块豆腐，那菜却不知其名，但见红根绿叶，十分鲜亮。原来那村妇合她汉子耕作之暇，又开豆腐坊，填补日用，那妇人正要向田中去送饭哩。当时老王正在饥渴，便上前道：'你这饭可肯卖么？待俺用毕付钱如何？'那村妇听了，一瞧老王是军爷模样，气象不俗，料非骗子，于是点点头儿，放下担筐。

"那老王这时正在饿肚怪叫，吃起村酒粗饭，已然味美异常。及至一吃那菜汤，不由暗忖道：'原来平民百姓也会如此享用。朕虽贵为天子，玉食万方，却不曾尝此美味哩。'当时老王一面怡悦，一面从马上取出一锭大银，付过饭钱，临上马时，却笑道：'请问大嫂，这碗菜汤是何名目，便如此美味？'这时候，村妇正颠弄那大银，乐得两眼没缝，一听这话，不由暗忖道：'这个呆子花了这么锭大银，吃了这么一碗滥贱的菜汤，他还不知其名，俺若照实说出，他倘要回银子，那还得了。待俺给他个闷葫芦，哄他走去好了。'于是眼睛一转，便笑道：'这碗菜汤，其名儿就叫"红嘴鹦哥抱白石"哩。'

"当时村妇说罢，挑了担儿，自行趱入坊门。这里老王扳鞍上马，刚要去寻店道，恰好自己随驾的将官并溃军等都寻将来，于是大家连夜价匆匆还朝。

"过了几日，那老王虽是歇息过来，但因大败而回，心下愁闷，总觉饮食无味，不由想起那碗菜汤，十分味美。于是立即传旨于御膳房的官儿，命其作来。当时那官儿一瞧圣旨，不由呆了。因为那圣旨上只有两句言辞，却是：'红嘴鹦哥抱白石，这般羹汤作将来。'当时那官儿猜谜似的猜了半晌，只好将老王平日爱吃的物儿，作成鹦哥抱白石的形象，再加上极肥浓的高汤，进上御前，以冀称旨。那知老王愁闷，心火上攻，一尝尝这浓极的汤，不由大怒之下，立斩那官儿。另换人管领御膳房，仍命照前旨作来。那新换的官儿，自然也是猜谜不着，及至惴惴然作成，还是难合圣意。老王越怒，也便立斩那官。

"直至斩掉五六员官，这时却惊动了老王的一位爱妃。原来她心思灵巧，最善猜谜，当时将那圣旨上的两句言辞猜测了一回，早已心下了然。便一面请老王斋戒三日，并少进饮食，一面作成一碗菠菜豆腐汤，献上御前。当时那老王业已饿了三日，一尝此汤，果然合那村妇所作的一般美味，这才龙心大悦。你想这菠菜，好吃的都有古事流传，你怎说又淡又没味呢？"

当时蔡大娘本是信口开河，哄着双姑玩耍。那知双姑自得了唐经所赠的短刀之后，便终日摩擦，随身佩起，只要有闲，便脱鞘舞弄一回，这时见蔡大娘慢慢挑那菠菜，便笑道："俺就不信，这菠菜便如此好吃。待我快帮你多挑些，你快作些'红嘴鹦哥抱白石'，果然好吃的话，咱天天来挑，不好么？"说着，便抽刀出鞘，迎风一晃，早从蔡大娘蹲身低头的脖儿边刷过。蔡大娘不由一缩脖儿，笑道："你这快性姑娘，倒吓我这么一跳。咱索性多作些，等你爸爸回头，吃这清淡菜，才消暑气哩。"

说话间，两人一起动手，不消一霎儿，早已挑了一大抱。蔡大娘便用篮盛了，先叫双姑提入宅中厨下，然后踅向街坊，买得豆腐。及至踅回厨下，却见双姑自在厨下院中，踢跳得风车儿一般，舞弄得那柄刀只顾呼呼风声。蔡大娘也不理她，自入厨下，去料理菜汤。

正在忙碌之间，忽闻关的宅门有人扣得"拍拍"山响。蔡大娘听了，方要置下操作，踅去瞧瞧，那双姑早吵道："你老人家快作吧。还许是俺爸爸祈雨回来，待俺去开门就好了。"说着，便连蹦带跳，提刀跑去。这里蔡大娘因正忙着手，也没理会。不料方将菜汤盛出，忽闻双姑在宅门外大叫一声，"扑通"跌倒，并且接着又闻有三两人也便直声乱吵起来。慌得蔡大娘忙放下所事，三脚两步跑去瞧时，却见有两个去祈雨的村人回来，都跑得气急败坏，面色惊急，这时正一边一个，蹲在跌倒的双姑身旁，也没拍唤，一面连称祸事不迭。蔡大娘一愣之下，也不暇问其缘故，忙先瞧双姑时，却已面如白纸，双睛紧闭，口鼻间只剩一丝儿气息，并且手中还握紧了那柄短刀，竟似乎是惊痛之下，一跤跌倒的光景。

这一来，蔡大娘不由大惊，便忙去帮着两村人，一面拍唤，一面询知李大复的噩耗。方惊得老泪直落，两村人却道："会众们先遣俺们来报此信。不料双姑听了，登时昏倒。如今咱快拍醒她，再作道理。恐怕少时会众们也便到来哩。"正说着，恰好随后的会众们也便匆匆都到，蔡大娘因不见大复，正在越法泪如雨下，忽见双姑猛的舒出一口气，竟自一跃而起，不但不哭，并大笑道："如今姓郝的在那里，待俺去剁他个稀烂好了！"

大家见状，料她是一时气癫，方想去夺下那刀，再作道理，恰好随后的会众们也便到来，那双姑一见其中真个没得大复，不由大叫一声，重复昏倒。及至经大家上前，乱哄哄的将她唤醒，这才哇的一声放声大哭。这时蔡大娘一抖机伶，方伸手要取过她那短刀，不料双姑呜咽之下，又复两眼发直，蔡大娘恐她乱舞那刀，只略微逡巡之间，那双姑却忽然的住哭，一面将刀入鞘，一面哈哈大笑，撒脚价向会众们的来路上便跑，并回头向蔡大娘道："你老人家快去作'红嘴鹦哥抱白石'，你瞧俺爸爸，不是提了姓郝的脑袋来了么？"大家见状，料她是惨痛气急之下，真个癫作，已失常态。正要赶去相拦，恰好从双姑对面如飞奔来一人，彼此撞个正着，双姑跌倒。来人非别个，便是大复的族兄李福。在街坊上，闻得大家讲说大复的凶闻，所以忙忙跑来。及至蔡大娘和会众们赶去，李福已自爬起。大家忙去扶双姑时，这时却气如游丝，直挺挺的竟似真个死去。

蔡大娘见状，两手一拍，正待放声大哭，会众内有两位年高有

214

德、多有经验的人，一名刘代，一名孙恺，便忙道："蔡大娘不要惊慌，她这是猛闻凶信，一时间急痛交攻，血迷心窍。少时您唤醒她，扶她去安卧歇息，并吃些安神药，自会好的。俺们且合李福兄到社庙中，商量报案到官，请官中速拿凶手郝珍好了。"

按下这里蔡大娘拍唤良久，双姑才悠悠气转，当由蔡大娘扶入宅内，且自用药安卧。且说当时孙、刘二人一面散却会众，一面合李福都到社庙中，商量起报官之事。李福本是个老好子性儿的粗人，只晓得看院种菜，那里晓得甚么官事。只好由孙、刘二人斟酌停当，便是命李福去作事主的报告人，孙、刘两人作为证人，先请官相验大复的尸身，然后请逮捕郝珍，按法论抵。当晚，孙、刘两人便住在社庙，不必细表。

且说那本县官儿，既见李福等前来报人命案子，无非是照例的询问一回。去相过验，命事主家抬尸埋葬，又照例的签派公人，去拿郝珍到案。这时郝珍早已就官中上下价打点停当，那郝珍明明在家，仍然是如常出入，扬扬得意。公人们回官的话，只说是畏罪远扬，于是那官儿又照例的贴一张海捕的告示，便算是完事一宗。这其间，孙、刘两人虽然掇李福去递两次催缉的呈词，无奈官中人们是得了郝珍的大钱，谁肯去捉郝珍到案。

按下官中竟自将这人命重案悬置起来，且说双姑自那日跌昏之后，过了几日，方才神识如常。初时还指望官中捉凶到案，可报父仇，既见悬置此案的光景，不由向大复墓前大哭一场，发誓价要手刃郝珍，以报父仇。话虽如此说，无奈郝珍既武艺高强，又住在深宅大院，双姑既非其敌，又焉能得报仇的机会。那蔡大娘几次劝她，不可冒险去作，双姑不但不听，反倒索性儿托家事于蔡大娘夫妇，自去哭拜父墓，誓言不报父仇，不复回家。

从此双姑便挟了唐经所赠的镖刀，每日价出没于郝宅左近，并西乡一带，意在于道路上得遇仇人，即便刺杀于他。这其间，昼行夜伏，雨打风吹，居无定所，饥饱无时，受尽千辛万苦，自不消说。

这一日，双姑探得郝珍赴西乡极西边百草洼地面，去吊人丧事，于是便匆匆奔去，冀可遇仇。当时双姑一路问途，行了半日，不觉足倦。正想略为歇息，忽觉身旁不远却现出一座高山，苍苍莽莽，甚为深邃。那山口边的高坡上，林草甚茂，其中隐隐似有红墙。双姑料有庙宇，可以歇息，于是奔去一瞧，却是一座小小的灵官庙。那位灵官爷赤发红须，明盔亮甲，手按驱邪金鞭，塑得来倒很有气势。双姑见状，不由触动了一腔冤愤的心事，便上前拜祷，祈神明默佑，好早得仇人。

拭泪价出得庙来，因见那高坡间一带树林中，细草如茵，正堪歇坐，方入林去，就一株大树后略为徘徊，忽闻林外坡下大道间，"嗒嗒"的马蹄响动，双姑听了，忽的心中一动，忙隐身树后，探头望去，不由闹得登时心中乱跳，暗道声"谢天地"。百忙中，又要掏镖，又要拔刀，竟自手忙脚乱起来。

看官，你道为何？原来这时那大道间，由东而西，却"嗒嗒"的趱来一骑很骏样的走马，端的是平腰健步，又稳又快的一派大走儿。上面扬鞭抖辔，顾盼自豪，坐定一人，是头戴遮阳轻笠，身穿密扣短衣，腰间佩一条白孝带儿，短衣外并披一件青花英雄氅。非别个，正是郝珍。方吊人丧事回头，路经此间，不料冤家路窄，却适值双姑哩。好容易得遇血仇，又见他单人独马，没带兵器，端的是大好机会。正在惊喜愤恨，一时交并，不料郝珍的马快，"刷"一声，已走过坡下。及至双姑掏镖在手，如飞价出林下坡，那郝珍的笠影一闪，已在数十步之外。

好双姑，这时真个的红了眼睛，也不知那里来的气力，一连两个箭步，早已距郝珍十余步远近。这里双姑方一面观准郝珍的后脑，一面大喝一声，抖手发镖。那知恶人报应未到，命不该绝，偏偏那马忽的一失前蹄，那郝珍身形前探，头儿一低，便闻"拍"的声，登时有一物飘然落地，正是：

方欣狭路逢仇伦，谁料椎来中副车。

欲知后事如何，且听下回分解。

第十五回

入荒山异人传剑术
奔陈州宝路遇同门

　　且说当时郝珍正在抖辔前进，忽闻马后面远远的似有人脚步乱响，且是飞快。这小子作恶多端，每逢出门，必带兵器，用以防仇人暗算。偏这次因去赴吊，不便带着家伙。当时闻的后面的脚步奇怪，正待扭头，不料那马却前蹄一蹶，方前探身形，一低头儿，便觉头顶上一股劲风，"拍"的声正中笠顶，及至笠儿落地，却有一支铜镖飞向马前。

　　这一来，郝珍大怒，赶忙霍的带住马，方才甩镫，还不及一跃而下，又是恍惚见追来个身裁矮小而伶俐的乞儿之间，早觉眼前白光一闪，那乞儿的第二支镖又已直奔自己的咽喉。这里郝珍忙用个"歪卧鱼"式子，一面闪过那镖，一面方一跃而下，倏的甩脱外镫，单手提定。早见那乞儿举步如飞，业已距自己数步之远。这时郝珍望的分明，但觉那乞儿好个光景。是：

　　　　衣衫敞暗形容悴，面目模糊尘垢多。
　　　　漆体吞灰同志向，烈心堪比谢家娥。

原来双姑自誓言复仇之后，倏已数月光景，又担着积虑寻仇，随缘乞食，所以不知不觉，竟闹得形容尽失。乍望去，便如小乞儿一般，那郝珍却想不到便是双姑哩。

且说郝珍忽见那乞儿，竟敢无端的来刺杀自己，正在略为沉吟，却当不得这时双姑已自目眦尽裂，咬牙切齿，一柄明亮亮的短刀早已来临切近，更没得甚么着数路数，只大叫一声，早已连人带刀，一同扑到。不容分说，向郝珍拼命价只顾乱扎乱斫。那郝珍虽仗了跳跃如飞，腾挪闪展，躲开了她这阵乱劈柴的刀法，但是也未免十分吃力。于是一面越怒，一面觑敌人一下斫空，前抢出数步之远的当儿，便"哧"一声撕开那氅，双手抡起。虽然是两片绸衫，但是郝珍使发了，呼呼风响，一阵连兜带绞，不消顷刻间，早已将双姑的短刀掠飞。这时双姑把心一横，那里还顾死活，虽见郝珍凶神似的拾刀在手，却依然奋拳而上。正这当儿，恰好郝珍左手的那片绸衫，用一个"流电落地"式子，下走扫来，双姑忙双足一跳，虽是闪开，却当不得郝珍手法捷疾，接着便健腕一翻，拦腰横掠。这里双姑足才落地，还未踏牢根柱，这一来不打紧，不但一下子被掠出九余步，一头抢地，并且一下子跌个发昏。

那郝珍大喝之下，丢却绸衫，提刀赶去。因见双姑虽是发昏，却还在咬牙切齿，不由喝道："好你这乞儿，竟敢来行刺于俺。这其间，必有主使之人，待俺且缚你去，慢慢考问就是。"说话间，即用左手取下那腰间所佩的孝带。不料那乞儿悠悠醒转，也便有气无力的喝道："好你郝珍，休得胡说。我父亲李大覆命丧你手，刚今报仇不得，但求速死。"说着，猛跃起半身，想是夺刀自刎，不料刚醒的气力微弱，又复仰面卧倒。这里郝珍大诧之下，忙凑去瞧时，那里是甚么乞儿，却是大复之女双姑。这一来，郝珍不但怒气全消，并且投刀、带于地，哈哈大笑道："你这泼辣妮子，倒也是有些志气胆量。只是你想刺杀俺，却比登天还难。俺今饶你一命，快去寻师学艺，再来报仇好了。"

看官，你道郝珍本是个凶狠恶霸的脚色，怎的忽然饶了双姑，竟似乎有些大人大量的光景呢？书中暗表，原来郝珍今天去吊人丧事，却会见了一位豪客，两人气味相投，一见如故，越谈越对劲，于是登时结为兄弟。郝珍因此事，心下十分高兴，一来是正在高兴头儿上，二来又藐视双姑，不足为虑，所以竟一抖镖儿，登时饶却双姑。至于那豪客，却名吴大纲，毕竟是何人物，却令郝珍如此高兴呢？原来，大纲却是陈州地面的一个大大的土豪，好枪棒拳勇，自不消说，并且现为陈州南乡的团练老总。他便仗着团练的威风，把持官府，鱼肉乡里，其行为比郝珍还要凶恶。因为那时捻匪方在猖獗，所以朝廷下诏，命各处都办团练，一来保卫地面，二来辅助官军办贼。本是良法美意，不料日久弊生，当地团练如非其人，便流弊不可胜言。那团练不但挟贼自重，目无官府，甚且潜通捻匪，首鼠两端。那官府们虽明知此等团练实为地方隐患，但以其盘踞势成，却也无可如何。那吴大纲便是此等团总的角色，自然合郝珍气味相投，所以郝珍高兴异常哩。

不表当时郝珍大笑之下，匆匆上马，竟自离去。且说双姑既眼睁睁见仇人去掉，又受了他几句抖飘的奚落，分明见以伶仃弱女，不足为虑。当时双姑虽是气恨之下，愤不欲生，想去拾刀自刎，无奈气微力弱之下，竟自扎挣不起。好容易歇息一霎，气力稍复，逡巡站起，紧行两步，刚要去拾那刀，忽闻那灵官庙内有人笑道："你这孩儿，那恶人既叫你寻师学艺，再来报仇，俺因你这孩儿孝心可嘉，你且跟俺去学艺好了。"双姑听了，便见由庙内笑吟吟踅出个年可五旬余的老道姑，生得慈眉善眼，满面道气。虽是五旬之人，却还精神饱满，尤其是目闪精光，神采四射。这时，是道服云鞋，手挂药锄，一手提了个竹篮儿，里面有些青葱葱的草药，便这样飘然而来。当时双姑见她精神有异，料是异人，不由上前拜后，一面请问她的法号居处，一面呜咽着，刚要诉说冤苦，那道姑却一面挟起双姑，一面笑道："那会子，俺因出山采药回头，偶在灵官殿后歇息，听你祷告神明，已尽知一切，如今不必再诉。至于俺的法名来历，你此时也不必致问，且随俺入山去学艺好了。"双姑听了，不敢再问，于是由那道姑引路，便入山口。

约莫过数里之遥，双姑留神，瞧那山中时，却端的好个隽秀光景是："……[1]行来只在此山中。"当时双姑一面四望风景，一面竭蹶紧跟，但见那道姑举足之下，飘忽落风，没多大时光，似已莫至山中深处，一处处流泉竹静，一带带大壑高林，便如展开画图。双姑至此，正在耳目间接应不暇，忽见那道姑遥指前面一带竹林道："少时过得那木儿，再行不远，便到咱家去居的茅庵了。"

说话间，两人穿过竹林，忽的四围价山色豁开，现出个很幽的山洼儿，观不尽的白石清泉，时花好鸟。那靠北向，一处高坡儿上，从一片嘉树葱然、碧草如茵中，却现出一围矮矮的槿篱。及至双姑跟道姑入得篱门，却见那院儿十分宽敞，坐北朝南，有三间很明洁的茅庵，里面是木几草榻，位置秩如。庵后院，还有柴棚灶室等处。当时道姑到得庵中，便一面放下锄篮，一面给双姑换了垢衣服，一面从药篓中取出些粟米大小红色药丸，却笑道："你这孩儿自不量力，既力弱如常人，又没得结实武功，竟敢去刺取仇人。虽是可笑，却正见你的孝心决性。此药是俺采取各种药草所炼，名为'虎力丸'，不但安神定气，并能增人力量。如服此丸，可抵三年打熬气力的功夫。俺因云游各处，不能在一处久留，均欲你早些艺成，你且先服此丸，看是如何。"双姑听了，一面拜后，一面服过那丸。不大时光，忽的反觉浑身无力，懒怠欲眠，一个呵息没打完，早已歪向草荐，沉沉睡去。

编者注：此处原刊脱文。

这一觉，直至次日巳分时，方才醒来。只见道姑业已将午饭安排停当，药锄药篮也准备在身旁，似乎是要用饭毕，便去采药的光景。当时双姑见状，恐道姑嗔自己贪眠，因此爬起来，只顾惶悚，也便将服虎力丸之事忘掉。及至两人匆匆饭罢，道姑却一面取起锄篮，一面指着院隅间一块大青石，笑道："俺今将去采药，你可将篱门关好。万一撞来猛兽，只关门还不妥当，你且将那石提置门边准备，俺走后用以抵门好了。"说话间，即便踅向院中，含笑而待。这里双姑忙跑去瞧那石块，不由逡巡之下又是怯慑，因为那石块形为碌碡，高三尺余，粗估去足有千八百斤的重量。那双姑虽一向价好踢跳，却没得甚么大气力，所以不由逡巡怯慑，老大的不得主意。

　　话虽为此说，但是双姑本是个好胜性儿，又搭着自己方要从人家学艺，如果畏难退缩，辞以不能，未免不够瞧的。当时双姑寻思至此，便一面振起精神，一面揎拳袖勒，跑将去。先将那石块端相一回，一面扠腿蹲裆，略为挫身，骑马式踏住脚柱，然后用两手撮住石的上端，"哈"的声略为用力，本想出先将石撮离原地，再作区处，不料手才着石，那石已轻松松的碎然歪倒，竟似乎不甚沉重一般。这一来，双姑大悦，不管好歹，两膊一振，用手撮住那石，一举平胸，还要高举过顶之间，那道姑却大笑道："你瞧俺的虎力丸效力如何？你今才增力量，不可过用。且稍得几日，你习些勤苦，略为熬炼身体，俺便教于你内外武功，将来不但父仇可报，当此乱世，还许有些事业可作哩。"说着，竟自挟了锄篮，采药去了。双姑至此，方知道姑并非要用石抵门，却要瞧自己增益的气力哩。慢表当日那道姑采药回头，当即命双姑行过拜师之礼。

　　且说双姑自拜过师父，恨不得连夜价便学起武功。那知师父却于武功一字不提，只命自己去打柴汲水，并执炊爨之役，一面命跟着去采药。粗重气力活计，双姑因有力量，倒不为难，惟有跟去采药，倒吃了许多困苦。因为师父不但拳步如飞，并且履险如夷，单

222

向那高峰峻岭、崎岖险阻的所在，去采药物，并采些山果儿，随去随吃。双姑时时追随，自然不免足下竭蹶，履险惶悸，备尝困苦。但是日久了，习而安之也，便可以黾勉从事，而且渐渐的不觉相从吃力，反倒觉得怪好顽的。惟有偶至险绝之处，还有些心惊神悸。便是如此光景，转眼间过得半年余的光景。双姑自觉气力日增，身体日益矫健，但是还不见师父说教武功，双姑也不敢请问。

这一日，双姑又跟去采药，行经一处高崖之下，师徒二人坐地歇息。双姑纵目四望时，端的好一片山中春景儿，是：

桃红柳绿艳阳天，南北山头多墓田。

节庙清明才返了，纸灰腾现野外前。

哈哈，光阴转瞬，原来双姑自入山后，倏已又届清明节哩。当时双姑见状，不由想起父仇未报，连父墓都不能去拜扫来，一阵伤心，不觉凄然泪下。那道姑见了，早知其意，便笑道："你不必伤感，恶人天报，自有其时，你只顾悲苦怎的？你瞧那崖壁上，有些初熟的山桃儿，且去摘两个来，咱也该转去咧。"

双姑听了，一面唯唯，一面站起来，紧紧腰身，然后仰面望那崖壁上时，不由登时一怔。因为那崖足有数十丈高，距崖顶还有二尺上下的光景，愣从悬崖峭壁的石隙间，平簇出一株山桃树。树干不过胳膊粗细，柯叶却扶苏下垂，从风摆动，上面却结了几个半红嘴的山桃儿。乍望去，倒是个奇景。但是要采此桃，不但须爬上崖顶，还须由崖顶爬上树干。那崖虽是陡峻，却还有蜿蜒上达的悬径，并藤葛可以攀援，只是那树干下临无地，著足非易，若非神定气闲、极有胆量之人，焉敢从事？所以双姑一望之下，不觉一怔。

正这当儿，那道姑却大笑道："你这孩儿，还想去报父仇，连这点胆气都没有，将来怎能舍死忘生，以完你的志向？如今你既胆怯，不可强勉，咱快些转去就是。"说话间，正要站起，那双姑早把心一横，如猿取道，径登崖顶，端的是一鼓作气，捷似猿猱。

这里道姑方在含笑点头，双姑又已在崖顶间略为凝神定气，蛇行价爬上树丁，方采得一枚带细枝的桃子，用过"蛇倒退"的式子，缩身儿退回崖顶。道姑却大笑道："俺因你虽增气力，却还身形欠矫健，并胆气坚定，所以命你随俺采药，磨练身体。今既颇悟矫健，又胆气坚定，采得此桃，快些转去，从今日为始，待我教与你诸般武功就是。"双姑听了，这才晓得师父的一番深意。

按下当日师徒两人回向茅庵的一宿晚景，且说双姑从此跟师父学起武功。一来双姑心灵性慧，二来道姑循循善诱，不消三年余的光景，双姑已武功大成，一切的内外工夫，并马上步下，诸般的长枪短打，件件精通，自不消说，并且尤精剑术。

这一日，双姑自在庵外舞弄一回短剑，得意之下，自觉足敌郝珍，兴匆匆回向庵中。正想向师父请命，去杀仇人，不料那道姑忽的行色匆匆，正在那里料理行装。一见双姑，便笑道："你今武功已成，俺亦在此间缘当尽矣。你出山去，自有一番际遇。你且送俺一程，咱师弟就此别过好了。"双姑听了，感激师父教艺之恩，不由一面泪如雨下，一面拜问师父的法名来历。道姑笑道："俺自修道以来，只以采药云游，随缘济人为务，因为道心既静，静中生慧，凡事颇能前知，方才俺说你出山去自有一番际遇，并非空言，到那时，你自然晓得俺的法名来历哩。"

按下道姑说罢，竟自用行杖荷了行装，合双姑出得庵来，穿过那片竹林，笑吟吟飘然而去。且说双姑拭泪价回向庵中，寻思回师父说自己自有一番际遇的话，以为是父仇定然得报，于是欣然之下，也便即刻价略为收拾，挟了师父所赐的一口短剑，取路出山，一径的先奔家下。虽三年余的光景，一路所经的村落，早已景物都非。当日傍晚，行抵家门，合蔡大娘夫妇厮见，自不免彼此的悲喜交集。及至双姑向他们询起郝珍的踪迹并近状来，不由心中十分踌躇。因为这时郝珍已不在家下，居然合那吴大纲都当了响当当的大股捻匪，在陈州地面十分猖獗。这时奉朝廷钦命，来经略鲁豫皖三省军事的大师，名叫胜保，现方驻大营于亳州地面，方要和部下得力的营官，领大军来痛剿他们。

至于吴、郝两人，为何便忽然作贼，便是郝珍自合大纲结义之后，大纲因其武艺了得，便邀他来教练团众。年余光景，那团众果然日益精悍。因此，大纲越法的顾盼自雄，目无官中，不但为害地面，并明目张胆的潜通各路的捻匪。那郝珍本是个贼胚子，见大纲如此局面，比自己独霸一乡，又胜强百倍了。于是索性儿移家陈州，与结芳邻，二恶相济，自然是越闹越凶。不消说，吴、郝两人通捻的消息，也便远近皆知。于是为日不久，那官中却有拿办两人的消息。两人既如此胡干，自然是在官中的耳目甚多，于是两人先发制人，公然揭竿，当起捻匪哩。

且说双姑当时踌躇一回，虽见郝珍当了捻匪，拥众甚多，自己去报仇，未免须费手脚。但因自己的武功今非昔比，要刺杀他，还不算难事。及至次晨，便换了些衣服，打叠起小小行装，取了些金资，一面去拜别父墓，一面取路，直奔陈州。

当日过午时分，却行抵一处繁盛镇聚来，名为池阳镇。街坊上是商贾云集，车马如织，十分热闹。双姑觉得饥疲，恰在踅过一段街坊，观望之下，想寻个店道打午尖，忽见前面不远，一处大商肆门首，聚拢了许多人，方在围了个大圈儿，只顾跂脚观望。双姑信步踅去瞧时，但见好个光景，正是：

奔波未弭心中憾，萍水忽逢意外缘。

欲知后事如何，且听下回分解。

第十六回

值卫宿孝女得仇人
结同心骄帅起邪念

　　原来那围里面却站定个江湖卖艺的少年，方要作场。那少年约有二十五六的年纪，生得面如冠玉，剑眉星目，十分英俊。虽是要作场，看那光景，又不像江湖人模样。因为场中并无枪棒等物，只有一肩行李置在场角，上面还颇带行尘。那少年这时并不结束得短衣伶俐，只穿一身很朴素的行装，倒似乎是跋涉风尘的客人模样。

　　双姑见状，正在怡惬此人倒好个气度，便见那少年一面将衣衫略为扎拽，一面向大家拱拱手儿，却笑道："在下是南省人，路过贵处，适因旅费缺乏，所以来惊动诸位。如今待俺打回拳，聊博诸位一笑如何？"说着，便略为退步，"拍"的声，一踏脚，登时亮出门户。当时众观者因见那少年竟不会江湖溜口，刚上场，便老实实的要打拳，大家正在相视而笑之间，却不道早将双姑瞧得稍为一耸，不由诧异之下，暗忖道："此人门户亮相，分明是俺师父教与俺的那套'八风拳法'。俺师父曾说这套拳法，是由自己采取了诸般拳法内的精要着儿，再运以己意，混合而成。是自己独得之奇，外间并无此拳法流行，怎的此人他也会此拳法？少时他打拳，如果真是八风拳，俺倒要问问他的姓名来历，是从那里学得这拳法哩。"

226

当时双姑一面怙惚，一面置下行装。还未挨近人丛，早见那少年放手垫步，从容打起。端的是轻尘不起，足下无声，一时间前超后越，左排右排，进退转折，极兔起鹘落之观。这一来，张得双姑不由神凝气屏，因为那少年打得不但是八风拳法，并且酣畅淋漓，比自己打得还机旺神流。

当时双姑正在越法诧异，不料众观者都是笨眼儿，既见那少年打得没甚花着儿，便哈哈一笑，纷纷散掉。那少年见状，不由叹口寡气，正要去取行李，双姑不由失口赞道："好一套八风拳法，可惜没打完，还有最后的'乌龙掉尾'一着儿哩。"那少年听了，不由大吃一惊，一瞧双姑，身带行尘，也是行客模样，便笑道："你这位姑娘倒是行家。此间非讲话之所，前面不远便有店道，在下虽旅费缺乏，还能勉屈一饭，便请叙谈一回如何？"

双姑也正要询其姓名来历，于是便合那少年都取了行李行装。及至由少年引路，入得一处店内，就客室中安置了，双姑也不暇客气，便询那少年的姓名来历，并从何人学得八风拳法。不由窃喜得遇同门之友，于是不待那少年来问，也便将自己的姓名来历，并将赴陈州去报父仇等事，一一说出。

看官，你道毕竟是怎么回事呢？咱且从那老道姑说起。原来那老道姑法名静修，本是由剑侠而修道的一流人物。道家都讲济人利物，修外功以助内功。所以静修每当静极思动，便采药云游，随缘济人，去修外功。

有一年，静修游至江南宜兴地面，爱其山清水秀，便在山中结茅，勾留下来。一日，行经周处河边，这道河因当年周处斩蛟而得名，烟水渺然，甚有风景。静修正在徘徊净目，忽见一个十五六岁贫家孩儿，泪惜惜的跑来，用两手一掩面，就要投河。亏得静修手快，忙上前一把拉住。问其何故轻生，方知那贫儿姓叶名琦，父亲早没，只有老母在堂，因家贫无以为生，只好母子都去佣作，胡乱度日。

那叶琦十三岁上，不幸老母病殁，无以为葬，便卖身于当地的一个富户人家，用那身价葬过老母。不料那主人是个刻啬不仁的脚色，总嫌叶琦没用，饭不管饱，还不时的打来骂去。这日却命叶琦去放羊，因有一只小羊去爬山崖，一下跌毙，叶琦又挨主人一顿暴打，所以情急投河哩。

当时静修听了，因念叶琦身世可怜，又有孝行，便收他为徒，携入山中，教以诸般武功并剑术。及至静修又复云游他去，叶琦也便出山来。因自己既有了武功，又北省一带捻乱方殷，当时剿捻的各将帅方在用人，于是叶琦在各处混了两年，却没甚么际遇。这时却闻得那现驻亳州的军帅胜保，颇能用人，方在广收材武之人，果然本领出众，不惜破格录用。所以叶琦想赴胜营去投军，路经池阳镇，因旅费将尽，偶在街坊上打拳卖艺，不料却巧遇同门的双姑哩。以上所述，便是那少年的一段来历。

当时两人各叙罢来历，同门相遇，彼此的大悦之下，自然都亲敬非常。及至少时两人一同用饭，双姑又提起将赴陈州去刺郝珍来，叶琦不由沉吟道："如今郝某公然作贼，出入价贼众拥护，您要去狙刺他，却恐不易得手。依我之见，您倒不如合我去投胜营，那时，借官军之势，堂堂皇皇，擒获那厮，明正国法，一来您父仇可报，二来咱们也可以博得些出身际遇。俺虽不材，还能助您一臂之力哩。"双姑听了，因叶琦之言，十分关切近理，不由欣感之余，当即点头应允。

慢表两人商洽停当，次日登程，取路价直奔亳州。如今且说那驻节亳州的胜大帅。看官，你道他是个甚么人物？说起此人，却大大有名。这胜保系满洲世家，字克斋，虽是文科入仕，他却好精研韬略，慷慨谈兵。为人是倜傥不群，风流自赏，自负才能，端的是目空一切，意气不可一世，尤其是豪华骄慢，敢为大言。他行军所到之处，每以声妓自随，不但治军不暇，帐下美人，清歌曼舞，并且节钺所指的行程中，随员杂沓，甲士如林间，杂以繡幡香车。所过之处，香尘溢路，还要当地的官吏唱名跪接。至于威福百态、骇人听闻的事甚多。今但举其一二事，便见其为人了。他曾因饭粒中偶有沙粒，杀掉厨夫。他曾于夜筵间，思吃某地所产的嫩韭，立拔大令，命某材官飞马去取，立候登筵，但是某地却远在百里之外。当时某材官快马加鞭，虽是拼命价一阵好跑，但是取韭回头，那行辕已自东方发白，不消说，这当儿早已罢筵。自己误了差事，焉有命在，当时某材官既跑得气息仅属，又着了老急，不由"哇"的声，口吐鲜血，登时跌杀，这才免了胜大帅的震怒之下，开刀问斩。那胜保虽是狂悖如此，但是却不拘一格，善能用人。所以他自驻亳州办贼以来，便广收材武之士，以便亲自考验，破格擢用。这也不在话下。

且说双姑、叶琦这一日行抵亳州，一面觅店住了，一面到胜营报名应募。且喜事有凑巧，这时来投胜营的人已有了二百余人。胜保因那陈州的捻匪特为猖獗，想亲去督队进剿，要从这新来投的人内擢用几个，作为自己的卫兵。于是便一面发牌，定了考期，一面命在教场中齐集听点。及至届期，那教场中，好不热闹，是：

缨弁如云照眼明，值场军吏列西东。
阅台大纛从风颭，校武安排好阵容。

当时胜保就阅台上置好了公座，按名点阅，一面令其当场献艺。因为胜保不但颇娴军事，并且很精拳棒。当少年时，在北京是有名的游侠脚色，饮博冶游，驰骋于红尘紫陌之间。那北京地面，讲拳勇的无赖光棍本是多的，以为胜保是个大宅门的纨绔公子，正可以诈大财，于是大家便齐合了，摆了个仙人跳的美人局。及至到紧要当儿，大家发作起，不料财没诈成，反被胜保一阵拳头，打了个落花流水。胜保曾说,拳法为诸般武功的基础,如欲知其人武功优劣,但看他拳法如何。所以每次考验来投的人们,便试以拳法哩。

当时胜保按名价瞧过些人,见无甚出色处,正有些不高兴,不料瞧到叶璹的拳法,登时眼光一亮,便令他站在台下,听候发落。当时满场人众见大帅制住此人,恰在都注目叶璹,便闻台上又唱名道:"李双姑。"大家听得出妇女名儿,恰在纷纷寻望,早见由来投的人中,响亮亮一声应名,登时越出一人,端的好个光景,是:

芳年如月气如虹,一段英姿画不成。

眉秀含威深锁恨,剪瞳秋水照人明。

这一来不打紧,不但满场人众都望着双姑暗暗称奇,便连胜保也不由神为一惊。

正这当儿,双姑早已照例献艺,便施展出八风拳法,但见满场团团光影,起落无声,打了个龙争虎斗。须臾打毕退下,方合叶璹都立台下,恰好胜保见点阅已毕,便一面吩咐众投者离去,听候派用,一面将双姑、叶璹唤上阅台,细问其来历。登时将两人都派作卫兵队的左右队长,即日入营供职。

按下这里胜保回辕之后,又过了两日,一面命人留守大营,一面领了将佐们,即便亲提大军,去剿陈州的捻匪。

且说郝珍合吴大纲这时已自攻陷陈州,由大纲驻城据守,那郝珍却自领大队,驻于距城十数里之三叉坡地面。一来犄角城中,二来扼据要险,以防官军猛然来剿。既探得胜保有亲来剿办的消息,本营中严加警备,自不消说,并且自恃有高去高来的能为,想刺煞胜保,出奇制胜。当时郝珍想的停当,更不怠慢,便一面命人留守本营,一面自去行事。

且说胜保领了大军,按站而进。这日行抵陈州地界之杨柳屯驻

230

马，那所在虽是马日，却因捻乱后十分荒凉，居人都逃难走掉，只有些穷户人家并两家开小店的，尚在未去。当时胜保一面命在街坊外空阔之区扎了大营，一面自带了卫队人等驻在一处店中。那店虽说是小店，却院子宽敞，群房连延，足以够用。

按下胜保用过晚饭，自在上房中秉烛价披阅公文，并寻思办贼之策。且说当晚将及二更时分，那双姑见叶琪领了几名卫兵，向店四外巡逻去了，自己也便结束停当，就店中前后院来回巡望。少时，巡至后院，忽闻后墙外白杨潇潇，有如涛涌。原来那店后身儿便临野地，距店不甚远，却有老大的一片杨林，并且林中草莱甚茂，这时野风刮动，所以作响哩。当时双姑听了，不由心中一动，暗忖道："如今将入陈州地界，须要特别小心。那杨林中足以藏伏贼探，俺何妨去瞧瞧呢。"

双姑想罢，便趁着朦胧月色，跃出院后墙，一径的奔入那林。但见月光穿树梢而下，凌乱满地。还未及仔细巡望之间，忽闻林外一条小岔道上，草树间的凄鸟一阵惊噪。双姑觉得有异，方回身抢到林边，早见由那岔道口突突突，飞也似撞出一个短衣人，一径的便奔向店后墙。双姑见那人举步如风，分明是个夜行朋友，已然吃了一惊，今又见他直奔店后墙，那敢怠慢，于是一面拔剑在手，一面如飞蹑去。

这时那人已到墙下，略向左右望望，恰待向后略退，还未及跃墙头，后面双姑已自一步赶到，正要大呼有奸细，知会店内卫兵，不料那人忽闻背后脚步响动，倏的一回身，明晃晃短刀一举。这时两人相距咫尺，月光下，双姑望的分明，登时一股怒气堵住喉咙，要想大呼，那里能够。及至两人刀剑并举，这一交手，端的十分凶实。双姑至此，俨如煞身附体，恨不得一剑结果那人，不由施展开静修所传的剑术。那人一柄短刀神出鬼入，虽也不弱，但是怎当得双姑的剑术非凡，这时又抖擞出十二分精神，一柄剑登时化为层层光影，只顾风雨般向那人兜裹上来。不消顷刻间，那人早已且战且退，将近那岔道口边。

双姑恐他跑掉，正在越法的剑如雨下，忽见那岔道口内剑光一闪，接着便闻叶琪人呼道："李帅妹不要慌，待我来结果这厮好了。"声尽处，人剑飞到，恰好郝珍闪开双姑的剑影，刚一扭身，"哧"一声，剑中左腿。方在大叫栽倒，叶琪当即上前，捆捉停当之间，不料双姑精神过奋，又见大仇得报，猛然一时感触，也不知是悲是喜，竟自大叫之下，也便一跤晕倒。直至被叶琪拍唤良久，方才醒来。这时跟随他的卫兵们也自由岔道口赶到，于是大家便带了那人，去见胜保。

哈哈，说了半天，诸位明公自然都晓得那人，便是郝珍了。至于叶琪为何来得这么凑巧呢？原来叶琪在四外巡逻了一回，适巡至那岔道口内，偶然登高处，本是想远瞭一回，即便回店歇息，不料却望见那岔道口外一团剑光，翻飞上下，其中杂以刀光闪闪。双姑合叶琪本学得同门剑术，自然一望而知是双姑合人交手，所以便急急赶来哩。

且说当时胜保一见双姑、叶琪竟因值夜巡逻，捉得贼渠郝珍来，不但护卫自己可嘉，并且于剿贼的军事上，大大有功。于是大悦之下，一面传令，将郝珍军前正法，一面将双姑、叶琪嘉奖一番。即便趁势儿提兵前进。这时那吴大纲丧却郝珍，自然是心慌意乱，不知所为，只好自领匪众，在三叉坡前面去拒战一回，却被官军杀了个落花流水。没奈何，只好退守陈州府城。于是胜保趁势价提兵前进，登时合围攻城。那捻匪们军心既乱，那里能敌，不消旬余，已自纷纷溃散，吴大纲也便死于混战之下。于是胜保红旗报捷，陈州的捻乱悉平。

从此双姑、叶琪便跟了胜保，逐处剿捻，所立战绩甚多。胜保累次嘉奖，时有厚赐，自不消说，便连军中人们也无不啧啧称羡。

按理说，双姑、叶琪两人既得此际遇，就当安心价跟随胜保，以奔功名才是。不料又过得年余，两人却颇有去志起来。看官，你道怎的？原来这时胜保越法的恃功自恣，骄蹇无状，虚费国帑，滥杀邀功，蒙蔽朝廷，自不消说。并且越法的奢侈异常，极声色之娱，堪勘的要学雍正年间大将军的光景。两人恐他将来功名不终，·旦得罪朝廷，那时未免身与其祸，所以都阴怀去志哩。

这一日，两人深谈之下，谈及此事，叶琪便道："智者见机而作，不俟终日，咱们要去此他适，倒有个所在。咱师父那年合我相别时，她曾说，广西桂林一带，名山胜水，甲于天下，并且多产药草，自己云游之下，要去采些药物。如今说不定，或许在广西盘桓。稍迟几日，咱托个事故，辞却胜帅，去寻师父。寻得着，咱们深造剑术，抛却尘世功名，固然甚好；便是寻不着，咱一来远游一番，开开眼界，二来或遇机缘，在那里也可以作些事业哩。"

双姑欣然道："咱要去便去，还稍迟几日怎的？你不晓得，近些日，胜保见了我，有些不像模样，不但邪眉溜眼，笑嘻嘻的没话说话，并且无端的时有赏赐。俺虽不怕他好色性儿，或有邪念，但是那轻薄相儿却叫人瞧着长气哩。"

叶琪听了，不由哈哈一笑，一面剪剪案上的烛花儿，因见已二更大后，正要站起塞去，恰好胜保又命人来赏赐双姑。是一具食楹，并一个小匣儿，匣外用绢素层层包裹，扎以红绒线儿，十分华美。及至使人退去，双姑便留叶琪共饮，先打开食楹瞧时，里面不但酒馔丰腴异常，并且都是金银器皿，犀杯象箸，一概俱全。叶琪见了，便一面合双姑将诸物摆列于案，一面端相着双姑，却笑道："你瞧咱这位老帅，果然有些要作怪。俺虽也得过他的酒食，却不及这席盛筵。这器皿已名贵如此，料这小匣儿内的物儿，都是些金珠珍宝了。"

这时双姑只顾了解去那匣的绒线，一层层去剥绢素，也没言语。须臾，绢素都尽，早现出个七宝镶嵌的小锦匣儿。只刚一启匣盖，已自宝光腾起，满帐生辉。但见里面那物儿，端的好个光景是：

珠光宝气灿平铺，妙手良工制作珠。

一物虽微寓深意，同心结子作量珠。

原来那小匣内并无他物，只有珠宝串成的一对儿同心结子，用红丝系定。这不消说，是胜保意在双姑，要金屋藏娇，先用此将意了。

　　当时两人见了，情知此间不可再留，于是索性的相与痛饮毕，即便一面留书于胜保，一面收拾了行装马匹，连夜登程，直奔广西去了。说到这里，本书算是全部结束。

附录一

编校后记

　　《蓝田女侠·荒山侠女》是赵焕亭两部以女侠为主角的武侠中篇的合集。其中，《蓝田女侠》属于作者盛年时期的作品，而《荒山侠女》则是目前所知作者最后一部武侠小说。

　　《蓝田女侠》原名《蓝田女侠奇观》，由上海广益书局分两下两编，出版、发行于民国12年（1923年）8月。它是赵焕亭完整出版的首部白话武侠，而比它早三个月推出的《奇侠精忠传》，近四年后才全部出齐。此后，《蓝田女侠》经多家书局重印或再版，广为流传，影响颇大。广益书局上世纪三十年代出版的版本，书名中已不再有"奇观"二字。该书同赵焕亭所作的《巾帼英雄秦良玉》一样，可被视为历史武侠小说。但秦良玉乃明末抗清名将，英名盖世、彪炳史册，而《蓝田女侠》中的女侠蓝沅华则难寻出处，应来自作者的想象和演绎。但小说中蓝沅华的弟弟蓝理，历史上则确有其人，蓝理参与了施琅收复台湾的战役，立有军功，也有史料记载。如此真假相依、虚实相伴，倒也令这部书增添了许多趣味和光彩。

　　《荒山侠女》自1943年1月起，在《麒麟》月刊（长春）上刊载。至8月份，连续刊登8期，共16回。应未出版过单行本。尽管

《荒山侠女》的创作比《白莲剑影记》和《双鞭将》都要晚一些，很可能是作者的侠坛谢幕之作，但小说的风格再次发生变化，彻底抛弃了此前技击小说的写作尝试，重新回到原有的道路上来，而且表现手法更加传统，在篇章中塞入了大量的旧体诗和对偶句。不过写作风格的回归，以及文笔一如既往的流畅洒脱，却没有其鼎盛时期作品中那种伟大的儒家精神相伴随。在华北、东北处于日本殖民统治的大背景下，作者此时的武侠写作，在精神价值上，也已颇为悲壮地没落了。同他写作《奇侠精忠传》《英雄走国记》和《蓝田女侠》之时，已不可同日而语。

《蓝田女侠》和《荒山侠女》的本次再版，依据的分别是广益书局民国15年（1926年）5月的再版版本和1943年1月至8月出版的《麒麟》月刊。

附录二

赵焕亭小说年表[1]

于学松

宣统三年（1911年）

　　6月《小说月报》第二年第六期，《胭脂雪》。

民国三年（1914年）

　　4月《小说月报》第五卷第四号，《辽东戍》。

民国四年（1915年）

　　3月《小说丛报》第九期，《珠崖还珠记》。

　　4月《小说丛报》第十期，《十八村》。

　　5月《小说月报》第六卷第五期，《浮生四幻》。

　　5月《小说丛报》第十一期，《三娘子》。

　　7月《小说丛报》第十二期，《书文鲁斋》。

　　7月《小说丛报》周年增刊，《纪戚生述宋大帅轶事》。

　　11月《小说丛报》第十六期，《崔将军》。

　　11月《小说海》一卷十一期，《铜驼恨》。

民国五年（1916年）

　　10月《小说丛报》第三年第三期，《小南海》。

---

　　[1]《巾帼英雄秦良玉》和《循环镜》，由新天津报馆印行。两书的准确出版
时间暂不详。根据两书内容和排版、标点特点，应出版于20世纪20年代中期。

11月 《小说丛报》第三年第四期，《丁文诚公轶事》。

12月 《小说丛报》第三年第五期，《客窗夜话》。

民国六年（1917年）

1月 《小说丛报》第三年第八期，《李布孟》。

2月 《小说丛报》第三年第七期，《天后宫之火》。

3月 《小说丛报》第三年第八期，《十兄弟》。

民国十二年（1923年）

1月 《明末痛史演义》，上海益新书社发行。

5月 《奇侠精忠传》初集（二册），益新书社出版。至民国十四年，正编八集出齐。

8月 《蓝田女侠奇观》，上海广益书局发行。

民国十三年（1924年）

6月 《英雄走国记》上下册（36回），益新书社印行。

民国十四年（1925年）

4月 战事哀情小说《不堪回首》，益新书社发行。

9月 《奇侠精忠传》续一集，益新书社印行。至民国十六年五月，续编六集出齐。

9月3日 《大侠殷一官轶事》开始在《北京益世报》第5版上连载，次年3月18日连载完。

民国十五年（1926年）

4月1日 《殷派三雄传》开始在《北京益世报》第5版上连载，至次年2月20日连载完前30回。此后未见续作。

5月 《马鹞子全传》（共四册），上海竞智图书馆印行。

6月 《大侠殷一官轶事》（上下册），天津益世印字馆印行。

8月 《双剑奇侠传》初集，上海大星书局印行。至民国十七年十月八集出齐。

民国十六年（1927年）

6月 《殷派三雄传》共三集，北京益世报印刷部印行。

7月6日 《山东七怪》首次在天津《北洋画报》副刊上刊载，至

1929年5月2日结束。未完成，共连载194次，至第30回。

10月4日　武侠长篇《情侠恩仇记》开始在天津《大公报》上连载。12月16日之后中断，至第7回。

民国十七年（1928年）

3月　《北方奇侠传》初集、续集，上海世界书局印行。

秋季　《昆仑侠隐记》一、二册，天津商报馆发行。

11月　《英雄走国记》二集（上下册，25回），益新书社印行。

民国十八年（1929年）

4月　《山东七怪》首集（20回），天津北洋画报社出版。

4月　《英雄走国记》三集（上下册，25回），益新书社印行。

6月　《北方奇侠传》三集，世界书局印行。

民国十九年（1930年）

1月　《惊人奇侠传》正编六册，上海华成书局出版、发行。

4月　《英雄走国记》四集（上下册，33回），益新书社印行。

4月　《惊人奇侠传》续编六册，上海华成书局出版、发行。

4月　《奇侠平妖录》，上海大通书局印行。

民国二十年（1931年）

6月　《英雄走国记》续编1-4集，共八册，益新书社印行。

民国二十一年（1932年）

2月11日　《姑妄言之》开始在《北洋画报》（第738期）连载，至次年4月4日终止，共连载175期。

9月1日　武侠长篇《康八太爷》开始在上海《社会日报》上连载，至次年11月底，连载410期，未完成，至第20回。

民国二十二年（1933年）

1月1日　武侠长篇《侠骨红妆》开始在上海《明星日报》上连载。

民国二十四年（1935年）

9月12日　在上海《小晨报》创刊号上，开始连载历史武侠香艳小说《鸿燕恩仇录》。

民国二十五年（1936年）

5月 《江湖侠义英雄传》（四册）由上海春明书店印行。

8月14日 《龙虎斗》开始在天津《玫瑰画报》（第48期）上连载。

12月上旬 《酷吏别传》开始在上海《东方日报》上连载。到次年7月14日，共连载149期，至第10回。此后中断。

民国二十八年（1939年）

2月 《说剑谭奇录》由天津书局出版。

4月30日 《白莲剑影记》开始在《新天津画报》上连载。

5月4日 武侠长篇《天门道》开始在天津《正报》连载。7月13日之后中断，至第5回，共65期。

民国三十年（1941年）

3月1日 武侠长篇《风尘侠隐记》开始在《社会日报》连载，次年5月19日之后中断，至第23回，共253期。

7月1日 技击小说《双鞭将》开始在《新民报半月刊》第3卷第13期上连载，共连载19期。

7月，《白莲剑影记》初集由开明新记书店（天津）发行。至次年11月，共出版四册，计30回。

民国三十一年（1942年）

1月30日 《白莲剑影记》在《新天津画报》上刊出最后一期，未完成。共连载1442期，至40回。

民国三十二年（1943年）

1月 《荒山侠女》开始在《麒麟》月刊（长春）上刊载。至8月份，连续刊登8期，共16回。

9月 《双鞭将》（二册）由天津正大书局出版。